成长

系列丛书

文章天下事

我的成长之路

辽海出版社

李宏林

/

著

图书在版编目（CIP）数据

文章天下事：我的成长之路 / 李宏林著. -- 沈阳：辽海出版社，2025. 3. -- ISBN 978-7-5451-7279-9

Ⅰ.Ｉ25

中国国家版本馆CIP数据核字第2025YV0321号

出 品 人：柳青松
特约编审：赵　阳　佟丽霞　柳海松

出 版 者：北方联合出版传媒（集团）股份有限公司
　　　　　辽 海 出 版 社
　　　　　（地址：沈阳市和平区十一纬路25号　邮编：110003）
印 刷 者：辽宁新华印务有限公司
发 行 者：北方联合出版传媒（集团）股份有限公司
　　　　　辽 海 出 版 社
幅面尺寸：140mm×210mm
印　　张：14.75
字　　数：290千字
出版时间：2025年3月第1版
印刷时间：2025年3月第1次印刷
责任编辑：孟祥斌　高福庆
装帧设计：杜　江
印制统筹：曾金凤
责任校对：王大光　林明慧　张　越

书　　号：ISBN 978-7-5451-7279-9
定　　价：78.00元

成长
系列丛书

编 委 会

成长

系列丛书

写在前面的话

时代有不同，精神在传承。

中华文明是世界上唯一绵延不断且以国家形态发展至今的伟大文明。在这条从未断流的文明长河里，有多少古圣先贤、志士仁人和现当代数不清的各行各业的优秀者，孜孜矻矻，自强不息，在精神上引领着中华民族，穿越数不清的苦难与险阻，最终铸就属于中国人的光荣与梦想。

作为时代的先锋和民族的未来，青年的成长成才关乎国家发展的大计。习近平总书记多次就青年一代的培养造就作出重要指示，强调要教育引导青年"正确认识时代责任和历史使命，用中国梦激扬青春梦"，并希望广大青年"扣好人生的第一粒扣子"，坚定理想信念，练就过硬本领，勇于创新创造，矢志艰苦奋斗，锤炼高尚品格，努力成为堪当民族复兴重任的时代新人。

人的成长成才是一个不断自我完善、形成价值认知、夯实人生根基，进而实现全面发展的过程。这一过程既需要主体的自我锤炼和砥砺奋进，也需要社会的多维力量作用、服务于主体。为此，我们策划、组织出版了面向广大青年读者的"成长"系列传记体文学丛书，选取现当代在文学、艺术、科学、教育

成长

系列丛书

文章天下事

我的成长之路

辽海出版社

李宏林

/

著

图书在版编目（CIP）数据

文章天下事：我的成长之路 / 李宏林著. -- 沈阳：
辽海出版社，2025. 3. -- ISBN 978-7-5451-7279-9

Ⅰ.I25

中国国家版本馆CIP数据核字第2025YV0321号

出　品　人：柳青松
特约编审：赵　阳　佟丽霞　柳海松

出　版　者：北方联合出版传媒（集团）股份有限公司
　　　　　　辽　海　出　版　社
　　　　　　（地址：沈阳市和平区十一纬路25号　邮编：110003）
印　刷　者：辽宁新华印务有限公司
发　行　者：北方联合出版传媒（集团）股份有限公司
　　　　　　辽　海　出　版　社
幅面尺寸：140mm×210mm
印　　张：14.75
字　　数：290千字
出版时间：2025年3月第1版
印刷时间：2025年3月第1次印刷
责任编辑：孟祥斌　高福庆
装帧设计：杜　江
印制统筹：曾金凤
责任校对：王大光　林明慧　张　越

书　　号：ISBN 978-7-5451-7279-9
定　　价：78.00元

联系电话：（024）23284478　23267905
网　　址：http://www.lhph.com.cn
版权所有，翻印必究
法律顾问：辽宁普凯律师事务所　王　伟
如有质量问题，请与印刷厂联系调换
印刷厂电话：（024）31255233
盗版举报电话：（024）23284481
盗版举报信箱：liaohaichubanshe@163.com

成长系列丛书

———— 编 委 会 ————

主　编　胡世宗

编　　委（按姓氏笔画排序）

王　玮　任铁石　佟丽霞

赵　阳　柳青松　秦红玉

袁丽娜　徐桂秋　谢学芳

成长

系列丛书

写在前面的话

时代有不同，精神在传承。

中华文明是世界上唯一绵延不断且以国家形态发展至今的伟大文明。在这条从未断流的文明长河里，有多少古圣先贤、志士仁人和现当代数不清的各行各业的优秀者，孜孜矻矻，自强不息，在精神上引领着中华民族，穿越数不清的苦难与险阻，最终铸就属于中国人的光荣与梦想。

作为时代的先锋和民族的未来，青年的成长成才关乎国家发展的大计。习近平总书记多次就青年一代的培养造就作出重要指示，强调要教育引导青年"正确认识时代责任和历史使命，用中国梦激扬青春梦"，并希望广大青年"扣好人生的第一粒扣子"，坚定理想信念，练就过硬本领，勇于创新创造，矢志艰苦奋斗，锤炼高尚品格，努力成为堪当民族复兴重任的时代新人。

人的成长成才是一个不断自我完善、形成价值认知、夯实人生根基，进而实现全面发展的过程。这一过程既需要主体的自我锤炼和砥砺奋进，也需要社会的多维力量作用、服务于主体。为此，我们策划、组织出版了面向广大青年读者的"成长"系列传记体文学丛书，选取现当代在文学、艺术、科学、教育等领域贡献卓著、成就斐然的知名人士，以翔实的素材和生动的笔触讲述他们的成长故事，梳理他们的成长路径和人生心得，意在以"过来人"的经验为青年朋友健康成长提供借鉴和启发，激励青年勇担时代责任和历史使命。

丛书围绕个人成长、家庭教育、师友影响、时代机遇等诸多角度全方位展开评述，真实客观地反映出主人公在人生各个阶段的成长轨迹，展现他们在赓续历史文脉、谱写当代华章的过程中，刻苦学习、矢志不渝、忘我奋斗、实现价值的成长历程，突出成长之路上的闪光处和关键点。深情回顾，娓娓道来，没有高高在上，没有凌空蹈虚，只有平等交流、真诚分享。

孔子说，"益者三友"，"友直，友谅，友多闻"，与正直的人、诚实的人、见多识广的人交朋友，必然受益。我们真诚希望青年朋友能够透过文字与优秀的前辈对话交流，在良好的阅读体验中吸取经验、获得启迪，不断茁壮成长。愿这套丛书能够成为青年成长之路上的良师益友。

一个伟大的国家，正是在一辈辈人的建设下，变得日益强盛。

一个光荣的民族，更是在一代代人的传承中，实现伟大复兴。

成长，成长，愿我们像种子一样，一生向阳，一生向上！

"成长"系列丛书编委会

2023 年 6 月

目 录

03

04

05

李宏林
简介

辽宁日报社高级记者、终身记者。1953年至1955年在中国作家协会文学讲习所学习；1985年出任全国新闻高级专业职务资格评审委员会委员。曾任辽宁省作家协会副主席、辽宁省报告文学学会会长、辽宁省政协三届政协委员。

被选为辽宁省十佳记者、全国百佳新闻工作者，获辽宁省首届十位名人成就奖。1997年被中共辽宁省委和辽宁省人民政府评为优秀专家，享受国务院政府特殊津贴。

从事新闻、文学写作70年，李宏林共创作电视剧20多部200余集。他的各种题材的新闻、文学、影视剧等作品多次获全国、东北三省和辽宁省各类评选大奖，作为中国电视艺术家，他先后赴日本、美国进行艺术交流访问。

主要作品

报告文学：《走向新岸》《黄金大盗》《追捕"二王"纪实》《人鬼之战》《沈阳慕马大案》《马家军风云》《师表》等；

中篇小说集：《大海作证》；

长篇小说：《面对诱惑》《非常城市》《人·鬼·人》，全部拍成长篇电视剧，由中央电视台等电视传媒播出；

影视作品：由李宏林编剧的《新岸》《家风》《乔厂长上任》在全国优秀电视剧评选中连续三届获最佳编剧奖。出版《李宏林电视剧本集》，被中国广播电视大学选为文学系教材；创作两部电影故事片剧本《人鬼之战》《飞车世家》，均由长春电影制片厂拍成影片，在全国公映。

◎ 家庭生活照

生活过得饥寒交迫，但是一年里家中也有几天快乐的日子，这就是过年。

　　大年初一，母亲取下常年挂在墙上的一面太平鼓，鼓面圆形，蒙着羊皮，鼓把手上拴着铜铃，用鼓鞭敲鼓，再一摇动，鼓声、铃声一齐响动，把院里的邻居都吸引来了。老妈会舞会唱，老爹在一旁帮腔。他一张口就跑调儿，气得老妈拿鼓鞭打他，乐得大家前仰后合。妈妈说，她爹是当地唱驴皮影的高手，拉开嗓子一吼，吓得五里外的鸡狗都不敢叫。虽说有些夸大了，但是民间艺术的基因却由姥爷传给了妈妈，而这种无形的血脉联系，也传给了我们几个兄妹，成就了我们一生的职业。

探索成长之路，解读智慧人生，
本章内容，扫码收听。

第
一
章

我历经的三个历史时代

在伪满洲国的童年

查查我的三辈家史，是地地道道的劳动人民家庭。我的父亲生长在兴城海边，因父母双亡，由姑姑抚养他和他哥哥长大。哥儿俩都没念过书。伯父大父亲好几岁，不甘心在姑姑家白吃饭，便带着父亲逃到抚顺谋生。过了两年，兄弟俩各谋生活出路，分开了。父亲学手艺，能做洋铁活，后来开了个洋铁铺。母亲也是兴城人，小脚，走路先是后脚跟着地，然后身子左右晃一晃。每每看到母亲走路艰难的样子，我的心里都发酸发疼。父母善良，早年他们遇到一个弃婴，便收下抚养，就是我的大姐。一直把她抚养成人，嫁人成家，生了儿子。

父母都不识字，但是他们非常重视子女的学习教育。二姐念到伪满的师范学校，当了一辈子教师。三姐也读到中学，新中国成立后成为剧团的演员和导演。

1935 年，我出生于抚顺，正是日本军国主义扶持溥仪

◎ 我与父母

成立伪满州国时期。这是一个被日本人控制的傀儡政府。东北生产的大米、白面、大豆都只能供应给日本人，中国人是不准吃的。童年留给我最深的印象就是挨饿。尤其是日本军国主义者在 1941 年发动太平洋战争后，美国加入反日战争，日本人加紧了粮食封锁，我们家吃的主食就只有青皮土豆和倭瓜，吃得一家人总是跑肚拉稀。一天，我在街上看见有一个小摊卖大饼子，回来向妈妈说了，妈妈没言语。第二天黄昏的时候，我在院子里玩耍，妈妈喊我过去，我到她身边，妈妈从怀里掏出一个大饼子，我拿过大饼子咬一口，那个香啊，乐得我蹦蹦跳跳玩去了。第二天，姐姐找到我，申斥说："你怎么那么馋，妈把她那件蓝大褂卖了给你买个大饼子。"我无言了。

1943 年夏天，抚顺发生了严重的虎烈拉（霍乱）大疫，无医无药，天天有人丧命。我大姐得了虎烈拉，熬了 3 天，就惨死于这传染病。我小时候是由大姐带大的，我第一次经受失去亲人的痛苦，忍不住一个劲儿哭泣。

我怕黑天。那时美国航空队已经进入中国境内参战，经常派出飞机轰炸日本人在东北占领的地区。日本官方下令，路灯完全关闭，家家户户夜里不许透出一点儿灯光，不让美军飞机有轰炸目标。3 年里，马路上漆黑一片，屋里的灯光也被遮掩得半明半暗。我出门怕鬼，在屋里怕炸，太阳一落我心里就哆嗦。

我上了 4 年日本人管理的国民小学，每天有一项必修课目，就是向日本天皇遥拜。学习的主要课程是满语和日语。有些老师中毒太深，学习日本式的惩罚教育，我没少挨手板和竹鞭。

生活过得饥寒交迫，但是一年里家中也有几天快乐的日子，这就是过年。

大年三十夜里 12 点钟，老爹领着我们几个子女换上衣服，列队来到路口，对着一堵墙磕头，然后抓起地上的土用衣襟兜回家，这就表示把财神请回家了。

大年初一，母亲取下常年挂在墙上的一面太平鼓，鼓面圆形，蒙着羊皮，鼓把手上拴着铜铃，用鼓鞭敲鼓，再一摇动，鼓声、铃声一齐响动，把院里的邻居都吸引来了。

老妈会舞会唱，老爹在一旁帮腔。他一张口就跑调儿，气得老妈拿鼓鞭打他，乐得大家前仰后合。妈妈说，她爹是当地唱驴皮影的高手，拉开嗓子一吼，吓得五里外的鸡狗都不敢叫。虽说有些夸大了，但是民间艺术的基因却由姥爷传给了妈妈，而就是这种无形的血脉联系，也传给了我们几个兄妹，成就了我们一生的职业。

有一天，我去郊外抓蛐蛐，天快黑了往家走，一进市区突然看到天地大亮，不光街上灯火辉煌，连各户人家的窗户都透出灯光。大街上拥满人群，有的商家放起鞭炮，还有人在马路上扭起秧歌。我一打听，才知道日本投降了！这天是 1945 年 8 月 15 日，也是从这天起，我才知道自己是中国人。

国民党的官成为接收大员

　　光复后，市面上红火了一阵子，从日伪仓库和日本人住所中搜缴的各种谷类和物品摆在大街上叫卖，人们一时有吃的了。问题是谁来一统天下呢？有曾在山海关内生活过的住户告诉大家，接收失地的是蒋介石领导的国民政府，但是老蒋的军队并没有来。中共中央派李涛在抚顺组成临时市政府，由于缺少人力也没有军力，左右不了抚顺的形势。国民党和共产党的地下工作人员展开竞争。国民党组织一批人员演话剧，宣传国民党。共产党组织以工人为队伍的半军事部队，在大街上列队跑步示威，展示力量。

　　一个常到我们家讨水喝的大烟鬼，犯了烟瘾就坐在商家窗户底下打盹儿。一天，这人突然精神起来，穿上羊皮长袍，到我家买烟筒和铁壶。他说他在市里当官了，是在市里掌政的老同学让他当庶务科长。他说先拿走东西，一会儿送钱来。没过几天，这个大烟鬼又在商家窗户下打盹儿了，问他咋不当官了？他说，妈的，老同学跑了。再向他要钱，他说烟筒、铁壶换大烟抽了。离我家五十步远是一家理发店，掌柜的是赌徒。这人也突然换了装束，一身黑色警服，上半身挂着武装带，俨然一副高级警官的模样。他民国期间曾在警察局混过事，这回也到市警察局当官了。没多少日子听说进了监狱，不知道是谁向他下了狠手。当时的政局用一句话概括，就是一锅粥，真正的无政府状态。

由于苏联和蒋介石代表的中华民国政府签订了《中苏友好同盟条约》，后来苏联红军进驻中国东北，才一时把混乱局面稳定住。凡是由日本人主管的市政部门全由苏联代表掌控。

1946年3月，国民党第五十二军进驻抚顺了。进驻之前，不知道哪儿来的信息，说是军队来时要净街，因为有猴子部队打头阵，为防猴子伤人，家家户户不许开门。我想看猴子怎么排队、怎么扛枪，所以净街后，我扒着窗户目不转睛地往街上瞅。第五十二军第一股入城的军队来了，打头的不是猴子，而是一个连长，穿着黄呢子做的军装，戴着大盖帽，骑着一辆有半个车把的自行车，双手抱肩，吹着口哨，好像在耍车技。没看到猴子部队。后来我明白了，所谓"猴子部队"，是他们有一种冬季大衣叫皮猴儿，由此演化出来的。

国民党在抚顺掌政了，有了市政府，有了市长。中小学的校长都穿上黄色扎腰带的国民党官员服。

哪知，这种景象只是昙花一现，不到两年，国民党就露出败相。

我家有个邻居，大字不识几个，伪满时当把头，突然披上国民党军服，扛着中校的肩章。噢，人们明白了，国民党军官是可以花钱买的。

你看，只要马路上有当官的坐吉普车经过，当官的身旁必定坐着妖艳的女子。军队和妓院挂钩了。

物价上涨出奇地快，最后用布面袋子装纸币只能买一点儿吃的。我又挨饿了，豆腐渣、豆饼成为主食。

共产党夺取了政权

1948 年，我 13 岁，开始入中学读书。那时一些老师开始关注时事。我的班主任老师是由沈阳过来教书的。奇怪的是他不按语文教材教学，而是自己编选课文，他选讲的大多是鲁迅的作品，如《傻子与奴才》《记念刘和珍君》等。休息时，他常和学生坐在一起，话题也被他引入如何正确认识共产党方面。他说，共产党军队到哪儿都先给老乡打扫院子，不拿老百姓一针一线，并不是"共匪"。老师的这些雨露似的浇灌，消除了我对"匪"的恐惧，开始对共产党有了初步的了解。后来，这位老师不辞而别，一直不知道他的去向。

那时太小，不懂时事。抚顺困难的时候，正是共产党解放区形势大好时期。当时由于国民党军事力量强大，中共中央对东北工作作出"让开大路，占领两厢"的指示，即退出大城市，在农村建立根据地，实行土地改革。广大农民分得土地，踊跃参加共产党领导的人民军队，仅仅两年时间，军队人数已达到百万，超过国民党军队的 60 万。那时由林彪和罗荣桓领导的东北野战军由防守转为进攻。从 1948 年 9 月 12 日开始的辽沈战役到 11 月 2 日结束。

1948 年 10 月 30 日半夜，抚顺市上空响起枪炮声，这预示着解放抚顺的战斗打响了。31 日凌晨，东北野战军的先锋部队在车辆厂工人张玉瑞的引领下，拿下抚顺市政府、市电话局、矿务局、发电厂、石油厂和弹药库。早晨 7 点钟，抚顺市解放。

这回抚顺市由中国共产党主政。一批老解放区干部进入抚顺市里，由于共产党已经在哈尔滨、大连等大城市积累了管理城市的经验，很快建立了新的城市管理秩序。

共产党非常重视思想宣传工作，最先见效的就是开展文艺演出。歌剧《白毛女》《血泪仇》以及一些短小的秧歌剧在剧场、街头不断演出。受此影响，我也对戏剧表演产生了浓厚的兴趣。

抚顺市当时没有大学，中学就是最高学府了，所以中学校园的文艺演出活动异常活跃。每个周六的下午不上课，是文艺演出时间。市里的党团干部常来观看并指导。少年的我受班主任老师的循循诱导，早就对共产党心生向往，所以这时非常积极。我带领班级演出的节目总是好于其他班级。有一次配合演出揭露蒋介石假和平、真备战的节目，我看到华君武画的蒋介石一面磨刀一面假意求和平的漫画，便编了一个战犯求和的小剧。我找到一把刺刀，插在舞台中间，演员们围着这把刺刀演戏。演完后大受称赞，老师到班上讲课先表扬这个剧目，然后指着我说："李宏林想象力太丰富了。谁告诉你要插一把刺刀？"我说："是我自己想到的。"老师连连说："好，好，好！"

应该说，是共产党重视在学校开展文艺演出活动，在我心里埋下热爱艺术的种子，乃至影响了我一生的职业走向。

不久，朝鲜战争爆发，中国人民志愿军跨过鸭绿江去抗美援朝。这又是一个重要的演出阶段。我是学生会文艺部长，每天领着大家排练宣传节目，大多是由我编写的活报剧，排练好了便走上街头去演出。我演美国鬼子，李伟同学演李承晚。李伟不久参军去了，多年没有信息。粉碎"四人帮"后，才知道他已经是北京电影制片厂的导演了，《四个小伙伴》就是他导演的影片。老同学多年之后再相逢，并进行合作，我的电视剧《雷锋》《毛泽东与李鼎铭》和长篇电视剧《非常城市》都是由他和他妻子斯琴高娃导演的。

那时中学组织夏令营活动，几百名学生聚到一起，主要是排练和演出文艺节目。我们这帮青少年，真是胆大包天、敢想敢干。我们演出过大型歌剧《赤叶河》、话剧《钢铁战士》。还排演过《龙须沟》，我是导演兼主演。为了排好这出戏，我们一伙人专程去沈阳观摩一家话剧团演出的《龙须沟》。看完剧已经小半夜，没有火车了，我们就在车站蹲了一夜，天亮了才坐火车返回抚顺。

参与市文联的筹备工作

　　1951 年秋天，我中学毕业。当时正是各单位需要充实干部队伍的时候，学校把我列入分配工作的学生名单中。根据我的喜爱和特长，把我分配到抚顺市文学艺术界联合筹备委员会，当戏剧干事。别看我当时只有 16 岁，我还是创办抚顺市文联的元老呢！

　　抚顺市文联和抚顺市话剧团同在一栋日式二层小楼里办公。话剧团每天不是排练剧目就是在剧场演出，我每天同他们混在一起，又看戏又参加座谈，我对戏剧艺术喜爱的血脉在这里得到延伸和升华。

　　文联戏剧组主要工作是辅导工矿企业剧团开展活动，一面培养业余作者，一面给业余剧团提供演出材料。后一项工作由全体文联工作人员参与，大家都动手写作品，不会写剧本的可以写鼓词、二人转之类的小曲小段。由于我在学校编过小剧本，又天天同话剧团打交道，对剧本的特点，

站在家旁的山岗向前看，刚跨进社会工作，满身朝气，满眼希望。如选首歌曲来唱，那就要唱《青春之歌》。

◎ 年轻时

知道一点儿皮毛，所以我就写剧本。当时正在轰轰烈烈地开展"三反""五反"运动，我就根据报纸上的相关材料，写出一个三幕话剧《拒贿》。剧情是一个正直的干部在主持建筑工作时，拒绝资方的金钱贿赂，工程保质保量地顺利完成。当时文联主持工作的是秘书贾啸天，他看了剧本，觉得挺好，帮助我修改了一下，便上了油印机，印出几十个剧本发到工矿企业中去。三幕话剧，这可是送给业余剧团的一份大餐，下边接到剧本后都纷纷排练、上演。抚顺市一所中学在首演那天把我请去，都是同学戏友，看了他们的演出，我乐呵了好几天。

初生牛犊不怕虎，我要把剧本邮出去，争取发表。向哪儿投稿呢？当时省里有一家东北总工会办的《劳动日报》，我冒蒙地把油印剧本邮给《劳动日报》。我本不抱什么希望，万万没想到，仅几天时间，《劳动日报》就连载了《拒贿》。那种高兴劲儿就甭提了。我赶忙把喜信告诉了在剧团工作的姐姐。

一天，我接了个电话，说是《劳动日报》一位叫李范的编辑来抚顺看我。我来到约定的火车站前的宾馆。我找到房门号，轻轻地敲门，房门打开，开门的是位30多岁干部模样的人。他打量着我，问："你找谁？"我说："您是李范同志吗？"他说："是。"他又打量我，"你找我？"我说："是，是你找我。"他一惊愣，"你是……"我说："我是李宏林。"李范急忙让我进屋落座，笑笑说："看

◎ 1952年，抚顺市文联全体工作人员合影

你的作品，估计你怎么也得有30多岁呀，哪知你还是位小朋友。"我俩都笑了。随着就谈起写剧本的事，他说："《劳动日报》是为工矿企业服务的，快到春节了，下边急需提供一些演出材料，请你继续给我们写，写完给我，发表快。"

这次与李编辑的见面，激发了我写剧本的热情。我又写了一个独幕话剧《不屈的斗争》，5天后整版发表。以后我又写了一个剧本，也登报了。应该说《劳动日报》是扶持我走上专业写作路途的重要加油站。

我得了70多元的稿费，我的月工资才21元。家穷，没见过多少钱，这下子可品到有钱的滋味是何等美好了。

但是正处在抗美援朝时期，得了稿费大多是要捐献给前方将士的。我有点儿舍不得，但是不能当尿蛋哪。我向贾秘书报告，我要捐献稿费。贾秘书知道我的家境不大好，便说："不用了，你留着花吧。"我一高兴，花 10 块钱买了一条蓝呢子裤，臭美了一下。

到工矿体验生活

　　组织上看我是个人才，但需磨炼和丰富生活，便把我安排到抚顺龙凤矿体验生活。我直接进入基层，任第二采煤区工会副主席。

　　那时按照毛主席的教导行事，老老实实地与工农兵结合在一起。我每天同矿工一样下矿井，坐闷罐车，忽悠一下子从地面落到 100 多米的地下，再在通道里走上半个多小时的路程，来到采煤地点，叫掌子面。掌子面里湿漉漉的，高高的煤层有的悬在头上，看着随时要掉下来。有的通道是个只能钻过身子的空洞，爬个来回蹭得身子疼。第一天我是在恐惧中度过的。上夜班更难受，正在睡梦中，听见闹钟铃响就要爬起来，迷迷糊糊地往矿井走。来到掌子面，恶心，犯困。没有人对话，十分枯燥和寂寞。有时我在想，长年累月在这种环境里干活的矿工，他们怎么能受这种苦？他们有何快乐？时间一长，我渐渐明白了，他

◎ 抚顺露天矿"英雄号"的矿工们

们在井下不寂寞,掌子里面一放炮,他们就像战士上战场一样冲进掌子里攉煤的攉煤,装车的装车,然后运煤小车响着铃声把煤运走了。他们快乐吗?在发工资的时候,是他们最快乐的时候,一个个数着钱票,开始互相拿矿友开玩笑了,有时还嘻嘻哈哈地追打着。特别是在采煤区间开展生产竞赛的时候,矿工们一个个下了矿井就像下了山的老虎,拼命干活,非要争个胜负不可。在政治上矿工有地位,著名的矿工张子富是全国人大代表。在生活上矿工享受特殊待遇,矿里设大食堂,总是备好丰盛的饭菜免费供给矿工们。一种国家主人翁的意识盘绕在他们心里。组织上安排我体验生活，与矿工接触，意在让我的情感更贴近产业工人，写出更好的作品。我在龙凤矿生活、工作了半年，回来的时候，我已经下定决心做一辈子歌颂矿工的作家。

1953 年夏天，将举行首届东北三省文艺汇演，各省市都在积极准备汇演节目。抚顺市决定拿一部话剧参演，组织全市专业的、业余的作者参与写剧本，最终选一个作为汇演剧目。为完成这项创作任务，我又深入一家把生产红旗竞赛搞得非常红火的工厂体验生活。我住在厂里，与班组工人同吃同住。我观察各个班组竞赛中的种种表现，发现在竞赛中集体主义精神和个人利益之间的矛盾是一个重要问题。我沿着这个思路，结合一些生活中的现象，最后写成一个《红旗给谁》的独幕话剧剧本。当时完成剧本创作后都要交给评审组，由市委宣传部、市文联和话剧团选出最佳剧本。幸运之神总是光顾我，最后选出的就是《红旗给谁》，我是编剧又是导演之一，由抚顺话剧团进行排练。

东北文艺汇演的大幕拉开了，真是好隆重！三省的文化精英都带着节目来了。大戏剧家、文化部艺术局的田汉局长来到沈阳观看文艺汇演。汇演半个月时间，他一直看节目，并且每天都有观后感发表在汇演快报上。

在汇演中最引人注目的是两位演员，一位是年轻的李默然，一位是辽西话剧团的王秋颖。李默然在苏联话剧《曙光照耀莫斯科》中饰演党委书记库列平。默然本人就有点儿外国人长相，再加上他表演风格上的大姿态、大气度，一下子就把观众征服了。可以说，至今，在中国人演外国人的戏剧角色中，无人能超过李默然。王秋颖演的剧目叫《边外村》，他演老爷子。王秋颖在舞台上声如洪钟、形如大松，一个人的表演可压住全台。两位都是优秀表演奖的获得者。正是他们在文艺汇演中的不凡亮相，长春电影制片厂排影片《甲午风云》时，邀请李默然演邓世昌、王秋颖演李鸿章。影片放映后获得巨大成功，两位表演艺术家把辽宁的戏剧表演艺术带进了全国前列。

抚顺话剧团的《红旗给谁》，有两位演员获得表演奖，其中有我的姐姐。我没获什么奖，但是我在汇演中增长了许多艺术上的知识。特别是在剧作者交流会上，许多有成就的新老作家讲述他们的生活和创作经验，给我很大的启发和教育。我还有一个重大收获，比在汇演中获什么奖都宝贵。

这天，市委宣传部文艺处通知我去处里，处长笑眯眯地打量我，说："送你去学习。"

学习，对我多么重要！我能写几个剧本，与小时候演剧和现在看剧得到的一点儿很浅薄的知识相关，但中国文学名著、世界经典作品，在我的文化知识库藏里还是空白。所以我急着问："让我上哪里去学习？"

处长仍是笑眯眯地回答："是中央文学研究所。"

什么？中央文学研究所！我没听错吧？文学界的人都

·話劇·

紅旗給誰

宏　林　作

東北人民出版社

◎ 话剧《红旗给谁》剧本封面

知道，那是大作家丁玲创办的培养作家的地方，如同苏联的高尔基文学院，能安排我到那里去学习？天哪，往回走的路上我还不大相信，好像是在做梦。

成立中央文学研究所是丁玲向毛主席提出的建议，她刚刚因《太阳照在桑干河上》获得1951年斯大林文学奖二等奖，她希望新中国能尽快地培养出一批优秀的作家，所以中国也应该有一所像苏联高尔基文学院那样的文学研究机构。毛主席同意了她的建议，于是由丁玲任所长的中央文学研究所应运而生。18岁，我走入这所"文学黄埔"，从此领略了众多文学大师的风采。他们的音容笑貌、治学风格，在70多年后的今天，仍然活在我的心底。这是哺育我成长的文学摇篮，让我终生受益。当然，我也忘不掉那些给予我温暖、戏称我为"小白兔"的师哥师姐们。

探索成长之路，解读智慧人生，
本章内容，扫码收听。

在文学讲习所的日子里

走入"文学黄埔"

1953 年 9 月 3 日，我坐火车来到北京，找到中央文学研究所所在地——鼓楼东大街 103 号。这里是早年富家人的豪宅，古色古香的，进了门，左右两个方院，有树，有鱼池，每个院里都有多所平房，那就是我们的宿舍，两个人一个房间。当时没有暖气，冬天屋里都安装炉子，由工作人员负责生炉子，不用学员操心。隔一条马路与 103 号相对的也是相似的豪华院落，所里的教研室、图书室、大讲堂以及所领导、教授们都聚集在这里。

成立中央文学研究所是丁玲向毛主席提出的建议，她刚刚因《太阳照在桑干河上》获得 1951 年斯大林文学奖二等奖，她希望新中国能尽快地培养出一批优秀的作家，所以中国也应该有一所像苏联高尔基文学院那样的文学研究机构。毛主席同意了她的建议，于是由丁玲任所长的中央文学研究所应运而生。

◎ 与中国作家协会文学讲习所同学邓友梅（左）

中央文学研究所第一期研究生班开班的时间是在 1951 年，学制两年。主要是招收那些已有写作成就，但没有受过专业培训的工农兵出身的作家，如已经写出《活人塘》的陈登科等人。招收研究员 40 人。

第二期改名为"中国作家协会文学讲习所"。为什么要改名字呢？一是两年的时间里，学员主要是学习而不是研究；二是中国社会科学院有个文学研究所，名字重复了。改什么名字好呢？新名拟了好几个，最后胡乔木提了个名字，说毛主席办过农民讲习所，我们就叫文学讲习所吧。一锤定音。我进入的就是中国作家协会文学讲习所，学员 43 人，学制仍然是两年，由诗人田间任所长。因为从第三届起改为短期培训班，粉碎"四人帮"后改为鲁迅文学院，都是短期培训班，所以称我们第一、二期为"文学黄埔"。

说来我是不具备入所资格的。当时对学员有如下要求：一是20岁以上；二是有3年以上工作经历；三是有创作成绩。我当年18岁，工作才两年，也谈不上有全国影响的创作成绩，我是一个被特殊收录的学员。这是因为抚顺市强力推荐，认为我是可塑之才，文联秘书长李超同志爱才如命，亲自修书给文学讲习所。我是临近开学的时候才收到通知去报到的，所以抚顺对我培养的恩情我终生不忘！

学员中已经有几位是全国知名作家了，如写《兵临城下》的白刃，他以长篇小说《战斗到明天》闻名遐迩。诗人张志民，他以长诗《死不着》占据新中国著名诗人一席位置。较年轻的有玛拉沁夫、邓友梅、孙静轩，还有咱们辽宁的赵郁秀，他们都20多岁，不用说，我就是小老弟了。当时有个电影叫《骄傲的小白兔》，师兄们就亲切地叫我"小白兔"。师兄们看我活跃，选我当体育委员。我们有个篮球队，我和玛拉沁夫、孙静轩都是球员，经常外出与有关单位比赛，可是打出一片威风。

文学讲习所有由多位著名作家组成的教务处，有留学法国、当过罗曼·罗兰学生的李又然，有诗人蔡其矫、作家沙鸥等，负责教务和讲学工作。

学习的课目有世界文学、苏俄文学、中国古代文学、中国"五四"以来和新中国的文学。学习以自学为主，配

◎ 文学讲习所安排学员旅游采风，在杭州西湖

◎ 与文学讲习所同学赵郁秀（左）

合文学大师、名家讲课，向学员系统传授知识。为了了解世界文学的来龙去脉，还专门开设了世界历史课。当然少不了政治课，那时讲的是苏共（布）党史。

文学大师讲文学经典

　　讲授中国古代文学的是大学问家、文化部副部长郑振铎，他讲中国通俗文学史。每次来他都夹个大皮包，挺胸阔步，一身官员气质。他围绕中国古典文学的诗歌、小说、戏剧方面的通俗传统讲了4次。这对我这个不大懂中国文学传统的年轻文学工作者，是极大的震撼和知识的充实。丁玲说郑振铎是读书人，讲话一套一套的，说历史文学像流水那么顺畅，不卡壳，还称赞他丰富的知识和不凡的表达能力。郑先生给我留下最深印象的，是他不时地说他在书摊上发现了什么什么古杂书，每部书都在几十册上下，他用几天时间都一一地看完了，并谈出他对书的评价，基本就是定论。我真是佩服，用现在的话说，那时郑先生在我心中就是个超人。再让我难忘的是，郑先生把皮包往讲桌上一放，对下边的学员似乎一眼不瞅，讲完课夹着皮包就走，师生之间没有一点儿互动，所以学员只记住他讲了什么，而对他的内心一无所知。有人说郑大师是当副部长忙的，顾不上人情交流了。非常可惜的是，几年后他到苏联出访，途中发生空难，中国失去了一位国学大师，他不情愿地告别了他热爱的文化古国。

讲中国古典文学的都是鸿儒：李又然讲《诗经》，游国恩讲楚辞，冯至讲唐诗、讲杜甫，阿英讲元曲，宋之的讲《西厢记》，聂绀弩讲《水浒传》，冯雪峰作学习《水浒传》总结讲话。

在这些大师级人物中，给我留下很深印象的是游国恩先生。当时他可能也就 50 多岁，但是在我们这些年轻人的眼里已经是位老人了。供职于北京大学的游国恩先生，是新中国成立后最知名的楚辞专家。当时出版的有关楚辞的著作，大多出自游先生之手，他是中国传介楚辞的第一人。游国恩个头儿不高，圆脸，腰杆挺拔，尤其是那声音如洪钟，在讲台上一站，朗朗地背诵一段屈原的《楚辞》，眼神即刻明亮，便开始进入屈原营造的楚辞的氛围中了。在几个小时里，他忽而声高，忽而声低，一直游走在神秘、怪异、美丽的屈原诗的境界中。一时他就变成了屈原，好像是他写作的《离骚》《天问》，是他投进汨罗江。在容纳几十人的讲堂里，学员们寂静无声，大家像面对屈原似的目不转睛地盯着这位完全屈原化了的游国恩。游先生的讲课深受学员们的喜爱，也推进了我对中国古典文学的了解。那时我除了学习按要求安排的课程外，还疯狂地读屈原的作品，虽然半知半解，但是我终于看到了中国古代作家的品格和笔下的丰采与浪漫。

讲授"五四"以来文学的是南开大学的著名教授李何林先生，他当时是研究五四文学的理论权威，他分次讲"五四"文学传统、左联时期的革命文学活动和延安时期的新文学。李先生每次都是从天津赶到北京授课。那时他正值中年，中等身材，腰板倍儿直，挺着脖颈，目光炯炯，讲起课铿锵有力，一句废话也没有，把他的讲话整理出来就是一篇理论文章。这让我这个年轻人在文学海洋面前大开眼界，懂得了什么叫大教授，要达到这个级别，不仅要有丰富的学问，还要有好口才，并要有一副庄重的仪表。一见这种人，你肯定相信他能给你传道、授业、解惑。

也有与其相反的情况，论其学问和社会影响也是大牌的，但是没有大教授的形象，表达能力也欠佳，藏在他肚子里的宝物一半卡在喉咙里吐不出来。其中一位是翻译家杨宪益。杨宪益可了不得，他在英国牛津大学读书期间，才 25 岁就把屈原的《离骚》翻译成英文出版。新中国成立后，杨宪益任《中国文学》外文版主编，翻译了《红楼梦》《先秦散文》及《鲁迅选集》等数十部中国经典作品，被称为"中西文化交流的桥梁"。他给我们讲希腊神话、希腊史诗、希腊戏剧，共三讲。这些世界文学的开山之作大多是他翻译的，介绍这些西洋经典著作应是他的长项。可能他每天的工作是研究英语，妻子是英国人，日久天长，说英语呱呱的，说母语却不那么流利了。讲课时说中国话不大自信，有点儿费劲，不时地夹杂一两句英语帮忙，当时对英文一窍不通的学员们，听了这些洋文如入云里雾里。但是多年之后一提大翻译家杨宪益曾给我们上过课，还是感到很骄傲的。

在数十位到文学讲习所授课的专家学者中，讲课最为声情并茂、表情最为丰富的，当数延安时期的老诗人柯仲平。他高身材，一身整洁的中山装，秃头顶，下巴上留着列宁式的一把抓的胡子，浓眉大眼，估计他是来讲课的专家学者中年纪最大的。一次文化部举办国庆舞会，陈毅元帅等领导人参加，我看到柯老带着舞伴在整个舞池里穿梭飞转，吸尽了大家的眼球。这位浪漫老人讲延安时期的新诗代表作《王贵与李香香》。他一口的陕北口音，讲起诗来眉飞色舞，两手比画，展示了十足的地域性诗人的特色，与通常教授们授课的姿态截然不同。柯老的名声不下于《王贵与李香香》的作者李季，他不时地把自己的诗歌创作带进讲课中，讲起来非常自信和兴奋。他列举他诗歌创作的口语化、民间性，听来很有创见。但是他举例的一首诗却成了大家课后的一个话题。这首诗歌颂一位哺育儿女的母亲，柯老背诵道："妈妈不睡觉，给孩儿洗尿。"这个"洗尿"课后最令孙静轩嗤笑，他嚷嚷，民间诗人为了合辙押韵把尿布都扔了，洗尿，尿怎么洗呀！大家也都觉得这个"洗尿"因文害意了。

关于《水浒传》的学习与讨论

在学习中国古典文学单元中，重点学习的作品是一百二十回本的《水浒传》，不分组别，学员们都要埋头读这部经典著作。在一个多月里，讲习所的大院中寂静无声，人们都把眼球盯向书中的一百单八将。晚上的谈资也是宋江、李逵等梁山好汉的故事。为什么在四大名著中选择《水浒传》作为重点学习作品呢？可能当时文学界正流行讲"人民性"，四大名著中《水浒传》是写平民造反的，人民性最强，所以入选。

谁来讲《水浒传》呢？是时任人民文学出版社副总编辑、杂文写得极好、被称为"鲁迅第二"的聂绀弩。聂绀弩细高的身材，脸颊瘦削，不修边幅，更不讲排场。他讲课不登讲台，就在第一排课桌前袖着两手来回游走，嘴里叼支香烟，一只眼睛被烟熏得眯缝着，似乎还喝了一点儿酒。他与周总理在黄埔军校是同事，周总理曾戏称他是"20

世纪最大的自由主义者"。他没有讲稿，所谓讲课就是他想到哪儿就讲到哪儿。其实这时的学员们已经把《水浒传》读得倍儿透了，只想听听他有什么独到的见解。别说，他真谈出了不少大家没有意识到的内容。他说《水浒传》有两大弱点：一是杀人太多，武松血洗鸳鸯楼，好人坏人一起杀，连丫鬟都不放过，这就不好；二是歧视妇女，你看宋江杀阎婆惜、武松杀潘金莲、杨雄杀潘巧云等等，都是扼杀妇女的自由权，是封建妇女观的典型反映。聂绀弩顺口提到的这两点真是未曾有人提到过。

这位 20 世纪 20 年代在苏联学习时的邓小平的同学、30 年代参加革命的"老革命"、追随鲁迅的大文学家，在给我们讲课后不久就陷入"胡风反革命集团"案中，后又被打成右派分子，"文化大革命"期间再戴上"现行反革命"的大帽子，被关进监狱。多年后平反，重回革命队伍。

为了让大家学好《水浒传》，讲习所安排了许多课程，教学研究室的路工，为学员举办问答会，由他解答有关《水浒传》的各种问题。其间还请来评书名家连阔如，听他讲《水浒传》的人物塑造。由于他是艺人而不是文学家，除了他稔熟书里描写的人物并在说书中有所丰富之外，提供思考的内容就较肤浅了。最为隆重的是举办全体学员学习《水浒传》的讨论会，平日一行行前后横排的座椅被布置成一个方阵，学员们面对面地围坐，一个个踊跃发言。有的说宋江造反有功；有的说宋江招安是不折不扣的大叛徒，罪大于功；有的予以反驳，说宋江是历史所限，不能用今人眼光要求古人，他仍然是英雄。有的称赞李逵是真正的平民造反的代表；有的说李逵没有组织纪律性，净添乱。有的说论艺术形象林冲写得最好；有的说更爱鲁智深。还有一位年岁最大的学员、山西某艺术学校校长，他竟讲起《水浒传》与"四大皆空"的关系，说得振振有词，但离题太远，所言虚无缥缈，大家听得稀里糊涂。争论到最后，各种观点没有交融，问题还是停留在原点。如何让为期两个月的学习《水浒传》完满落幕，教务处可是煞费苦心，最后请出德高望重的中国作家协会党组书记冯雪峰，来给大家作学习总结。

　　冯雪峰，新中国成立后在文学界党内地位仅次于中宣部副部长周扬。在 20 世纪 20 年代，冯雪峰作为中共代表到上海与鲁迅接触，向鲁迅传达中央红军的信息，并同鲁迅一起在上海建立起中国左翼作家联盟。他 1934 年随红军长征，是一位杰出的革命文学家。他还以亲身经历写出电影剧本《上饶集中营》，拍成电影后红遍神州。由这位中国作家领军人物来给学员学习作总结，大家都感到是一种荣幸。冯雪峰来讲习所讲学的信息传出去后，一些所外的文学界人士都赶来听讲，于是不得不在学员的座椅之外再加些座位。

　　那年冯雪峰 50 岁，瘦弱，中等身材，长脸，笑面，目光慈祥，稀疏的头发有些灰白。他不像郑振铎那样有官相，也不像聂绀弩那样像个流浪汉，更不像游国恩那样为诗而癫狂。他就像个穿着整齐的邻里大叔。关于在总结中讲什么，教务处的同志早把学员讨论《水浒传》时的各种观点作了汇报，他便有针对性地作总结发言。他讲的主题是怎样理解现实主义。《水浒传》是古典主义的巨著，它艺术地反映了历史上平民百姓反抗封建压迫，群起而造反的经历。现实主义的核心特征之一是真实性，《水浒传》所反映的起义于史有据。他强调，现实主义不能脱离历史的具体情况，强求古人按现今的思想追求去行事，不是历史唯物主义观点。历史上的农民起义，成功了是帝王轮换，失败了是四下走散，放下武器被朝廷招安，这在历史上是常见的农民起义的一种结果。无论是哪一种，人民起来反抗封建统治，都是对封建统治的沉重打击，撼动了封建王朝的统治根基，启示了被压迫的人民群众，是推动历史前进的巨大动力。这样，就把造反与招安的分歧融合起来了，两者不是对立的，而是历史上农民起义的两种现象。冯雪峰还就《水浒传》的章回式结构和人物塑造等方面对中国文学的重大贡献作了分析。他的总结发言，用历史唯物主义观点和马克思主义文艺观，阐述了《水浒传》在中国古代文学中的经典地位和久远意义。遗憾的是，不久，在冯雪峰主持《文艺报》期间，因为没有支持对红学专家俞平伯的批判而落马，"文化大革命"期间遭难，没等看到曙光就故去了。

　　1998年中央电视台播放电视剧《水浒传》的时候，就剧中的缺陷，我在报纸上连续地发表了几篇评论文章。有的朋友感到奇怪：你这位新闻记者怎么又论起《水浒传》了？朋友们不知道，早在五六十年前我就登上梁山，同一百单八名好汉在梁山相拥相抱了。

　　但是我对《水浒传》曾有过困惑和痛苦。那是在 1975 年批"水浒"的时候。在我心中耸立了半个多世纪的一座中国文学丰碑、中国人引为骄傲的文化遗产的瑰宝，怎么突然变为鼓吹投降的坏书，并发动全国上上下下进行批判？彻底颠覆了几代人对《水浒传》的研究成果。这个结果，怎样向前人交代？怎样向后人说明？我在内心里对这种奇思怪想不敢苟同，但那是在"文化大革命"时期，我只能把这种苦闷埋在心里。在粉碎"四人帮"之后才明白，这是"四人帮"用隐喻手法给周总理扣"投降派"的帽子。

曹禺和孙家秀的风采

　　最引人注目的讲课人是曹禺。他讲课那天，一些北京的剧作家来了，写作《战斗里成长》的著名剧作家胡可早早地来到讲堂，拿着笔记本先找个座位坐下。从全国聚集到北京，听苏联戏剧家列斯里授课的各省市导演、演员也赶来了。临时加座太多，有人贴墙坐着。曹禺不讲《雷雨》《日出》，而是讲莎士比亚的《罗密欧与朱丽叶》。曹禺一进讲堂就气势不凡，身后有两个拎包的，一般讲课人是站着讲，而他是登上讲台坐在讲桌后面讲课。他身后站着一位英俊小伙，手里拿着一支粉笔，不时地把曹禺讲课的要点写在黑板上。我当时纳闷儿，曹禺是北京人民艺术剧院的院长和剧作家，他怎么还有一个训练有素的讲课班子呢？当时中央戏剧学院的院长是杨尚昆的夫人李伯钊，邓友梅的妻子是李伯钊的秘书，邓友梅的各种消息最灵通，从他处得知，曹禺的一项重要工作是到中央戏剧学院授课。

讲《罗密欧与朱丽叶》是曹禺自己选的内容，因为这部莎翁的经典作品是他翻译的，因此讲起来从剧本的内容、思想到每句台词他都吃得透透的。讲课时，中国戏剧大师怀着一种致敬的心情，讲述英国戏剧大师留给人类的文化瑰宝。在大学读书时，曹禺便领着同学演话剧，表演天分和朗诵才能极好。而莎翁剧本中的中文台词又是出于他的手笔，因此他不时地读莎翁的原著，像是读他自己的作品。他那虔诚的心态，他那澎湃的激情，他那乐曲般的声调，征服了每个听讲者，大家在感动中领略了戏剧大师的风采。

当时我还纳闷儿，曹禺23岁就写出不朽的《雷雨》，他是从天上掉下来的天才吗？通过这次听课，之后又观摩了曹禺创作的一系列话剧的演出，还得知曹禺先生不仅熟读莎士比亚，对古希腊悲剧和易卜生的创作都做过精深研究，使我明白了，他是苦读先人的经典，吸收大师们的精华，学习了古希腊悲剧表达命运的特色，消化了莎剧刻画复杂人物的长处，理解了易卜生戏剧的社会性，使曹禺把他忧国忧民的情怀提升到一个在中国无与伦比的崇高的艺术境界，创作出既有丰富人性又含有深刻社会性的不朽剧作。曹禺先生成为中国现代戏剧泰斗，是踏着先人的足迹，又创造性地结合中国实际进行实践的结果。这个发现激励我埋下身子读好书，努力吸取前人的成果充实自己。1984年，我出版了《李宏林电视剧本集》，曹禺先生为书作序，序言说了赞扬我的话，我从中也理解了他的重要提示："创作，不是凑合。"这句话成为我一生在创作时鞭策自己的警句。

另一位讲莎士比亚的专家是中央戏剧学院教授孙家秀。她是位中年妇女，中等身材，方脸膛，皮肤稍黑，戴副近视眼镜，神态和蔼。她是留学英国专攻莎士比亚的学者，为学员讲《奥赛罗》和《李尔王》。她与曹禺的讲课风格截然不同，如果把曹禺的讲课比作大江奔腾，那她的讲课就是潺潺流水。她不慌不忙，把一个个剧中人物的内心活动仔细阐述，每讲到激动处，她总会轻轻地咳嗽一声，来掩饰她的情绪。我们戏剧组是把莎士比亚的作品作为外国文学的重点来学的，对《奥赛罗》和《李尔王》都读得稀烂熟，所以学员们对孙教授的每个感情的细微变化都理解，都有同感。她对剧本的分析也合大家的胃口，所以我们对她讲的课都认真地听和记。邓友梅是小说组的，对于戏剧没有同我们一样的兴趣，所以在第二次讲课时，他突然向孙家秀提出一个谁也意想不到的问题："请问，男女年龄相差悬殊的结合，怎么会有爱情的感觉呢？"孙家秀笑笑回答说："等有时间的时候，我回答你。"她把这个带刺儿的问题搪塞过去了。

邓友梅在中央戏剧学院有内线，他通过妻子知道孙家秀的丈夫在年龄上大她许多，调皮的小邓就拿这个问题难为孙教授。课后大家都批评邓友梅不友善。文学讲习所举办新年晚会，请孙家秀来参加，主持人宣布孙家秀表演节目。我纳闷儿，老实巴交的孙教授是会唱还是会舞哇？结果她不唱也不舞，而是背诵古代经典散文，十几分钟，一气呵成，诵毕赢得阵阵掌声。这时这位留洋教授令我格外尊敬，作为一位专家她不仅精通英国文学，还对祖国的文学经典烂熟于心，这就是中国大家的风采。我在学习中，在与大师名家的接触中，渐渐明白了，一个作家是由世界文化和中国文化的丰润乳汁哺育而成的。这乳汁之源就在经典著作里，就在专家们的传授中，所以我敬畏地接受这些哺育。

　　一个夏日，我们戏剧组的学员被孙家秀邀请到她家里做客。记得她家离什刹海不远，是一个四合院，我们十几个人围着孙教授坐在一棵树下，我们谈世界各大戏剧家的名著，她一一地给我们讲解。这时从院外进来一位头发花白的长者，他是政法部门的一位领导、孙家秀的丈夫。他看见树下坐着一群年轻人就笑了，并主动同大家点头打招呼。孙家秀向他说："文学讲习所的同学来家做客。"长者连连弯身说："欢迎，欢迎。"说罢进屋，后几个小时再也没出来，可能是不来打搅我们师生的聚会。他给我们留下了很好的印象。回来我们就批评邓友梅，有人说："什么叫爱情，你到孙家秀教授家里去看看就明白了。"

诸多名家讲鲁迅

　　"五四"以来的中国文学以学习鲁迅的作品为重点，这是全体学员都必修的课目。请来的讲课人是中国文学界最了解鲁迅的几位人物：冯雪峰讲鲁迅的小说，孙伏园讲鲁迅的往事，胡风讲鲁迅的杂文。

　　说到孙伏园，他同鲁迅的关系是具有历史意义的。孙伏园来所讲课时并没有引起大家的重视，因为他不是著名作家，有人说他是个出版商人。他的长相也没有作家的气质，胖胖的，富态的面孔，在直观上怎么也让人想不到他是鲁迅的密友，是个曾让蒋介石脑袋疼的中国"副刊大王"。他在北京办《晨报》副刊时，就与当时住在北京的鲁迅有交往。他慢声慢语地向我们讲，他办的《晨报》副刊是由多块版面组成的，他请鲁迅为他写一篇连载小说。鲁迅说他正在思考写一个反映中国底层小人物的小说，主人公叫阿贵，写他的愚昧、狡黠、可悲。孙伏园当场"定货"，鲁迅写一段，《晨报》副刊就发表一段，这篇小说就是中国新文学史上的丰碑《阿Q正传》。小说中反映出的"阿Q精神"至今是中国人照看自己丑陋一面的镜子。鲁迅移居上海后，孙伏园也去了上海，同鲁迅一起办周刊《语丝》。我一直不解，"语丝"是什么意思呢？作家的语言似丝丝细雨，点点滴滴滋润人心？抑或是收集作家的只言片语传递给读者？没想到孙伏园的解释竟简单得不能再简单。他说，筹办《语丝》时大家起名字，因为当时上海的刊物太多，

◎ 在鲁迅故乡绍兴陆游与唐琬的诗壁前

想了几个名字都没有超出这些刊物所含意义的范畴。鲁迅提议，每个人写一个字，然后从中抽出两个字就是刊物的名称。大家同意，就各写一个字，抽出的两个字就是"语丝"。鲁迅说这两个字联在一起很别致，也讲得通。《语丝》就这样诞生了。

孙伏园在上海时是鲁迅家里的常客，对鲁迅的家事非常了解。他就这个内容曾写过一本《记鲁迅二三事》。给我们讲课时他也透露出一些鲁迅的私事。他说鲁迅是孝子，他明明知道不能同第一个夫人生活在一起，但他还是遵从母命举行婚礼，之后他只身出走，再也没同结发妻子联系。许广平是鲁迅的学生和战友。他介绍说鲁迅与弟弟周作人不合，因为鲁迅不满周作人多事的日本妻子，兄弟俩就没有来往了。

孙伏园与鲁迅相交密切，不仅是文缘，还有一份政缘。1927年，毛泽东在武汉写出著名的《湖南农民运动考察报告》，在武汉国民党报刊当副刊编辑的孙伏园，当年就在副刊上全文刊出毛泽东的这篇报告，公开地表明了他的政治倾向。抗日战争时，孙伏园又在他办的报纸副刊上全文刊登了郭沫若宣扬爱国主义的话剧《屈原》，促蒋抗日。这个举动激怒了蒋介石，孙伏园被撤职查处。鲁迅逝世，

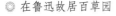 在鲁迅故居百草园

孙伏园写的一副挽联成为纪念鲁迅的经典："踏莽原，刘野草，热风奔流，一生呐喊；痛毁灭，叹而已，十月噩耗，万众彷徨。"此联用鲁迅先生所著书名及主编之刊名缀成，不但含义深刻，而且构思精巧，一直被学界所称道。孙伏园来所讲课时任出版总署版本图书馆馆长。当时中国文艺界头面人物云集首都，都需安排职务，在这一历史时刻，政务院安排孙伏园出任一个文化官员，也是对他"五四"以来在中国文化战线上的贡献的一种肯定，当时的"出版商人"是个不甚文雅之称谓，把这个头衔落在孙伏园身上，有点儿冤枉人家了。

最后一位讲鲁迅的，是以后不仅被中国也被世界关注的大人物胡风。他讲鲁迅的杂文。这时的胡风日子不是很好过，一些报刊已经在批判他的"资产阶级"文艺理论，其核心是他提倡作家的主观战斗精神。批评者说，这是主张作家拒绝立场转变和思想改造，用自己的资产阶级和小资产阶级立场、思想去占领文艺阵地。这时候文学讲习所为什么请这么个有争议的人物来讲课呢？我想有两个原因：一是当时的胡风还只是文艺理论思想上的问题，他还写了一篇热情歌颂毛主席的诗歌在《人民日报》上登载，一时在政治上没出现危机；二是他和鲁迅的关系别人无法代替，他是最靠近鲁迅，并一直忠实于鲁迅的学生。他积极地参与鲁迅鞭笞旧社会和批评文化对立面的活动，包括批评"四条汉子"周扬等人。鲁迅逝世时的送葬活动由他主持，因此他被社会公认为鲁迅的第一大弟子。

胡风出现时，学员们都以好奇的态度迎接他，都想听听这位鲁迅的知音，在文艺理论上与主流意识不同轨者讲些什么东西。胡风是第二位不上讲台的讲课人，他像聂绀弩一样在讲台下学员第一排的课桌前走来走去。胡风身材魁梧，这位南方才子很像我们东北大汉，秃顶，大脑门儿，长方脸，两腮肥厚，浓眉大眼，不像是什么理论家、诗人，而像一位有威严的大工头儿。随他来的是一位女士，当时看上去30多岁，长得苗条，穿着朴素，文静而美丽，是他的夫人梅志。她坐在为她安排的讲台旁的一张椅子上，她不时地把胡风讲的话记在一个本子上。胡风讲课声音洪亮并充满激情，讲到激动处就抬起右手伸出食指在腮旁点动着。他说鲁迅的杂文是刺向国民党黑暗统治的利剑，是投向资产阶级、小资产阶级文艺帮派的匕首，是召唤人民大众觉醒走向光明的旗帜。胡风说他之所以追随鲁迅，是因为受到鲁迅杂文的感染，受到鲁迅战斗精神的激励。他说鲁迅爱国之心特别深，痛民之情特别切。鲁迅在杂文中骂人，他不是随便骂谁，而是该骂者才被骂。这就是鲁迅提倡的"横眉冷对千夫指，俯首甘为孺子牛"的精神。他也不怕被别人骂，对诬陷者他加以10倍力量的回击，这就是鲁迅提倡的"痛打落水狗"的精神。讲得兴奋了，热血沸腾了，他就脱掉外衣穿着衬衣接着讲。他讲鲁迅杂文的主要意思，是强调鲁迅的战斗精神。现在回忆起来，按时间算，胡风那时已经写出对新中国成立后文艺走向的三十万言书，是不是他在鲁迅身上寻找到战斗力量的支撑？在讲鲁迅杂文时，胡风也不时地对自己文艺创作理论加以阐述。他讲作家如何写牺牲精神，许多英雄为国家、集体奋不顾身地献出了自己的生命，而作家要去写这种牺牲精神，但是哪位作家体验过英雄牺牲时刻的心理状态？那怎么办？他说，其实我们每个人都有过为别人牺牲的想法，比如为父母去死，为你的爱人去死，我们可能都有过这种意念。人的牺牲精神是相通的，用我们的这种体验可以去理解英雄牺牲时的心态。胡风的这种理论是他提倡的主观战斗精神在创作上的典型的例证，在当时是大忌。因为小资产阶级的心理体验，怎么能够代替工农兵英雄的感情世界呢？这是当时作家必须遵守的认知。而胡风就是拧着劲儿地讲了。当时不许谈人性，只准说阶级性，而胡风所坚持的是"文学必须为人""为人生"的文艺观。

一般每位专家讲课后，教研室不几天就会把刻印得十分精致的讲演稿发给学员，而胡风三次讲课，竟没有一份讲义印出来。原来是这时胡风出事了。不久，《文艺报》用附件发表了胡风的三十万言书；又不多久，《人民日报》发表批判胡风的文章，随后胡风的追随者舒芜上交胡风给他的信件，引起上层关注。胡风执拗地坚持自己的文艺观，加上三十万言书中一些过激的语言，再添点莫须有的政治罪名，一下子就把他推向"胡风反革命集团"头目的位置上。

文学讲习所也因"胡风反革命集团"案提前两个月结业，让学员们回单位去参加反胡风斗争。

　　1978 年，新中国文艺界最大冤案的"头目"胡风得到平反，引起世界性的轰动。

老所长丁玲的文艺观

　　丁玲，是一位在中国有着特殊地位的女作家。在 20 世纪 30 年代的上海，她与革命作家胡也频结为夫妻，胡也频被国民党当局杀害。后她与中共派到左联工作的冯雪峰多有接触，被国民党关进监狱，获释后投奔延安，先落脚在保安。毛主席为欢迎丁玲参加革命队伍，特为她写词一首：

临江仙·给丁玲同志

壁上红旗飘落照，

西风漫卷孤城。

保安人物一时新。

洞中开宴会，

招待出牢人。

纤笔一支谁与似？

三千毛瑟精兵。

阵图开向陇山东。

昨天文小姐，

今日武将军。

◎ 与丁玲（右）、陈明（中）夫妇在沈阳

　　从毛主席的赠词中，足见毛主席对丁玲的赞赏和重
视。以后多年，丁玲一直是延安作家中的翘楚。与她地位
相似的，是文艺理论家兼宣传工作领导的周扬。后者在
上海与鲁迅有隔阂，而胡风和丁玲都是鲁迅的追随者。
据知，在延安时丁玲与周扬在文艺思想观点上就互有嫌隙，这种裂痕并没有因为有了新政权而消弭，反而各在领尖的地位上有抵触。

我见过周扬。那是在北京召开第二次全国文代会的时候。周扬任中宣部常务副部长，主管文化宣传工作，他就是指挥全国文学艺术工作的"总司令"，在这个圈子里是一言九鼎的。

周扬来大会作报告是大会的一个重要内容。千多人的大会场坐满了从各省市来的代表。周扬来了，先有工作人员报信儿，会场肃静下来，都往大门口张望。一会儿周扬进来了，前有引路的，后有几位跟随者。周扬身材不高，稍胖，白白净净的长方大脸，光滑温润，没有一点儿褶子，保养得很好。他笑面，总是一脸笑容地向左右代表们致意。他上台作报告，不拿稿子，一讲3个多钟头。讲的都是文艺方面的问题。

见老所长丁玲，比见周扬容易多了。她一直关心讲习所的发展，不时地来所里看看，到学员宿舍里同大家谈谈天。同时她还兼任学员导师，她辅导的学员是玛拉沁夫等青年作家，玛拉沁夫一伙人经常往丁玲家里跑。

丁玲来所里讲课。听说老所长来了，大家心情都有点儿激动。老所长圆胖的脸庞，两只标志性的大眼睛，总是和善地看人。她穿着条黑色西装裤，雪白的上衣外面套一件紫红色毛衣，还烫了头。在那时，一个40多岁的妇女有这套打扮，就是引领时尚新潮流了。她不上讲台，站在学员第一排座前边，像家长与孩子们对话似的讲话。她是南方人，讲话声音尖脆，神态从容，充满自信。想说什么她就说什么，说累了，她把放在前桌上的一只小药瓶打开，倒出一粒红药丸送进嘴里。淘气的孙静轩悄悄打开小瓶偷出一粒。课后人们问丁玲的秘书张凤珠，丁玲吃的是什么玩意儿？回答说是人参丸，讲话时间长了，累了，可以补气。丁玲讲课没有提纲，口若悬河任意讲，讲的都是学员们在学习和创作中关心的东西，所以大家非常喜欢听她说些什么。她讲话直率，有胆量说些不合时宜的话。

1957 年，丁玲被作为右派分子受处理之后，有两大罪状在社会上传得沸沸扬扬，并公开批判。一是说她在文学讲习所宣扬"一本书主义"；二是说她反对马克思主义指导创作，宣扬"学理论无用论"。

关于"一本书主义"，说是她在第一期学员中提倡的。其实关于所谓"一本书主义"，她在给我们第二期学员讲课中也有所提及。她在讲课中提到，培养你们干什么？就是要写出好书来，写不出书来叫什么作家？

看来急于要出好的文学作品，不仅是丁玲的渴求，也是国家的期待。当时中国两部小说《太阳照在桑干河上》和《暴风骤雨》，获得斯大林文学奖二等和三等奖，对提高刚刚成立的新中国的国际威望起到了很大作用，而当时新中国还没有几部长篇小说出现。丁玲要作家们写出一本书来，希望新中国能涌现出一批知名作家，用优秀的作品为新中国服务，这是十分正常的事。

2006 年，我参加中国作家协会第七次全国代表大会。开会期间，与文学讲习所第一期学员、《小兵张嘎》的作者徐光耀坐在一起。谈起"一本书主义"，他说，他亲自聆听丁玲讲作家要写出一本好书来，当时没有一个人觉得她是在鼓吹什么名利思想。作家写出好书是职业要求，是本分，是向社会应尽的责任。可是丁玲一倒，众人落井下石，好话也变成坏话，有关组织也这么作结论，极不公正，极不正常。其实丁玲要求作家写出一本好书来，对当时在文学讲习所学习的学员是一种激励。像在社会上产生很大影响的徐光耀的《平原烈火》、玛拉沁夫的《在茫茫草原上》、谷岩的《在三八线上》等，奠定这些作家地位的长篇小说，都产生在他们在文学讲习所学习的日子里。

丁玲的再一个"罪状"，是宣扬"学理论无用论"。这个帽子不小。

丁玲在讲课时说过读书、生活、创作与理论的关系。她理直气壮地说："你们读书不要太理智，一边读书一边考虑主题是什么，人物的思想是什么，教条地去读书，没有意思。我不这么读书，我用感情去读，把自己的感情融进书中所表达的感情，去享受、去体会，这种感知积累多了，就会在创作上有所触动、有所启发。太理论了，太清楚了，可能你只记住了一些空泛的思想和教条，对创作无益，不好。"关于作家与生活的问题，丁玲一再强调作家要深入生活中去，她批评一些作家做没有本钱的买卖，她说丰厚的生活才是写作的本钱。她表示自己愿意换换家里的客人，希望多来些工人、农民、普通百姓，使她不断地同生活在基层里的民众有联系。她还告诉大家，作家主要是写平常人，写好平常人是一辈子要努力的事。现今一些作家老是重复地写人们都知道的故事，老是说那么几句公式的教条的话，没有生活强去写，这不是创作。她批评一些所谓的理论家："作品的公式化、概念化，都是脱离实际的理论家教出来的，不要看他们那些东西。"这些尖锐的语言是我亲耳在大课堂上听到的。

　　1954 年 2 月的一天，丁玲来到文学讲习所，进到学员宿舍里看望她辅导的几个学生。一些在所里的学员听到这个消息，都涌进丁玲临时休息的房间里，围着她坐着，听她讲授文学创作。这是一次历史性的会见，为了记述这次会见，40 多年后，已是山东省文联副主席的苗得雨，把丁玲当时讲话的全部记录发表在《今晚报》上，不久得到已是中国作家协会副主席的邓友梅的回应。他除了更正苗得雨在个别记录上的错误后，主要是为苗得雨表功，是苗得雨把一份具有当代文学史研究价值的丁玲谈话，准确地传达给社会。丁玲的这次谈话，基本上是她在讲课时的观点，不过更系统了一些。邓友梅详细地讲述了丁玲讲话的背景：因为当时向苏联"一边倒"，什么都学苏联，在文艺上就把斯大林定下的苏联的"社会主义现实主义"创作原则，搬到中国的文艺创作中来。读书要从书中找社会主义思想因素，写作要体现社会主义思想主题。渐渐地，学习、教书和写作便出现了一种形式主义的模式，一些学员觉得面对丰富的文学名著只作简单的抽象整理和概括认识，学不到文学的真正内涵，有所苦恼。学员心惊胆战地反映了这个不合潮流的困惑。丁玲得知这种情况后，她在讲课中，在与学员的交谈中，都发出不合时宜的声音，向教条主义的理论挑战，维护文学自身的规律。这种勇气，不只是来源于丰厚的知识学养、才情胆略，更在于有一种敢于担当的精神风骨。或许就是因为她的正直、敢言，戳到某些人的痛处，她便被扣上一身罪名，被早早地排挤出新中国的文学界，发配到遥远的北大荒的密山进行改造。

1982 年夏天，丁玲早已平反，被邀请到沈阳讲学，由辽宁省作家协会常务副主席于铁陪同，马加主席让作为丁玲学生的我参加接待。在沈阳的几天里，丁玲和丈夫陈明参观、逛街、吃饭、谈话我都在身边，有机会进一步了解这位世界级中国作家的心态。她谈话和讲学突出两项内容：一个是她不同意当时流行的"代沟"的提法。她说，国家进行"四化"建设是每个中国人的责任，老少心情都要一致，强调什么"代沟"，我不同意。讲学那天她穿着一个半袖白色衬衫，戴个茶色镜片的眼镜，在大讲堂里给 1000 多名青年听众讲课。她首先说："我和你们不存在'代沟'，我们是为着同一个目标聚到一起的。谁讲'代沟'就是不让我参加'四化'建设！"已经是 70 多岁的老人，对祖国热爱之心依然火热，对献身于国家建设之情仍不减当年。

她讲课的另一个主要内容，就是作家和人民和生活的关系。她强调的还是 28 年前她在文学讲习所讲述的观点，谆谆地教导后一代。她说："作家要沉下去，沉一下好，沉一下就会思考。浮时从上边看底下朦朦胧胧，沉下时躺在地下往上看，就清清楚楚。"她说："人民群众是我的生命源泉。在北大荒时，我为他们做一点儿事情，他们就鼓励我，是他们在我困难时期给我帮助。"陈明曾讲，一位农工家属把与丁玲合影的照片一直挂在家里的墙上，"四人帮"横行时她也不摘。一直到丁玲平反后，他们夫妇重返北大荒时，这张照片还挂在原处。讲完课后，丁玲登上轿车，数十名青年人围绕着车不舍得让丁玲离开，丁玲摇下车窗，微笑着，把手伸出窗外与多人握手。我怕累着老人，催司机开车，丁玲才依依不舍地离去。见到这个情景，我十分感动。

丁玲热爱人民，人民热爱她，这就是人民的作家与人民群众的关系。遗憾的是，当她怀着满腔热情，要为祖国和人民书写新的文学篇章时，却过早地离开了她热爱的土地和人民。但是她留下一份遗产：在世界许多地方成立了研究丁玲文学创作的组织，多次召开国际性会议，研讨丁玲的文学创作和她对中国文学的重要贡献。她也给她教诲过的学生带来一份荣耀。

两位青年诗人的"战事"

我再说说一场有趣的文学争论,虽然有点儿滑稽,但它牵涉到两位中国大诗人。

这场"战事"是由青年诗人孙静轩和苗得雨引起的。

孙静轩入所学习时 23 岁,他是小八路,来所学习前是《山东青年》的编辑。苗得雨入所学习时 21 岁,他 12 岁就发表诗歌,被称为"孩子诗人",是山东省文联的创作员。都是山东老乡,很自然地把他俩安排在一个房间。开始还平安无事,日子多了,二人各自的文学主张及生活习惯就针尖对麦芒了。孙静轩是洋诗的崇拜者,每天普希金、惠特曼的诗句不离口。苗得雨敬重的是通俗押韵的中国诗人的诗作。苗得雨在省文联搞创作,总想教育崇拜洋诗的孙静轩,处处看着不顺眼。小孙穿一双皮鞋,苗得雨批评说,鞋是皮的,脚是肉的,你干吗自找苦受,要穿布鞋。孙静轩常同我去什刹海游泳馆游泳,苗得雨批评说,男男

◎ 与文学讲习所同学颜振奋（左）、孙静轩（中）合影

女女光屁股在游泳池里蹭来蹭去，这是资产阶级腐化堕落的表现，说小孙有崇洋媚外倾向。小孙哪能接受苗得雨的这种教育，便说："房里的电灯也是洋的，你怎么在用？"苗得雨也真叫争气，他掐了电灯，点上蜡烛。大家去看剧，需要坐电车，小孙挑事了，向苗得雨说："这电车也是洋玩意儿，你不能坐呀！"苗得雨果然不坐，气哼哼地徒步走到剧场。斗气到极点，肢体动作就爆发了，从屋里打到屋外，同学们赶忙出来拉架。怎么办呢？他们实行一室两制，一室隔二，中间用布帘隔开。孙静轩这边的桌子上摆着维纳斯和裴多菲的石膏像；苗得雨那边摆着泥人张的泥塑娃娃，墙上贴着梁山好汉的年画。

老年时，孙静轩写回忆文章，说到这一段土洋诗人之战时，自己乐得喷饭。都是因为那时太年轻啊！

他们演的是滑稽戏，可是却给两位中国代表土、洋诗派的大诗人带来麻烦。一位是艾青，一位是所长田间。孙、苗争论激烈时就拿这两位诗人作靶子和盾牌。一个说，艾青净写什么情啊，爱呀，眼泪呀，消磨革命斗志。田间的诗上口，好念，老百姓都能接受，那才叫战鼓诗。一个说，你个土小子，懂得什么叫诗，艾青的诗比田间的诗深刻多了，他的诗句美丽，充满爱国爱民的忧伤，那是国际水平的大诗人。结果，所里不仅知道孙、苗打架，还对两位大诗人各有不敬。两位大诗人在所里都有追随者，很快这种不敬言论就传到艾青和田间的耳朵里，各自都很不愉快，以至于所里请艾青讲课他都不愿意来。

艾青终于来所里讲课了。他40多岁，正当中年。他在北京属于名士风流、不拘小节那种名人，衣着随便，穿半旧的中山服。他近一米八的身高，方脸，左眼眶上长出一个肉包，使得他的脸左右不均匀。他的两眼并不明亮，但是极引人注意，他的眼白微红，眼里湿润，目光深沉，立刻让人想到他那著名的诗句"为什么我的眼里常含泪水，因为我对这土地爱得深沉"。走上讲台，他脸上没有一点儿笑容。知道艾青的人都知道他出言犀利、话语尖刻，估计他今天围绕土洋之争的事要说几句话。果然，他一开口就一股火药味："我不敢进你们的大门，名师出高徒哇，你们都是田间的学生，有大诗人，我这个写几句洋诗的人岂敢给你们讲课。"这分明是对苗得雨来的。随着转了话题，也是批评。智利诗人聂鲁达荣获诺贝尔文学奖，他和萧山前去祝贺。文化部让他俩带了不少宣传新中国的材料，结果一路上都被外国机场没收了。他批评政府工作严重官僚主义等等，说了一大堆不合时宜的话。艾青的这张嘴，后来给他招来不少祸害，1957年反右派斗争时，让人家抓到许多"辫子"，还让画家画了漫画。

老舍先生的结业讲话

　　我在文学讲习所学习期间，老舍先生没来讲课，也未来做过客。他第一次来文学讲习所，是在 1955 年第二期学员结业前夕。那时北京文艺界批判胡风的势头正猛，我们学员也常去文艺部门旁听批判大会。我们戏剧组的学员，曾参加一次中国戏剧家协会批判胡风头号弟子路翎的大会。批判会由剧协主席田汉主持，因为路翎在中国青年艺术剧院供职，在北京的许多戏剧界名人来参加会议。路翎是美男子，口才也极好。他在站着检查自己的同时，批判胡风的资产阶级文艺理论对他的毒害，批得头头是道，比已经发表在报刊上的一些文章还有条理、还深刻。当时令善良的田汉十分感动，对路翎转变立场、回归到马克思主义文艺观上来抱有很大希望。殊不知，这是路翎在演戏，他根本与胡风不离不弃。他坚信以胡风为代表的、以作家主观战斗精神为核心的文艺创作理论是真理，与批判胡风理论的理论和批判架势周旋对抗到底。所以最终他被定为"胡风反革命集团"的第一号骨干分子。

正是在这个时候，中国作家协会委派副主席老舍先生来送别第二期学员。先生两腿有毛病，虽然不到 60 岁，但已经拄手杖借力行走了。那时天已暖和，老舍仍然穿着老式藏青色呢子大衣，戴顶制帽，眼前架着那副标志性的细边眼镜。他在大课堂上与学员见面并讲话。他坐在讲台的椅子上，脱掉了大衣，露出一身整洁的中山装，头发也梳得整齐。他面孔和善，一口北京腔，语气温和，说话慢声慢语。大家想，揭批"胡风反革命集团"政治运动是当前大事，形势逼人，逼得我们提前结业，作为作家协会的代表和领导人，必定把胡风问题作为开场白，希望学员们如何积极地参加揭批"胡风反革命集团"政治运动等等。而奇怪的是，先生竟对胡风只字未提，离"运动"远远的。他开口是祝贺大家学习有成绩，然后就叮嘱大家回去如何注意个人形象、怎样安排好自己的日常生活。他说，你们是青年作家，自己要有个文明的形象，衣服要穿得整洁，头发要梳得齐整，不要疲疲沓沓的，显得粗鲁没文化。他还提示大家，写作的书案每天要擦拭干净，书稿要摆整齐，别丢三落四的。窗台上要摆上两盆花，写累了，看看花，解疲劳，还有一种愉悦感，对写作有好处。如果有院子，院落宽敞，栽点儿花草果木，那更是写作上的上乘环境。老舍先生讲了 20 分钟，始终不离作家修身、重视文明环境的内容。

　　大师的一席话相当不符合当时的政治气候。二期40多名学员，大多是从战火中和生产第一线走出来的，在政治立场上均是坚定不移的革命战士，对胡风的"反动"面目均是坚定不移的仇视，所以老舍讲话后没赢得多少掌声。会后甚至有激进的学员说老舍是引导青年作家脱离政治，往象牙塔里钻。以后多年，我虽然是阶级斗争的受害者，但是阶级斗争的弦一点儿不比别人绷得差。好多年里，我一直认为老舍先生的那次讲话，是对青年作家的误导。几十年疾风暴雨式的阶级斗争过去，我同许多人一样，不断地对发生在那个年月里的事情进行反思，我渐渐地感到愧对大师对我们的教诲了。我想那时老舍不谈胡风，是一种正直人表现出的政治智慧。在抗日战争时期，老舍是中国文艺界抗日文协的领导人，一切爱国的文艺家包括胡风，都是他的朋友，都在他的组织下进行活动，他了解每位文艺家。胡风在文艺理论上和某些人的争执，在那个时期就很激烈了，争论什么，与谁争论，他都清楚。作为民主人士的老舍，并不立场鲜明地站在哪个方面，他对胡风的问题心中有数。在全国掀起揭批"胡风反革命集团"政治运动时，一直看不见老舍先生战斗的身影，如果是有意避开胡风问题，那是他保持作家良心的一种选择。这也要有精神风骨。

　　再回顾老舍先生对我们的叮嘱，很值得我们思考。

讲话时的老舍，早已是蜚声国内外的著名作家。他周游世界，接触过许多国家的先进文化，与许多外国作家有交往。他对中国青年作家期盼的，不是在阶级斗争中表现得如何英勇，而是成为具有丰厚的文化素养、优雅的行止、高尚文明心态的作家。"五四"以来的代表性作家，无不是这种中国文化精神和人类文明的杰出代表。老舍先生是把他对中外著名作家的了解和他个人的体验，作为宝贵的认知传授给我们。他当年对我们的叮嘱，是一个超前的、冒风险的、深情的忠告！当时我们年轻，不明白。

可惜，一生不愿卷入政治斗争旋涡的一代文学大师，终究没能躲过污水的冲击。1966 年 8 月 24 日，这位最有可能第一个获得诺贝尔文学奖的中国作家，含冤投入北京太平湖。据考证，太平湖附近是他老母亲的最后居住地，爱国爱民的大作家老舍先生，最终还是把他的最爱献给了母亲，他再无声息地长眠在母亲的身边。

在文学讲习所学习近两年时间，我成长了。我畅游在世界文学和中国文学的大海里，懂得了一个作家要担负的社会责任；懂得了一个作家要有多方面的修养；懂得了一个作家掌握语言和结构技巧，是赖以生存的手艺。所里还组织我们去鲁迅的故乡参观，看到了鲁迅写作的原发地和诸多作品人物的遗迹，使我靠近了大师的身影，明白了他是怎样取材及为什么写作的。我还有重要的一点成长，就是在学习经典和接受大师们的教诲中，发现与现实的文艺主张并不完全相符，其中有差异、有矛盾，甚至有冲突、有风险。文学呀，它可不是供你欣赏的花朵，其中还含有血和泪！

- -

探索成长之路，解读智慧人生，
本章内容，扫码收听。

第三章

家乡的春风与秋雨

我的习作受到了批判

　　1955 年初夏，我从文学讲习所结业回到抚顺，仍在抚顺市文联工作，在文学组继续当干事。我不算荣归，因为我在北京时写的一篇 8000 字小说遭到全市性的批判。那时辽宁省文学界、新闻界正在批判一位大连作者的短篇小说《一个女报务员的日记》，说它的问题是宣扬小资产阶级恋爱观，宣扬爱情至上。我写的小说叫《莉莉》，这是我读了俄国短篇小说大师契诃夫作品后的一篇习作。我十分欣赏契诃夫捕捉写作素材的能力，他见到什么事情都能写成小说。比如他有一篇小说写一个男子看一个女子长得漂亮，在等车的站台上男子没话找话与女子闲扯，结果两个人看着停下的车开走了，都误了上车，气得女子骂这男子。我认定了那句 "生活里到处有写作素材" 的话，就看你作家有没有发现生活的能力。我也要试试。抚顺市文联搬过一回家，同市图书馆在一栋楼里办公。一个结了婚的图书馆女馆员婚后不思上进，钻进"安乐窝"里过日子，给我留下了很深的印象。我就以这位女馆员为原型写了这篇小说。当时抚顺市文联办个《抚顺文艺》，小说在这本刊物上发表了。

市委宣传部部长看到《莉莉》，很不满意。部长是位文化老干部，深通革命文艺应走的方向，并且自己能写作，在沈阳任某报总编时写过怎样写稿的册子。部长指导我们这些新生芽子，那能力是绰绰有余。他把《莉莉》和《一个女报务员的日记》相比较，属同类，都是以小资人物为主角的作品，违背文艺为工农兵服务的方向，指示抚顺市文联召开全市文学工作座谈会，批判《莉莉》的错误创作倾向。部长亲自出席座谈会。一些得到开会通知的业余作者都感到事态严重，有领导撑腰，发言时猛劲儿上纲上线，《抚顺文艺》在下一期上发表了批判《莉莉》的专栏。贾秘书给我寄来一本《抚顺文艺》，我看过那些批判发言后觉得十分可笑，竟然把我描写莉莉的嘴是樱桃小口都批为是为资产阶级小姐招魂。我把《抚顺文艺》交给讲习所一些同学审看，大家都说小说写得很好，选材新颖，说小资产阶级也是人民的一部分，写他们被关注和接受教育没有错，是你们的领导思想太保守。有的同学就提示我，可别回抚顺，你学习这些，那里容不了你。还有一些革命经历丰富的同学，如吕亮是老红军，与我同室的张朴是抗日时期的文化干部，他们都告诫我，你年轻，不懂政治上的事，你回去后先别急于搞创作，多听，多看，少说话。这是师兄们对我的掏心窝子的忠告！

我在文学讲习所学习近两年时间，如果说成长，我是成长了。我畅游在世界文学和中国文学的大海里，懂得了一个作家要担负的社会责任；懂得了一个作家要有多方面的修养；懂得了一个作家掌握语言和结构技巧，是赖以生存的手艺。所里还花重金让我们去南方多个城市参观。到了鲁迅的故乡，看到了鲁迅写作的原发地和诸多作品人物的遗迹，使我靠近了大师的身影，明白了他是怎样取材及为什么写作的。我还有重要的一点成长，就是在学习经典和接受大师们的教诲中，发现与现实的文艺主张并不完全相符，其中有差异、有矛盾，甚至有冲突、有风险。文学呀，它可不是供你欣赏的花朵，其中还含有血和泪！

我遵照师兄们的忠告，回抚顺后不提《莉莉》的事，安心地做我辅导业余创作的工作。

说实话，部长只是对我作品加以批判，不是对我个人存有偏见。部长是延安时期的一位文化方面的领导人，那时的干部在文艺方针路线上，是坚定地执行毛主席制定的文艺为工农兵服务的方针的。作为一座城市的宣传部部长，正确引领市里的作者执行党的文艺路线是他的职责。他没有预估到随着时代的变迁和革命任务的转化，各项工作都应有新的规范。1979 年 10 月 30 日，在中国文学艺术工作者第四次全国代表大会开幕式上，邓小平代表中共中央、国务院致祝词，指出新时期我国文艺工作的任务是要提高全民族的科学文化水平，发展高尚的丰富多彩的文化生活，建设高度的社会主义精神文明。其中特别强调"人民是文艺工作者的母亲"的思想。1980 年 7 月 26 日，《人民日报》发表社论，提出文艺"二为"方向，就是文艺为人民服务、为社会主义服务，文艺创作出现了百花齐放的大好局面。

1956 年春天的盛会

　　我的试验性创作有点儿不合时宜，而部长并没有从此戴有色眼镜看我，仍然认为我是可塑之才，所以在 1956 年 3 月召开首届全国青年文学创作者代表大会时，宣传部推选我作为代表参加。

　　这次大会目的是迎接即将到来的文化建设高潮，繁荣创作，积极培养青年作家，扩大创作队伍，反对限制和排斥青年从事业余创作的宗派主义态度和粗暴作风。大会由中国作家协会、中国新民主主义青年团和中华全国总工会联合主办，老舍为筹委会主任。有 400 名青年文学工作者参加会议。有因批判《红楼梦》老学究而一举成名的李希凡、蓝翎，有被称为"写作神童"的刘绍棠，还有邓友梅、邵燕祥、玛拉沁夫、林斤澜、丛维熙、陆柱国等在文坛上已显露头角的青年作家。

　　大会开了半个月，会议内容非常丰富。周总理到会作报告，胡耀邦代表团中央讲话，茅盾、周扬、老舍都在大会上作了相关报告和讲话。前两年我写了一篇短文《六十年前的文学事》，发表在《沈阳日报》上，记下一点儿不为人知的事情。

1956 年 3 月，在北京召开由中国作家协会和团中央主办的全国青年文学创作者代表大会，这是继 1954 年召开的第一次全国作家代表大会后，新中国的第二个全国文学盛事。辽宁组成一个代表团，我是抚顺市的代表，当年 21 岁。出席这样的盛会当然感到很荣幸。

第一天的全体会议在中南海怀仁堂举行，由周恩来总理作世界形势报告。周总理身穿青色中山装，步履沉稳地走上主席台。他一出现，全场就报以暴风雨般的掌声。他站在讲台前，掌声还是不断。这时他皱起眉头，不高兴地抬起双手几次往下压，力图制止大家的掌声。过了好一会儿，掌声才停息下来。谁也想不到，周总理说的第一句话竟是批评大家："我不同意你们为一个人这样鼓掌。我们从中央起是反对个人崇拜的，年轻的同志不要沾染这种不正常的风气。"总理的面容很严肃，语气虽重，却充满关怀。这时会场上寂静无声，总理才把话转向讲述世界形势的正题。

他没有讲稿，一口气讲了十几个国家的政治、经济情况，那么多的绕嘴的国家名字，没有一个字说错。又讲新中国怎样在复杂的国际环境中应对围攻我们的敌对势力。他列举一个个实例，娓娓道来，真是让我们佩服总理的记忆力和他高瞻远瞩的分析判断能力。当时对国际形势还知之尚少的青年文学工作者，听了这样清晰、深刻的国际形势报告，大开了眼界，扩展了胸怀。

会议期间，在北京饭店举办一次舞会，在北京的艺术界著名人士赶来参加。齐白石老人被人搀着来到大厅，坐在贵宾席上。一会儿卓别林戴着标志性的小礼帽拄着手杖也来到会场，人们发现他是由表演艺术家谢添扮演的。这时大家才悟到，那位"齐白石"也是由演员化装的假齐白石。正在人们称赞艺术家以假乱真的艺术才能时，大厅里突然响起掌声，是周总理来参加舞会了，他边走边举起右臂向大家打招呼。人们像潮水般涌向周总理，这时周总理又沉下脸来，指着拥上来的人们说："不要这样子嘛，我讲过，不要推崇某一个人，你们都退回去。"热情的年轻人只好回到原座上。乐队奏起舞曲，人们开始跳舞。在一对对男女走进舞池的时候，周总理也走进舞池跳舞。他的舞姿端正，面容严肃。虽然周总理不愿意人们突出他个人，但是人们走近他的渴望难以遏止，跳舞的人们都悄悄地向他的身边舞去，目光都盯向他，在周总理周围形成一个舞的旋涡。可能舞者挡住了周总理的视线，他没发现他又成为一个中心，这回他没吱声。在舞者中有两位知名人物与周总理的舞姿截然不同，一位是陈毅元帅，他身材壮实，但是舞步轻盈，与伴舞者目无旁人地尽兴地摇动和旋转，让人看到元帅柔情的一面。更为自由奔放的舞者，是来自延安的著名诗人柯仲平，人们都称他为柯老。他的头发已经花白，下巴上留着一把列宁胡，他在乐曲中带着舞伴从这头舞到那头，让大家看到了一位老诗人诗一般的心态。那个年头正是国家兴旺、人心舒畅、诗人诗兴大发的时代，从跳舞之中可见一代文化人的兴奋心态。

除了周总理的报告外，大会还安排了三场重要的报告会。如果说大会的组织者为这次报告会是百分之百的用心，而我却只有百分之二十的收获。这是为什么呢？

第一场报告会的主讲人是团中央书记胡耀邦。当年他 40 岁左右，留着平头，矮个头儿，却十分精悍。不过那天他神情有些痛苦，一上台先向大家说："我牙痛，话语不清时请原谅。"接着他就侃侃而谈，手势也多，似乎牙痛的事也忘了。不过他的湖南口音却让我们北方人抻长了耳朵也听不准他说些什么。我听他多次讲"毛顺"，有时说"毛主席"，我听明白了，而这"毛顺"是什么？我问身边的同志，他摇摇头。会后我找了懂湖南话的同志问了问，他说："是矛盾，他在讲毛主席的矛盾论，告诉我们青年文学工作者要用矛盾的观点去看待事物，在诸多矛盾中学会抓主要矛盾。"可惜，这么重要的关于事物矛盾的讲述，我却没有听明白。

第二场报告主讲人是文化部部长、中国作家协会主席茅盾先生。为了让青年文学工作者近距离地接触这位文学大师，特意把讲桌摆在靠前的位置。我坐的位置离先生不过十几米，他整齐的分头和唇上的一抹小胡子，我都看得清清楚楚。大师很爱笑，一坐下就面带笑容地望向大家。他讲文学创作，谈个人的写作经验，谈着谈着他就笑起来。我们北方人此时却很尴尬和着急，因为他讲的是地道的浙江话，我们一句也听不懂，不知道他讲的是什么，更不知道他为什么笑。语言哪，中国地域广大是好事，但是方言太多也耽误事，一次重要的解惑悟道的机会，却因为语言的隔阂而白白流失了。每逢想起这件事来，我都觉得十分遗憾！

第三场报告会的主讲人是苏联大作家巴巴耶

夫斯基。他是获得斯大林文学奖一等奖的长篇小说《金星英雄》的作者，当时在中国名声极大。大会组织者把他请来给中国青年作家作报告，可见用心之良苦。巴巴耶夫斯基没有苏联作家西蒙诺夫那种魁梧身材和大作家气魄，也少有肖洛霍夫那种蓬松的黄发和唇上的胡须所带来的潇洒，他的长相近似赫鲁晓夫，光头，矮胖，穿着肥大的西装，有点儿像集体农庄里的会计。他神态拘谨，不善言谈，又遇到一位不懂文学的翻译，可把这位老大哥作家坑着了。当巴巴耶夫斯基说过一段俄语后，咱们的翻译总不能立即翻译过来，他要同巴巴耶夫斯基商量一会儿，然后把他的理解传递给听众，而传递的信号总让听者发愣，听他总说"零件""构造""链条"等工业名词，人们越听越糊涂，有懂俄语的听众忍无可忍了，在台下喊："细节！""结构！""情节！"又有人喊："换人！换人！"一时会场显得混乱。这时一位懂俄语又懂文学的同志跳上台去，向巴巴耶夫斯基解释一下原因，然后请那位翻译下台，这才把报告会圆了场。但是作为大作家的巴巴耶夫斯基已大大地减弱了讲述的兴致，他匆匆讲了些无关紧要的话，报告会就结束了。唉，都是语言惹的祸！

2007 年，我去北京出席全国作家代表大会。会议期间，我的两位文学讲习所的同学、曾任中国作家协会党组领导的玛拉沁夫和任副主席的邓友梅，谈起半个世纪前召开的全国青年文学工作者代表大会这件盛事，那时大家都是朝气蓬勃的青年，而今都成为七八十岁的老人了，不知如今还有几人健在，还活跃在文坛上，都唏嘘不已。他俩便在代表中寻找当年的文学青年代表，搞一次小型聚会。总算找到 10 位老作家，加上他俩共 12 人。其中有李希凡，当年他和蓝翎是青年文学工作者代表会上最亮的明星，他们是因批判俞平伯的所谓唯心主义《红楼梦》研究而被毛主席赏识的两个"小人物"，由此展开了对《文艺报》的大批判。这次见面时他已经 80 岁了，"小人物"变成了"老人物"。还有我认识的著名作家孟伟哉，他曾出任全国文联秘书长，也临近 80 岁了。其中我算是小老弟，但也是70 岁有余了。大家围坐起来叙谈，都感慨岁月无情，好似眨眼间青丝变白发。但是大家都还保有一颗年轻的心，特别是李希凡，对一位记者采访他后写他"希凡老矣"，他很不满，说："我不还健壮嘛！"真的，这些老作家是老而不衰，仍然志在千里。大家难得生活在国家富强、社会和谐的日子里，多少波澜壮阔的生活在向老作家们招手。大家都表示会继续用笔讴歌有中国特色社会主义的新图景，为实现中华民族的繁荣昌盛的伟大使命而努力。

构思巧妙的《追老姚》

1956 年第一届全国青年文学创作者代表大会闭幕后，我被全国总工会留下写作工人队伍中的英雄人物。参加写作的有十几个人，组织者是工人出版社的何家栋，他是 1938 年的老干部，曾是抗日战争中的文武全才。新中国成立后，他筹办工人出版社，是出版社的领导人之一。当年他 30 多岁，仪表堂堂，神采奕奕，说一不二，大家都按照他的指挥棒行事。

大家奔赴各地采写，都按时交上稿子，结集出了一本书。这次写作也是我一次学习的机会。大家的作品中，有一篇发表在《人民文学》上，篇名叫《追老姚》，我读后十分赞赏。我想，《人民文学》选登它，重要的不在于人物事迹多么丰富，主要在于它的结构技巧。老姚是一位先进的邮递员，常年跑乡下给老乡送信和送物件。作品中的"我"，听说老姚刚出发去送信、送物，就沿着老姚的邮递线路去追老姚。一地一地追去，人们都说老姚刚走，每个地方的老乡都说些赞扬老姚的话。最终"我"也没追上老姚，但是路上处处说老姚，老姚的形象给说完整了，作品也完成了。作者的构思真妙，没见到老姚，没和老姚见一面说一句话，却写活了老姚。从中我学习到，写作时有了可写的东西，不要急着下笔，要多思多想，找出最佳、最奇特的角度把平凡写出不平凡，这就是作家的手艺。

这年夏季的一天，何家栋带着助手来到抚顺，打电话约我，我在宾馆与他相见。他这次来抚顺，想在这座著名的煤都选取可以出书的题材，让我提供线索。我提出矿工英雄张子富是非常好的创作原型。他回北京不久，给我来封信，代表出版社邀请我写一本介绍张子富事迹的书，我欣然接受了创作任务。张子富这时已经是抚顺市总工会副主席，家在市里，我很方便就找到了他的家。这是位将近50岁的山东大汉，我和他约定，每天抽出两三个小时向我介绍他的经历。这样我就进行了半个月的采访。

张子富是抚顺的一位传奇人物。他是从山东闯关东来到抚顺当矿工的，在山东时知道一些八路军抗日的事迹。他人在抚顺敌占区，心在家乡。当他看到国民党的统治已经是日落西山的时候，就发动矿工们拆解矿山机械设备收藏起来，等共产党来的时候再拿出来装上使用。新中国成立后，矿山里一次大规模的献器材活动就是由他发起的，为恢复矿山生产作出了巨大贡献。在开展矿山生产大竞赛的时候，他带领的采煤队总是超额完成生产任务，创造全国日产煤量最高纪录。他是全国煤炭系统的一面旗帜。后来，作家萧军在抚顺露天矿深入生活，写出长篇小说《五月的矿山》，作品的主人公原型就是张子富。我曾立志要写抚顺矿工，正好在写张子富的过程中实现我的心愿，对矿工表示我的敬意。我作了很多采访记录，把在文学讲习所学到的手艺想方设法地表现在张子富的形象创作中。我写了几节，都被《抚顺文艺》编辑部看好，一节一节地发表了。

这期间我开始恋爱，对象是市政府秘书处的秘书姜德琳。她是位上海女子，毕业于华东师范大学，学历远高于我。她是因为支援东北建设的需要分配到抚顺的。我与她结识，因为她是个文学爱好者，参加抚顺市文联组织的业余文学活动小组，我是她的辅导员，文学造诣高于她，所以我俩互相尊重。这江南女子是市里第一美女，我没挑的。但是人家搞了一次秘密政审，派她的女友来文联找领导暗访。领导说我根正苗红、前途无量，这姜女士才同我处下去。

8 月的一天，文联秘书长把我叫到他的办公室，说："小李子，你的工作变动了。"

我问："调我去哪儿？"

秘书长说："离开抚顺。"

我问："离开抚顺，去哪儿？"

秘书长说："辽宁日报社。"

去辽宁日报社，我立志要为抚顺矿工写作的愿望泡汤了？说实话，那时我一心想当作家，去编报纸不大甘心。

在《辽宁日报》当记者期间，我的文笔不错，又肯钻研，给我在辽宁日报社赢得了好声誉。当苏联最高苏维埃主席团主席伏罗希洛夫来鞍山访问时，报社便派我去鞍山采访。责任重大，在有中外众多记者采访的情况下，我一直紧靠着朱德总司令和伏罗希洛夫走，记下他们说的每一句话。因为跟得太近，我差一点儿把总司令的鞋踩掉。总司令朝我笑笑，并没有生气，可是保卫人员不干了，把我推离总司令身边，他专门盯着我。但是我要看的、要听的都有了，回到沈阳我便完成了一篇生动的伏罗希洛夫访问鞍山的报道。

- -

探索成长之路，解读智慧人生，
本章内容，扫码收听。

第四章

辽宁日报社来了个青年人

在文艺组初露头角

1956 年 9 月，秋天了，天高气爽，那时气温比现在低很多，已经开始有寒气流动。我写完《矿工之歌》后，来到了辽宁日报社，地址在现在的中山路和北三经街交叉路口，一栋日伪时期的六层建筑，已经很旧了。门脸不大，一进楼里，就听见震耳的轰隆声。以后才知道，楼的第一层是印刷车间，在这里印报，每天都这么轰隆着。我是在幽静的环境里读了两年书，写作时也是一个人在安静的地方下笔，到这么闹哄的地方工作，我进门就有些抵触情绪，上楼梯的脚步有点儿发沉。我来到报社总编室。那时的总编室可不同于现在一般报社的总编室，与各部是平级，不是的，那时总编室是领导各部的上级部门。你看看级别，总编室主任刘和民 13 级、副主任吴少琦 13 级，而各部主任的最高级别是 14 级。13 级是国家高级干部，刘和民和吴少琦都是辽宁日报社的编委。抚顺知情的朋友告诉我，刘和民是新闻界对小说《一个女报务员日记》批判的发动者，有不可忽视的话语权。恰巧接待我的就是刘和民和吴少琦。我仔细地打量刘和民，中等身材，较胖，嘴大，笑眯眯的。吴少琦较瘦，两眼总像在观察什么，也在观察我。以后知道，吴公极为精明，说话也较尖刻。刘和民是大领导姿态，总是笑呵呵地对我说话，对我入职表示欢迎，然后让我到文艺组（以后改为文艺部）报到。

当时文艺组有两间办公室，组长是于铁，后兼编委。他原是省委书记黄欧东的政治秘书，转行到辽宁日报社。于铁个头儿不高，头发稀少，圆脸胖胖的，总挂着笑容。我到办公室见他，于铁坐在靠背高高的大椅子上，笑眯眯地接待了我，然后领我到另一大间办公室与同事们见面。在这房间里办公的有责任编辑彭定安，所谓"责任编辑"是报社自己拟定的职务，他高于一般编辑，有发稿权。当时在文艺组的还有范敬宜、刁云展、屠承松、方艾、陈新民等，共9人。大家都是共青团员。这些人各有特点：彭定安耿直；范敬宜多才；刁云展稳重；屠承松总戴着套袖，勤勤恳恳地编稿。最后一位陈编辑，必须提一提，他每天对人嘻嘻哈哈，对谁都捧着唠，对彭、范那就不用提了，见他们有文章发表就赞不绝口。我识谱，拿个歌曲就能唱，他没少在组里宣传我的多方面能力。谁想到，最无能的他，在反右派斗争中是报社的先锋，而他的下场也十分滑稽。

于铁挺会做手下的思想工作，他给我的第一项工作任务不是采访，而是安排范敬宜陪我去千山游玩。当时正是红叶遍山时节，奇峻的群山层层叠叠，又壮观又美丽。夜里我们俩住在古庙里，点着蜡烛，夜风敲着纸窗，冷得一夜没有睡好觉。回来时我们又到古城辽阳参观。范敬宜写了一篇散文《千山红叶》，我写了一篇《望白塔》。这是我来辽宁日报社后发表的第一篇作品。可能刘和民在关注我这个从文学讲习所毕业的小青年究竟水平几何，他看了文章，很满意，在编辑工作会上表扬我的《望白塔》有文采。他说，当下我们记者的文稿正是缺少这种美妙的文字功力。我节选几段留在下面：

还是童年的时候，随母亲来过一次辽阳，那时我第一次望见了古老的白塔。一次相见，就在我幼小的心灵上刻下了难忘的印象。记得那正是夏季里的一个黄昏，燕群围着白塔穿梭起舞，叽叽喳喳地喧叫着，看上去就像一片乌云在塔上飘来飘去，那时我不明白燕群怎么这样贪恋白塔？就怀有了一个难解的谜……

太阳慢慢向西沉落，天空一片金色，白塔身上的石刻变得格外明亮了。盘坐在塔壁上的佛像好似有了活力。更让人心醉的是那塔身上的飞天雕刻，全塔有八面，每一面在佛头上都有两个身披飘带的美丽的飞天，16个飞天都是两脚朝上，俯飞而下。但她们的飞姿各不相同，有的身子稍斜，一手前伸，看去给人一种逍遥游的美感；有的是两手同时后伸，头在前，身子直下，飞势疾速、猛烈，给人一种力量之美。虽然有的飞天颜色变灰，有的形象破损，但是自由向上的精神依然故存，并没露出一丝疲惫、倦怠的样子。

太阳落了，天色灰暗了，一群雀儿吱吱喳喳地飞落到塔上，进入巢穴后，白塔又恢复寂静。

可惜这次没有看到燕群。守塔人告诉我，燕群是谷雨前后来，立秋就走了，现在已是深秋，看不到了。我觉得有点儿遗憾。

天全黑了，白塔也黑了，鸟雀都睡了，白塔也睡了。

这是我 67 年前写的一篇小作品，至今读来，还有点儿喜爱呢。

1957 年春节前，于铁策划了一个选题，写一篇工人在大年三十进行生产劳动的通讯。我说我熟悉矿山、下过矿井，我可以在大年三十与矿工们在矿井一起过年。于铁一听，很赞赏我的建议。大年三十白天，我就奔向抚顺龙凤矿。三十的晚饭我是在龙凤矿老朋友范成千家吃的，饭后我就领了矿工服、矿灯，与上夜班的矿工们一起下井，在生产劳动中过大年三十。大年初一，我升上矿井就往市里跑，坐在开往沈阳的公交车上就动起笔来。一到报社办公室，我继续写稿，开头我写："大年除夕夜，在这幸福的夜晚，孩子们穿上新衣，挨街挨户地跑着、跳着；家家的门上都贴上了对联，门前挂上了红灯。在这幸福的夜晚，有的人要去与情人约会；有的人从远地归来，见到了亲爱的父母；也有的人和家人们围坐在暖和的房间里，说说笑笑地拌着肉馅、包着饺子……也就在这除夕夜里，有的人却顶着矿灯走进矿井，在地下给我们挖宝，为大家的幸福劳动着……"

第二天这篇通讯就见报了。在《辽宁日报》上，很少有这种在报道重大节日时用散文笔法记述工人劳动的文字，这是于铁策划得好，我的文笔也不错，又给我在辽宁日报社得到好声誉。不久，苏联最高苏维埃主席团主席伏罗希洛夫来鞍山访问。这是重大外事活动，新闻报道要写得出色，报社派我去鞍山采访。责任重大，在有中外众多记者采访的情况下，我一直紧靠着朱德总司令和伏罗希洛夫走，记下他们说的每一句话。因为跟得太近，我差一点儿把朱总司令的鞋踩掉。朱总司令朝我笑笑，可是保卫人员不干了，把我推离朱总司令身边，他专门盯着我。但是我要看的、要听的都做到了，回到沈阳我便完成了一篇生动的有关伏罗希洛夫访问鞍山的报道。

这期间，工人出版社出版了我的《矿工之歌》，赠书邮到辽宁日报社。在记者和编辑中出版个人专著，辽宁日报社我是第一人。所以仅几个月时间，我就成为报社里才华出众的新报人。一次吃工作夜餐，一位身材魁梧的人走到我面前，称赞说："宏林同志，你的笔头子很不错呀！"我不知道这人是谁，一打听，原来是编委兼记者部主任白天明。

我还有一项优势在文艺组里得到充分展现，就是我在文学讲习所学的戏剧文学专业。在辽宁凡是重要的戏剧演出都由我来写剧评。北京广播话剧团在沈阳演曹禺的《北

◎ 长篇报告文学《矿工之歌》封面

京人》，那是我很熟悉的剧目，我写了个近一块版的剧评，剧团很是赞赏，对报社表示感谢。还有辽宁人民艺术剧院演出的话剧《阿Q正传》，鲁迅是不同意把它编成影剧的，而辽宁演出了《阿Q正传》的话剧。怎样把它演好？我看了演出后，写了一个版的剧评，说了演出的得失。导演万籁天找我，请我再看按我的意见修改后的《阿Q正传》，当看到我是一个20多岁的小青年时，他一下子愣住了。

当时我编文学作品专版，有版面提供给作者发表作品，杨大群、晓凡等青年作家都与我有联系，我在文学界朋友很多，工作、生活都挺滋润。

这期间，我有一篇很有影响的批评性长篇通讯发表。写这篇通讯的起因是，抚顺龙凤矿的朋友向我反映一件事情：矿里一位科长的妻子，对科长的妹妹常年虐待，把妹妹折磨疯了。我去龙凤矿了解情况，事情属实。我就写了一篇揭露这起事件的通讯。于铁担心事实有失，便派彭定安同我再去核实情况。一切无误后，请矿党委书记审稿，党委书记同意发表。这篇通讯见报了。文中披露的事实引起社会的强烈反响，读者纷纷来信，谴责施虐者和对科长进行批评。当时王蒙写了一篇轰动全国的小说《组织部新来的青年人》（后经王蒙本人改回原题《组织部来了个年轻人》），内容是新来的青年人如何与组织部的落后、蜕化现象作斗争。人们就戏称我是"文艺组新来的青年人"。

1957 年的三件大事

1957 年我有三件大事。

第一件是我的老爹去世。老爹劳苦一辈子，老了之后和我母亲一起住在姐姐家，没有一分钱收入，主要由姐姐供养二老。那是老爹 70 岁的时候，向我说："那带兜的衣裳（干部服）挺好，我也想穿一件。"当时我没在意，也没及时给他买。老爹最终也没穿上这带兜的衣裳就走了，这件事让我愧疚了一辈子。由衣裳我自然地想起一件事。我在文学讲习所回家休寒假，临开学的时候，我准备乘早晨的火车回北京，那天天气寒冷，路上结冰，马车走在路上马蹄子直打滑。就在这个时候，我听见身后有人召唤我，回头一看，竟是老爹穿着一件白单衣，气喘吁吁地跑来，到跟前，他张开粗糙的手掌，说："你的药！"我的胃不好，常吃药，我把一瓶药忘在家里了。我接过药瓶埋怨老爹："忘就忘了吧，这么冷的天，干吗还跑着送来。"老爹一扬手，说:"快走,别误车。"我走了,当我回头看时,老爹仍然站在寒风里目送我。我含着眼泪加快脚步奔向车站。当我再回头时,看见老爹慢慢地往回走去,我望着那背影,热泪止不住地流出来。这不就是 50 年代版的《背影》吗?

第二件大事就是我结婚。那天是 1957 年 7 月 7 日,我们在饭店举行过婚礼后,回到姐姐家接待其他客人。报社给了我一间只能放下一张床的小屋,我告诉老妈,等再分到大一点儿的房子,就接妈和我们一起生活。妈说:"我等着。"

第三件大事其实在第二件大事之前就已经埋伏下危机

◎ 与姜德琳女士结婚照

了，只是谁也不知道。1956年2月，赫鲁晓夫在苏共第二十次代表大会上作个"秘密报告"，在报告中全面否定斯大林。这一下子在社会主义阵营中引起大动荡，整个社会主义阵营面临崩溃的险境。苏联如此翻盘，中国怎么办？面对严峻的国际国内形势，毛主席提出中国共产党主动进行整风，发动大家大鸣大放，让人民群众给共产党提意见，也就是水没来先叠坝，以免酿成后患。这就是1956年11月在全国开始的整风运动。这时报社肩负的报道任务很重，全省各行各业都在开座谈会，给共产党提意见，记者都要把所提意见报道出来。我们文艺组也有专业的报道任务，把我派到抚顺报道抚顺市文艺界大鸣大放情况。鸣放会在市委大会议室召开，文艺界100多人出席大会，主持会议的是市委宣传部部长。会议还没正式开始，会议代表就提出意见，问为什么市委书记不来参加会议。是的，不应该。毛主席有明确指示，凡大型鸣放座谈会，当地的"一把手"一定要到会听取意见。就是因为这一点没做到位，使得会场出现一阵骚乱。我回到报社写消息，一共800字，其中有这样一句话："市委书记未参加会议群众纷纷不满。"一共15个字！这个消息见报后，抚顺市委沈书记立即再召开一次会议，出席过会议的原班人马再聚会，可见我的报道没错，推进了抚顺市文艺界的鸣放工作。

1957年7月，毛主席在青岛主持召开了中共中央会议，确定了整风、反右派斗争的四个阶段，战场既在党外，又在党内，也就是说，在共产党和共青团内也要揭露和批判右派分子。辽宁省开展反右派斗争后，抚顺市委书记向省委和报社党委报告：李宏林就是攻击抚顺市委的右派分子！

这事发生得很突然，因为报社的各级领导都对我有较好的印象，况且众多记者都在报道各地大鸣大放情况，有的内容很激烈、很尖锐，也没有被认为犯了错误，所以于铁在讨论我的问题的领导会议上说："李宏林年轻，不懂

◎ 1957 年母亲来沈阳看我

政治，是党培养的记者、青年作家，不应当作右派分子对待。"于铁能把话说到这个份儿上，也够冒险的了。总编辑殷参犹豫，让秘书搜集我来报社以后的作品，他要从中分辨我的政治立场究竟如何。可是抚顺已经不给时间了，要求辽宁日报社必须定李宏林为右派分子，这是抚顺市文艺界反右派斗争的需要。

问题也降临到与我刚刚结婚不久的妻子身上。领导找她谈话，提示她与我离婚，这样对她的使用不会受到牵连。我妻子是抚顺市文艺座谈会的记录员，她知道那场会议是怎么回事。她问同她谈话的领导："组织将怎样处理李宏林？"

领导说："改造嘛。"

妻子回答说："他还年轻，我帮助他改造吧！"

这样，上海的姜德琳女士陪同我度过了 60 多年，养育了 3 个儿子和 3 个大学毕业的孙辈。她 2017 年去世，我们一家人怀念她，我永远感恩于她。

1957年，我被错划为右派。在开除我团籍的大会上，团委书记宣布开除我的团籍决定后，照例问我有没有意见。我站起来，面对编辑部全体团员说了一句令他们震惊的话。我说："我有意见也没用。我只说，10年后给我平反！"我没有想到，这一天竟让我等了20多年。这期间，是基层领导和普通群众保护了我，是党的好干部安波指引了我，让我从没有对党失去信任和追随。我要用实际行动向社会表明，我是热爱党的，热爱人民的，我是愿意为党的事业献身的。我会等待，等待那一天的到来！

探索成长之路，解读智慧人生，
本章内容，扫码收听。

第五章

总会有那一天

从种马场到农场

　　进入 1958 年，开始对右派进行处理，党团员开除党籍和团籍。在开除我团籍的大会上，团委书记宣布开除我的团籍决定后，照例问我有没有意见。我站起来，面对编辑部全体团员说了一句令他们震惊的话，我说："我有意见也没用。我只说，10 年后给我平反！"说完我就坐下了。会场上一片惊愕，一阵寂静！团委书记赶忙说："会议到此为止。"人们就散了。

　　刘和民被定为"辽宁日报社反党集团"的首领，送劳动教养院教养，我们大多数人保留干部籍在报社劳动。在全国开展"大跃进"的时候，我们又被送到辽阳西八里庄的省种马场进行劳动改造。

　　我们这批人在种马场的劳动、生活，除了繁重的体力劳动外，其他还算正常。农场里的农工们对我们也没有什么歧视。原锦州记者站站长李坤，在用机器铡草时铡断一根手指，场里把他送到医院医治，并派人住院护理。彭定安得了腹膜炎，送他回沈阳医治，在家待了一个多月，痊愈后才回场劳动。我胃病严重，场里准许我跟随进辽阳的马车去医院医治，场里还准我吃细粮伙食，吃了几天，我觉得离伙伴们有差距了，又回到原来的饭桌上。

有一件事很令我感动：由于我和彭定安身体较差，农田队的冯队长安排我俩赶马车。刚开始不明白怎样卸车，我把马笼头给摘下来了，没有了牵马的笼头绳，马就跑了，结果让年轻的农工把我狠狠地训斥一顿。第二天开会的时候，冯队长批评那个农工，说："下来劳动的右派，人家原来都是干部，有的还是高级干部，咱们不能对人家损损达达的。人的一辈子谁能保证不出错、永远平安？你小季（那个农工）态度好点儿。他们谁干过庄稼活，出了错要帮助他们。"这一番话冯队长是在保护我，说得我眼泪在眼眶里打转。

冯队长性情耿直，勇于说真话，对于"大跃进"中的深翻地、打夜战等，凭他几十年的种地经验，他都公开反对。反右派斗争以后，又在全国干部中掀起"反右倾"斗争，冯队长就是民间的这种所谓的右倾观点。观点不合时宜，冯队长被迫离开了种马场，回家乡种地去了。

1960 年，全国的灾荒情况严重了。有大批的西边省份的难民逃荒到种马场，种马场的形势也不容乐观。这时沈阳也出现主副食供应困难的情况，各机关团体纷纷到农村建农场，自己解决一些主副食供应问题。辽宁日报社在沈阳和抚顺交界地带的深井子建立了一个农场，便将我们调回沈阳自己的农场。我临离开种马场这天，场里派队里的马车夫王化一送我和我母亲（我和母亲在种马场租间小房生活在一起）回城。王化一穿了一件青色新上衣，扎了一条新腰带，把马头戴上崭新的红缨，像办喜事一样送我们出行。他对我没有丝毫歧视，充满了对我回城的祝福，我感动得向他鞠了一躬。

　　种马场的领导和冯队长、王化一等基层群众，在那种艰难的岁月里，他们的行为举止给了我极大的启示，使我感到普通民众对我们还是理解的，并没有把我们当作敌人而遗弃，我们还有被人民群众容纳的天地，所以我在种马场努力劳动，相信总有一天会回到革命队伍中来的。辽阳种马场没给我留下痛苦的记忆。种马场，再见！

　　我们回到沈阳的深井子，大家都很欣喜，等于回家了。辽宁日报社下来一些同志到农场，都是报社的人，原来互相了解。报社派来的农场领导对我们这些老领导、老同事也没有歧视，并且在我们这些人中还任命忠厚老实的李坤出任车马队长。当时副食品供应已经困难，报社有人因为饥饿而引起身体浮肿，希望我们给职工送去解困的粮和菜。我们过去在辽阳种马场已经得到了劳动锻炼，像白天明和崔广达，种地水平已经同当地农民一样了。像吴少琦，本来身体瘦弱，锻炼得又会种田又会使簸箕，围裙一系，就是个老农民。上海圣约翰大学毕业的范敬宜，在劳动中笨手笨脚，总出笑话，但来到自家农场，也是一个干农活好手了。如果说成长，我们这些人都在种田劳动和认识劳动人民真诚、朴实的品格上成长了。当春天一来，听说报社急需春菜，为了赶在"五一"之前让同志们吃上新鲜的菠菜，我们千方百计地让埋进土里的菜籽快速生长。菠菜喜水，我们轮番压水，让水流日夜滋润着菜地。我们终于提前几天把菠菜运到报社，这可能是沈阳市产出的第一批青菜。

领导农场的有报社经理部经理李明乾和印刷厂黄厂长，他们对我们的思想、生活都很关心。我在这方面经历了几件事。

第一件事是刚来时农场天气渐冷，我没有防寒的衣服，特别是裤子很单薄，时不时地打哆嗦。黄厂长见我这个样子，有些责备地说："你怎么也不备好防冷的衣裳，看你那样子，快回家取衣裳。"

当时我们有休假规定，半个月放假一次。我得到黄厂长的特许，便当即往火车站跑，乘火车赶回抚顺的家。这时我妻子已经受我连累从秘书岗位上调到干部夜校当教师，好的是她分到了一间小屋，与我母亲住在一起。我回到家，取出几件衣裳就要走。老妈说："你不等德琳回来说说话？"我说："不等了，领导信任我，我早点儿回去。"在农场吃晚饭的时候我回到农场了，黄厂长有点儿惊愕，说："你可真快呀！"

再有就是我和马的事。

一次，我赶着马车去煤场拉煤，拉车的马是匹没驯好的小马。进了煤场，小马就毛了，猛地一阵狂跑，我追也追不上，结果把一个平地放的大秤给压碎了。我很恐惧，这么大的损失可怎么办？我把煤拉回来，便向黄厂长说："黄厂长，压坏的秤我包赔，我回家去取钱。"

黄厂长说："你包赔什么？公家事，你没出事就万幸。"

以后在报社精简人员时，黄厂长调到朝阳去了，听说他心情不顺。这些年一直没见到黄厂长，我欠他一个重重的谢！

还是马的事。李明乾经理来农场，了解生产和我们右派改造的情况。我当时赶大车，他和临时雇来的一个"二八月农民"坐在我的车上，是在考查我。他是报社某处长的叔叔，敢于向李经理说话。我们不熟悉的庄稼院里的事，都需要他指教。李经理含个烟斗不言语。说话间，马车遇到一个横沟，要往低走过沟然后上到平地继续走。一下沟，这马就来了脾气，横在沟里不往坡上走。我下了车拉住马头往坡上领，但是这马就是不讲道理，在沟里乱撞，结果把车的一边车沿子撞坏了。等马老实了，那"二八月农民"在一边用嘴指挥："真笨，把马卸下来，把车推上去。"我照着他的指导做了，把破车推上土坡，再套上马，勉强把车赶回农场。这次对我的考核简直是大零蛋一个。我只好提出回家取钱去，我包赔。晚上开会，一向温和的李经理发了火，当众质问那"二八月农民"说："今天我跟了一回车，李宏林认认真真地赶车工作，遇到了问题，他能解决得了吗？你这个农活指导，为什么不提前提示李宏林怎么过沟？马乱闯的时候，你为什么袖手旁观？今天这个事故责任在你！"

"二八月农民"哑口无言了。然后李经理表扬了我们这些人，说："在报社粮菜非常困难的时候，他们作出了贡献！"

我遇到困难时，再次得到报社同志的保护，我的感激之情真是难以言表。

在一次次挫折中，我没灰心，我没颓废，我看到报社领导在关心我，我看到了前景的光明和希望。

李明乾后来调到时事部当主任，这时我和范敬宜已经摘掉了右派的帽子。李明乾为提高自己的新闻业务水平，请范敬宜当他的老师，范敬宜每天晚上到他家去给他讲新闻方面的知识。可惜，李明乾同志过早去世，他的温和和为我而发的震怒，在我心中记忆一辈子！

这期间，辽宁日报社的右派分子大多摘掉了帽子，告别了农场，回报社分配工作。彭定安是最早回报社的，分配他到原来所在的文艺部。吴少琦、范敬宜分配到校对科，上夜班，校对稿件。我和李坤分配到经理部，我管俱乐部和给食堂卖饭票。因为我和吴少琦等人已经取消工资，在农场期间自食其力，挣 30 多元钱，回到报社拿干部级的最低工资。这时还只是我一人工作在沈阳，老妈、妻子在抚顺。德琳得知我摘掉右派帽子的消息，兴奋地到亲朋好友家报喜信儿。我们有个儿子，因为在抚顺养不起，妻子把儿子送到上海由她父母代养。儿子是在清明这天生的，清明忙种麦，我给他起个名字叫李麦。在"文化大革命"中，儿子的名字成为我一大罪状。有人批判我在灾荒年想吃白面馒头，给孩子起名表达对社会不满。这也是个笑话。

回报社的当天，机关党委书记笑着接待我。他知道我在报社时文章写得好，第一句话就说："摘了帽子就是同志了，以后可以写作，发表作品。"

这个表态对我很重要，因为我一辈子生存的技能就是写作，党委书记这句话，无疑是给我的生命注入了强大的活力剂。细细想来，我从童年、少年到青年，哪个年代让我感到人生最幸福？当然是中国共产党领导的中华人民共和国时期。即使是在逆境中的 20 多年里，我也从没对党失去信任和追随。我写作，当然用笔来歌颂党、歌颂人民，别无选择。

安波给我力量

　　我一个人生活在沈阳，空闲时间多，可以静心写作。我先写了几篇短篇小说发表在《辽宁日报》上，这时我的儿子还在上海，我思念儿子，便用"李思麦"作为笔名。

　　这期间文学讲习所的同学、蒙古族作家胡尔查来沈阳，他原是当时主管辽宁文学艺术工作的省委文化部部长安波的秘书。他找到我，还跟我去了一趟抚顺，看望我一家人。他回到沈阳后，向安波同志汇报了我的情况。安波部长思考了一会儿，说："就是个认识问题嘛，党培养的青年作家反什么党？"胡尔查把安部长的话转告了我，并把安波同志的电话告诉了我，叮嘱我有什么事情可以找安波同志。

　　以后安波离开辽宁，出任中国音乐学院院长，不久在北京去世。我在1979年写了一篇怀念安波同志的文章《他给我力量》，发表在《鸭绿江》文学杂志上：

◎ 胡尔查（中）在沈阳与我、赵郁秀（右）相会

我是忘不了安波同志的。在我坎坷不平的生命旅程中，他给我力量。

　　我和安波同志相识很晚，那是他回国工作不久的1963年夏天。回报社后，我写了个剧本《矿山烽火》，送给安波同志审阅。过了20天，我给安波同志挂电话，他高兴地回话："剧本我看了，看了，我也请文菲同志（时任辽宁省委宣传部副部长）看了，你来，你来，明天下午到我办公室，我们谈谈。"

　　一个摘帽右派，听到部长这样的召唤，不要说我是多么激动了，我只是一味地嗯嗯着。当我把话筒放下时，我痴立着不动，两行热泪滚到腮上。我一夜翻来覆去没睡好觉，下了几次要好好为党工作的决心。

　　第二天我到安波同志办公室，安波同志上下打量我，然后问："你是李宏林同志吗？"我说是。他便和我握握手，说："我在等你。"便抚着我的后背，把我让到沙发上坐。安波同志端详着我的面孔，看我年轻，他略显惊奇，问我："多大岁数了？"

　　我答："28岁了。"

　　他马上低下头掐指算了算，说："1957年你才 22 岁呀，认识问题。家庭出身怎么样？"

我答："父亲小时候讨过饭，以后是个小手工业者。"

之后谈起剧本，安波同志提出一些修改意见后，把手往稿本上一按，说："剧本我拿走，带到阜新去，辽艺分去了一批演员，让他们搞一搞。"显然，安波同志为支持我的创作，对剧本的处理已有了思考。

以后不久，我写了一个话剧本《雷锋》，送给安波同志审看。3 天后，他约我午后 1 点钟到他办公室谈意见。我准时来到省委大楼，因为记错了楼层，我错过了两个小时。后来发现楼层不对，我急忙来到安波同志的办公室。他坐在椅子上，一手夹根铅笔在看我的剧本。他见我进来，有些责怪地说："你怎么才来？我 1 点准时来的，等你两个小时了！"

我感到歉意地低声说："我也是 1 点钟到的，我记错了楼层，一直在下一层楼等着。"

他听我说话，看出我有些不安，便笑笑说："快坐下，你晚来也不错，我又把剧本看了一遍。我们不能太尽情地谈了，4 点钟前我要赶到火车站，外出半个月。"

我坐下后，安波同志开门见山，和我研究有

浑河，河的源头在抚顺市清原满族自治县。我是抚顺人，喝着浑河水长大，所以浑河是我的母亲河。我的思乡情结很浓重。我长期居住、工作的地点在沈阳，但我不忘家乡培育过我的恩情，所以我有许多文字和影视作品是表现家乡标志性人物、场所、建筑和浑河的。这就是被称为"乡愁"的情结吧！

　家乡情

◎ 话剧《雷锋》剧照

一场戏如何修改。当他见我一再点头时，说："这只是供你参考的意见，你有好办法还是用你自己的。"

安波同志起身要走，问我："给孔方同志看了吧？"

我说："他看了，要听您的意见。"

安波同志说："好，好，快搞！我再告诉他，快搞！我们省宣传雷锋要走在全国的前头！"

我和安波同志匆匆走出他的办公室，在大门口分手，他小跑着奔向轿车，临上车前还向我招招手。

当时安波同志穿一身灰色布装，这个急匆匆的灰色身影，永远永远地刻印在我的记忆中。

1964年，由孔方导演、沈阳话剧团演出的话剧《雷锋》与广大观众见面了，吕晓禾饰演雷锋。这是全国第一个演出的宣传雷锋事迹的话剧。

不久，全国搞了一次大规模的精简机构、压缩编制活动。辽宁日报社首先要减员的就是我们这些摘帽右派。彭定安、范敬宜等都将去省内边远地区，我当然也不例外。这时，长春电影制片厂看中了我写的电影剧本《辛弃疾》，已经让我修改了一次，需再次修改，以便立项。修改中离不开历史资料，这是即将成功的重要创作成果，我不忍放弃。我去见安波同志。当时安波同志正在东北旅社开会，他抽出开会空隙时间接见我，我们坐在走廊里的长椅上谈话。我向安波同志提一项请求，很简单，希望给我一点儿时间，我在沈阳把电影剧本改完，之后我服从安排，到哪儿去都行。安波同志看了长影编辑部给我的长达5页的来信，他一字一字地读下去，读完信他闭上眼睛，沉默了一会儿，然后猛地睁开眼睛，像作出什么决定似的对我说："我知道了，你回去吧，我开会！"我刚要走，他又叫住我，叮嘱我说："不光要写，还要注意学习。"我感动地点点头，说："我记住了！"

过了几天，辽宁日报社人事处正式通知我，我的工作由省委宣传部安排。

没过几个月，安波同志调往北京，胡尔查去北京看望他，安波同志仍在关心我的工作安排，让他打听。

这期间，我有个作品在北京引起反响，就是我结合对农村生活的了解，写了一个话剧剧本，名叫《岗旗》，写一位农村女生产队长，反对丈夫走背离集体道路搞小自由的故事。当时北京文艺气氛已经宽松、活跃，北京人民艺术剧院上演摘帽右派白桦写的话剧《曙光》，预示着反右派斗争的一页已经在历史的进程中翻篇了。我在文学讲习所的同学颜振奋当《剧本》月刊的主编，我把剧本寄给了他。没几天，他回信告诉我，写得太好了，《剧本》月刊马上发表。《岗旗》剧本一发表，北京人民艺术剧院和北京电影演员剧团立马排练、演出。北京人艺由著名女演员狄辛饰演女主角。北京电视台（中央电视台前身）直播北京人艺的演出。北京人艺演了一个月，我得了一笔丰厚的演出费。

1964 年冬天，文艺界开展整风运动，我写的《辛弃疾》拍不了了。这时我的工作调动冻结了，我的去向还得由辽宁日报社决定。我把我的情况告诉给胡尔查，他把情况转告给安波同志，安波同志让胡尔查转告我，下去后好好工作，还会回文艺队伍的。文菲同志也关心我的去向。我向他报告，我多年离开家乡，不能照顾老人和妻儿，我感到心中有愧，我请求把我安排到抚顺去。文菲同志与抚顺沟通，我终于回到家乡。文菲同志让在辽宁省作家协会工作的我的同学

◎ 话剧《岗旗》剧本封面

赵郁秀给我带个口信，赵郁秀见到我说："文菲同志让我告诉你，你还会回来工作的。"说实话，那时心情不好，回来工作？恐怕没有这一天了。但是我又不得不想，安波、文菲都是文艺界的重要领导，他们向我传达的是同样的话、同样的期待。想到这里，我对前景并没有完全失望，我要遵照安波同志、文菲同志的叮嘱，过好以后的日子。

我回到抚顺，文菲同志希望抚顺市安排我到文艺部门，但是抚顺市文艺部门也在人事冻结。经研究，市里安排我到抚顺市二轻局的电镀厂任总务。我牢记安波、文菲同志的叮嘱，努力工作。由于我认真给厂里职工办事，受到大家的赞扬，以至局里召开厂长会议时，厂长派我代表他出席。那时二轻局要参加抚顺市主办的文艺汇演，局党委宣传部把我调出来，为局里的一位劳动模范写话剧剧本。一年多以后，先是"四清"，后是"文化大革命"，电镀厂的职工都对我没有触及。只是局里派来革委会主任后，组织人马对我动了拳脚。这位主任可能有所"内疚"，第二天就宣布我为牛鬼蛇神组组长。粉碎"四人帮"后，我已回到辽宁日报社工作，抚顺市二轻局来人调查那位主任打我的情况，并让我写出举报材料。当时我已是名记者了，我写个材料，可能就是对他加重惩罚的依据。但我思考一会儿说："是那个不正常的时期，很多人都疯狂，让××从中吸取教训吧，材料我就不写了。"来人很惊愕，我补充一句："就这样吧。"

1971 年，干部走"五七道路"，我妻子下乡插队，安排在新宾县。妻子为我们这个苦难的家庭肩负太多的担子，我在工厂，没有下乡插队任务，但我对母亲说，我们和德琳一起下乡去。这样，我们舍掉了城里的房子，一家老小在寒冷的三九天，奔向新宾县永陵公社何家堡子。村里给"五七战士"盖的泥瓦房，屋里的墙泥还没干，一层白霜覆盖在上面。从此开始了我的"五七战士"生活。由于我和妻子的努力，我们被评为"优秀五七家庭"。

1973 年，抚顺市搞文艺汇演，新宾县邀我为县剧团编写参加汇演的剧目，我给写了一个评剧本《山村小将》。排演出来后，在新宾县试演，广受好评。当时由军代表领导县里工作，打听作者是谁，县文化局向军代表介绍了我的情况，军代表立即决定："把这位李宏林调到县剧团，正式安排工作。"

这时我的妻子已经调回抚顺市里，母亲和孩子也随同回去了。我也等待回市里，所以我只好谢谢新宾县军代表的好意了。不久，我被安排到抚顺市第六十六中学当教师。

当教师的几年里，有些事情实在难忘。

抚顺市第六十六中学的教师大多数是由下乡知识青年组成的，文化知识比较浅。我除了教初中三年级的语文外，还要教这些新教师，所以我在学校里很受尊重。我同时领导学校文艺队。那时学生演出很频繁，我领导的这个偏僻学校的文艺队，在全市文艺汇演中竟然排在前列，这是成绩。

◎作为"五七战士"下乡插队时

那时是工厂领导学校，第六十六中学由十一厂派出的工宣
队主管。工人师傅都是普通劳动人民，少有干部、官员那
些复杂的政治观念，所以对我的付出非常满意。20年没涨
过工资了，突然宣布给老师涨工资，第六十六中学给一个
名额，学校工人师傅全部同意把这个名额给我。在评厂一

◎ 母亲和她的两个孙子在农村

级先进工作者的时候，第六十六中学报一名，也是我。

　　这时市里的剧团招收正式在干部籍的学员，我的12岁的二儿子李桥报名了。家里人当时忐忑不安，因为他有个摘帽右派的父亲。孩子的三姑是文艺界的老人儿，抚顺的同志们对我知根知底，朋友们都在帮忙。过了几关，到了最后一关，就是对我进行政审。调查人员来到第六十六中学，由学校党支部书记王师傅接待。当调查我的表现时，王书记说："李宏林老师是我们厂的先进工作者。以前的事我们看了他的档案，就是因为文艺上的几句话的事嘛，这么多年，人家这么努力地工作，作出这么多的贡献，还抵不了那几句话的差错吗。我们同意李老师的儿子进样板剧团！"

这样，我的二儿子进了抚顺剧团。这件事对我的安抚、鼓舞、激励十分巨大。经过近20年的折腾，我个人如何，对我已经不很重要了，我最为内疚的是因我的问题给孩子带来一生的不幸。我能有此幸事，已经满足了！

这期间，我总觉身体不适。妻子陪我去医院检查，检查后医生没有回避我，说我是癌症！我顿觉命苦，刚在生活中看到点儿光亮，天就阴了下来。妻子当面假装镇静，却在暗地里流泪。我想来想去，作出一个决定：我不养病，要继续上班，用我最后的日子向社会表明，我是热爱党的，我是愿意为党的事业献身的。我让妻子支持我，她含泪答应了。这样，我忍着病痛，每天骑着自行车去学校上课。

学校很快知道了我的病情。这一天，我骑车来到十一厂家属聚居的街道，突然看到很多学生家长都在门口望着我，有的冲我招手，有的喊话："李老师，保重身体呀！"噢，我明白了，肯定是学校工人师傅把我的病情告诉了学生家长，他们约定在我路过的时间，一起出来对我表示关怀和慰问。我骑在自行车上哭了，值得了。安波同志嘱咐我好好工作，我得到了回报，我知足了。

过了一个星期，再去复查，发现已经没有癌影，医生承认上次是误诊。天哪，老天爷还是很同情我，给我时间，让我等待总会有那一天的到来！

春天来了。春风春雨滋润万物，也滋润了我的心田。我的问题得到彻底平反时，我已经是43岁的中年人了。可以自我安慰的是，在众多好人的鼓励、支持和期待下，我努力工作，没有趴下，终于等到了这一天！我在这21年里一直有个期待，期待我能再从事文学创作，我应该圆这个梦了。

　　辽宁日报社邀请我作为特邀记者出山，我觉得很荣幸，也很舒畅。"特邀"二字的殊荣，抹去了我在报社工作时心头留下的许多痛苦和遗憾，在春光明媚的日子里给我心里送上了温暖。

探索成长之路，解读智慧人生，
本章内容，扫码收听。

第六章

我的第二个春天

春天的天空真明亮

1976 年，在中国是极为不平静的一年。

1 月 8 日周恩来总理逝世。4 月 5 日清明节这天，在北京爆发了悼念周总理、反对"四人帮"的大规模的群众运动。

这年 7 月，我母亲去世。在她卧床不起期间，由我收拾她遗在床上的屎尿，每次她都含笑看着我，看来她是满意我这个孝顺儿子对她晚年的关照的，她知足了。老妈没少跟我受罪。她是小脚，有时被居委会叫去，同那些有问题人的家属排列在一起听取训话，她常常站不稳、立不住，但是她也不得不坚持着。病危期间，她想念二孙子李桥，但是孙子在外地演出，无法回来，最终她也没有看到，和我老爹要穿件干部服而没穿上是一样的遗憾。

无论在多么困难的情况下，老妈都没说过一句怨言。下乡时，她已经 80 岁了，每天为我们一家人忙活着喂猪、做饭。我常为我的儿子们将来的前途忧心，而老妈却不像我这么悲观，她说："世上的事三十年河东，三十年河西。等孩子们长大了，世道可能就变了。"老妈没学过辩证法，但她知道"变化"这个简单的道理。其实这就是我们学习深奥科学理论的最朴素的、最基本的认识。老妈去世了，我常在梦中见她披散着头发向我走来，我哭着迎向似乎已经精神失常的老妈。这可能是老妈可怜、可敬的形象萦绕在我心头久久不散的缘故。

9月9日，中央广播电台发布了一个更加令人难以置信的消息，毛泽东主席逝世了！仅在我母亲去世的两个月之后……听广播那天，我一个人在教员办公室，呆呆地坐

◎ 在父母墓前

着，而心潮却不停地涌动，寂静中心底在轰鸣。我在想，中国的前景将会发生怎样的变化？未来的中国谁主沉浮？

华国锋、叶剑英、李先念、汪东兴出现了，他们一举粉碎"四人帮"，邓小平最终成为历史新时期党的领导核心。中国走向新阶段。

这期间，必须提到一位为中国历史发展作出重大贡献的伟大人物，就是时任中共中央组织部部长，后来担任中共中央总书记的胡耀邦。他以无私无畏、非凡的政治勇气和政治胆识，向党中央提出为冤假错案平反的建议并主持了这项重要工作。他明确地说："不管什么时候定的，不管什么人定的，只要是冤假错案，都要平反。"

1978 年 9 月 17 日，中共中央发出通知，明确指出，对被划为右派分子的人要全面进行复查，把被错划为右派分子的同志的错误结论要改正过来。尽管时隔多年，也应予以改正。

这年国庆节前夕，我家突然来了两位辽宁日报社的客人，他们是刘凤鸣和邵永凯。说是来家看看我一家人的生活，说报社的同志没有忘记我们。谈话间客人并没有谈有关平反的事。临走的时候，我们夫妻俩送他们去火车站。火车启动前，刘凤鸣握住我妻子的手说："谢谢你辛苦多年，为我们保护了一位好同志！"

此时我们已经明白了，这是报社在给我平反之前来报个喜信儿。

终于等来了这一天！我说 10 年给我平反，实际上需再加上 11 年，一共是 21 年。这时我已经是 43 岁的中年人了。21 年，好漫长的时间哪！可以自我安慰的是，在众多好人的鼓励、支持和期待下，努力工作，我没有趴下，终于等到了这一天！

国庆节前夕，辽宁日报社召开为错划右派分子改正大会，报社的同志们都出席会议。最亮眼的是范敬宜，他穿了一件新衣服。谁也想不到，他在北边艰苦的环境里工作，竟然入了党。右派入党，可能在全中国也是稀有之例。以后范敬宜出任人民日报社总编辑，当时在争议中拍板决定吸纳老范入党的县委书记，也成为常被人们提及的好人。

大会有一个内容，由报社机关党委书记宣布被改正人员的改正理由。在宣布中，对应改正的内容说得平平，在结尾部分都留有一个尚有一定错误的"小尾巴"（不久报社党委发文，取消了这个"小尾巴"）。而在我的结论中，不但没有这个"小尾巴"，还全面肯定了我当年报道抚顺文艺界的内容完全正确，对我的批判完全错误。听完对我的结论后，会场爆发热烈的掌声。经过 20 多年的各种政治运动，各种人世间生生死死、起起落落，同志们明辨是非的能力提高了，他们再也不是那类闻风而动的盲从者了。

改正后，给我们分配工作。刘和民坚决不回报社，当了大连外国语学院院长；吴少琦也不愿回报社，分配到辽宁省广播厅任副厅长，后来任厅长；白天明任辽宁电视台台长；于铁回报社任总编室主任；彭定安去辽宁社会科学院，先当处长，后来任常务副院长；范敬宜留辽宁日报社任农村部主任。我的组织关系在抚顺，抚顺市委组织部安排我到抚顺话剧团搞专职创作。

抚顺市第六十六中学收到我的调令，校长同我谈话，希望我不要走。他说教育局刚开过会，中学要设高级教师，我们报你为高级教师。他说这话时眼里含着眼泪。我爱学校，更爱我的学生。但是我21年里一直有个期待，期待我能再从事文学创作，我应该圆这个梦了。我应该给关怀过我的领导、同志们一个正面回答，向他们感恩报告：我回来了！所以我只好谢绝校长的好意，离开了学校。再见，给我4

◎ 30年后与学生相聚

年享受阳光日子的第六十六中学！再见，校长、同事和那些已经回厂工作的工人师傅，还有我那些亲爱的听话的和调皮的学生！

我来抚顺话剧团报到了，与三姐同在一个单位，老演员们都是老相识，工作起来没有什么拘束，顺心顺意。

我这时自然想到安波同志，他已不在人世，不管他在哪里我都要向他报告：我按照您的叮嘱，在各种岗位上都努力工作，我终于回来了。由此我写了《他给我力量——怀念安波同志》，发表在《鸭绿江》文学刊物上。

与王岚的缘分

　　我立志要为矿工写作。由于多年没进矿山，我很想了
解国家煤炭企业的情况，便来到煤炭部。与我同行的还有

◎ 与中央电视台导演王岚（左）

抚顺矿务局的宣传干部。在北京，我看望了当年一同在抚顺龙凤矿体验生活的黑龙江作家颂扬，还结识了当时在煤炭部当编辑的年轻的刘庆邦，他如今已是著名作家。也有朋友来看我们。有一次来了一位朋友，他讲述天安门事件，说有一位女同志，冒着风险在天安门广场拍照片，被"四人帮"的爪牙们盯上。当要抓捕这位女同志的时候，很多人保护她，包括已查明女同志姓名和住址的公安人员。最终，这位女同志安全地把照片送给大家，作为重大历史事件的存照。这个真实的事件一环套一环，故事性很强。我看过当时中央电视台播出的一个由王岚导演的小电视剧，这个真实的事情比那个小剧精彩多了。我用两个晚上写出一个电视剧本，起名叫《他们》。我拿着剧本去中央电视台，到了大门口，有解放军站岗。我大摇大摆地往楼里走，警卫看了看我，并没有拦截。这样我在楼里找到了王岚。王岚个头儿不高，两只眼睛明亮。我自我介绍情况后，我们俩便坐下谈正事。我拿出剧本给他，说："中央电视台要求高，这个剧本你们不一定能看上，你认为水平不够，把它扔到纸篓子就完事。"

王岚忽然问我是怎么进来的，我说就这么进来的。

王岚说："进门要介绍信，登记后由我们去接。看来我们俩能顺利见面是有缘分的。"

果然是。一次偶然，可能成为永远；一次交往，可能成为一生的朋友。我和王岚就由偶然成为永远，一次握手，建立起两个家庭 40 年的友谊。

我回抚顺不几天，王岚从北京打来电话，告诉我中央电视台已批准拍摄《他们》，问我在哪里拍摄好。因为我是抚顺的创作员，所以我建议来抚顺拍摄，由抚顺话剧团演出。王岚同意了，不久他带着一伙电视台的拍摄人员来到抚顺。当时中央电视台还没有像样的电视剧播出，怎么拍电视剧、演员怎么演，都是个新课题，也是人们感兴趣的问题。《抚顺日报》请王岚写一篇介绍拍电视剧知识的文章，发表了。同时也把《他们》电视剧剧本全文发表。当时抚顺文艺界是把拍摄《他们》看作一件大事呢。

《他们》顺利拍完，在中央电视台播出后效果很好，也使王岚在中央电视台的导演中排列在前。这样，当中央电视台要拍蒋子龙的小说《乔厂长上任记》时，决定由王岚导演，让他选定编剧时，他选的是我。王岚给我打来电话，让我去北京，研究剧本写作问题。我在北京写完剧本，顺利通过。王岚和我研究在哪儿拍摄、请哪些演员演出。这部电视剧共两集，在当时还没有电视连续剧，两集就是大剧了。为保证制作质量，我提议请李默然领衔的辽宁人民艺术剧院演出，演工业题材剧目辽艺有优势。王岚同意了我的意见。我们一同来沈阳，同李默然见面。王岚说明来意，李默然非常高兴。这样辽艺李默然、陈颖、赵凡、王大明、贾华等表演大腕儿悉数登场，分演各个角色，拍摄《乔厂长上任》成为辽宁艺术创作上的一件盛事。

◎《乔厂长上任》剧照

　　李默然有头颤的病，拍摄时间长了病情加重，但为了剧情的连贯，他忍痛晚间也拍戏。一次，陈颖拿着一张纸找到我，说他改了几句词，请我看一看行不行。我一惊愕，说："陈颖同志，你是表演艺术家，这几句词改不改你还要问我吗？你随便改。"陈颖说："哎，不行，不行，尊重编剧是演员必须做的的。"

　　我接触的都是表演大家，但是他们是那么敬业、那么谦逊。默然、陈颖都在告诫我，成功的艺术家只有在敬畏艺术、尊重别人、不懈追求中，才能走向艺术的圣地。

　　那时拍电视剧的设备很落后，摄像机是低水平的，拍

◎《乔厂长上任》剧照

戏时是单机拍摄,两个人对话需两次拍摄。第一次拍甲说话,机器转过来,第二次再拍乙说话,机器再转过来。合在一起妥不妥、演员表演能否连贯,都要认真审看。李默然尤为重视这一点,他和导演一起审看录像,不满意的就重拍。这么反反复复操作多次。特别是李默然,对自己的表演稍不满意就要求重拍。李默然当时已因为主演《报春花》誉满中华,主演的《市委书记》轰动北京。我在北京看过一场演出,李默然一出场,观众就报以热烈的掌声。所以此时拍电视剧的李默然,绝对要求他所领衔演出的《乔厂长上任》达到当时中国电视剧的最高水平。果然如此,当该剧半年后在沈阳试演时,获得一致好评。在中央电视台播

◎ 与李默然（左）合影

出后，反映非常强烈，观众想不到电视剧竟能拍出这样高
的水平。

在拍摄《乔厂长上任》期间，省委宣传部的老领导文
菲同志，来到剧组看望王岚等中央电视台的人。他特别向
北京客人介绍了我，请电视台的同志对我重视。走时我送
他，下楼时我搀扶着他，他说："不用，不用。你挺好吧？"
我说："挺好。"

我搀扶着他的手没有松开。文菲同志是有恩于我的
人，我只在这片刻的时间里，用一个尊敬搀扶的动作，表
达我对他的感谢，他对我的恩情我是报答不尽的。

《鸭绿江》文学杂志有一期在首页上刊登我的照片，

并让我写几句我最在意的话。我思考后，只写了一句："我终生不忘帮助过我的人！"这里就含有我对安波、文菲等很多帮助过我的人的感激！

《辽宁日报》特邀记者

辽宁日报社派王晔同志采写拍摄《乔厂长上任》的新闻。她写成的文章占了报纸的半块版，配发了5幅照片，可谓隆重宣传这部电视剧的拍摄。她找到我说："赵阜同

◎ 与赵阜（左）在鸭绿江桥上

志要见你。"

赵阜同志是辽宁日报社时任总编辑。他是安徽人，小时家境不好，11 岁就投奔新四军，13 岁入党，是在革命队伍中成长起来的党的宣传干部。他只念过 4 年书，但是他的自学能力惊人。东北解放后，他来沈阳市委工作，主管理论宣传，后来任市委宣传部副部长，再任沈阳日报社总编辑。"文化大革命"期间被罢官。后来省委调赵阜同志任辽宁日报社总编辑。

我原是辽宁日报社的人，一直关注《辽宁日报》的各种信息。《辽宁日报》首先发表追忆张志新烈士事迹的长篇通讯，震动了中华大地，为错定为反革命的革命者吹响正名的号角。报纸还连载话剧剧本《报春花》，动用这么大的篇幅刊登一部剧本，在中国报界前所未有。为抨击以阶级出身定是非的极左的血统论，《辽宁日报》敢开舆论先河。还有被批判了半个世纪的个体经济，忽然在《辽宁日报》的头版头条上登出摆摊卖馄饨的消息。好新鲜！这是对一种新经济形态出现的预告。王晔告诉我，这些宣传内容，都是赵阜同志策划的，受到时任中共辽宁省委书记任仲夷的支持。

王晔领我来到辽宁日报社二楼的一间办公室里见赵阜。赵阜同志见我进屋，从椅子上站起来，细细地看我，我也仔细地端详他。一米七五左右的魁梧身材，墨黑的头发，方脸盘，面相慈祥。王晔介绍我之后，赵阜同志笑着说：

"李宏林同志呀！"他声音一出，犹如敲响了洪钟，我不由得心想，怪不得此人净做大事，那声音就不同凡响啊！他说他看了我写的一些作品，夸我："很好！找机会为《辽宁日报》做点儿事吧。"我说："当然愿意。"

我回抚顺不久，时任辽宁日报社总编室主任的于铁给我打电话，说："赵阜同志请你来，作为特邀记者，为《辽宁日报》写一篇作品。"我答应立即去沈阳。

到沈阳，来到赵阜同志的办公室，他说："请你来，给报社写一篇大文章。"

我问："什么题材？"

赵阜同志说："沈阳造币厂破了一个盗金案，被盗了800两黄金，追查了几十年没破案，最近破了，这个黄金大盗原来竟是指挥侦查黄金大案的人。经济上的大盗，政治上的变色龙。请你把它写好。"

我问："写多长？"

赵阜同志说："能写多长就写多长。"

好家伙，省委机关报历来版面有限，限制文章字数，这位总编辑可没框框，真敢放手，真敢用人。有气魄！

为了我采访方便，还给我配了个助手。

我先到造币厂，地址很偏远，可能是与黄金有关，偏僻处安全。

我对多种人物进行采访，有厂领导，有普通工人。又特别采访了几位受害严重的人。比如有的工人被疑为盗金

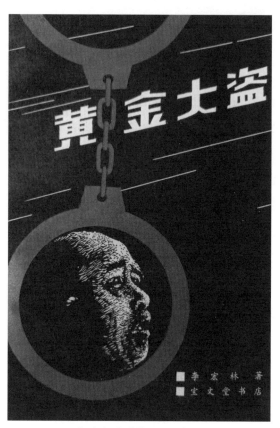

◎ 报告文学《黄金大盗》封面

者，被关押、被折磨、被开除，过了多年流离失所的生活。像老厂长李榆，被怀疑可能是盗金者，破案组跑到老厂长的南方老家，刨开老厂长家的祖坟，在棺木里找黄金。我接触过的这些无辜者，悲愤满怀地讲述 20 多年的悲惨遭遇，每每令我同他们一起流下眼泪。当然我要采访黄金大盗的主人公关庆昌。厂里有人得知我要采访关庆昌，特别提醒我要注意关庆昌的一双眼睛。

我来到沈阳某监狱，采访关庆昌。监狱给我安排了一间审讯室，我坐的是一个办公椅子，在对面放个木椅，是给关庆昌坐的。

狱警押着关庆昌进屋来。

狱警向关庆昌说："领导问你什么，你都要如实交代。"

关庆昌低声回应："是。"

我叫一声："关庆昌！"我是想借机会看看他的眼睛。

他慢慢抬起头望向我，刹那间我心头一颤，啊，这双眼睛！

在深深塌陷的眼窝里，镶着两只圆圆的、贼亮的黑球儿，那红湿的眼皮似乎包不住它。这两个球儿不松劲地表演，一会儿蒙上一层泪水，一会儿寒光闪射，一会儿又用睫毛遮掩它，它根据主人清醒的理智状态，做出适于心理要求的各种反应。

关庆昌的这双眼睛，我在报告文学中多次提到。这双眼睛的细节，助我把一个黄金大盗的许多罪行串连起来，结构紧凑，人物形象突出，这些都得益于我在文学讲习所的学习。

采访完之后，我对所掌握的材料进行思考：关庆昌确是一个变色龙，他为什么总在变色？是我们国家的政治风云不断变幻，关庆昌在适应它的气候。就说这个黄金大案，我们破案的指导思想就有一个政治模式：一切以阶级斗争为纲。还没进行调查，便已经确定犯罪对象必定是地富反坏分子。四清运动一发动，就又确定了犯罪对象，就是那些走资本主义道路的当权派。所以身为抗战时期老干部的李榆厂长被定为可能的黄金大盗，押了起来，被逼疯了。"文化大革命"时期更凄惨，凡领导一层都是怀疑对象，为800两黄金打击了一大片，而真正的黄金大盗却在这期间入了党，成为侦查黄金大案的领导者。可笑不？可悲不？这就是我们形而上学的理论，不实事求是的作风，一套已成公式的思想模式造成的恶果。而这种"左"的意识形态和"左"的行动，最典型的表现就是我们几十年来不断开展的政治运动。邓小平同志讲："我们再也不能搞政治运动了！"这是痛心而又明智的总结，这是扭转中国以阶级斗争为纲，走向以经济建设为中心的出发令！是的，再也不能那样了！邓小平同志的思想，推动我从关庆昌个人命运的层次中，上升到对国家命运层次的思考。我从这个思想角度去选材、去提炼、去审视我们几十年来不断的各种政治运动。赵阜同志赞同我写出的3万多字的《黄金大盗》的思想观点和文字表述，批准文章在《辽宁日报》上连载，极受读者欢迎。

　　辽宁省作家协会和沈阳军区的部队作家在文官屯开创作会议，大家住在军区招待所里。大院中有个军人用品专供店，我们几个人进去看看。我看中了一双质量非常好的牛皮鞋。我说我买一双。女售货员说，这是军人的专供品，非军人不卖。作家金河开玩笑问："你看过《黄金大盗》没有？"女售货员说："看过呀！"金河说："他就是《黄金大盗》的作者，你不卖他，他把鞋盗走。"女售货员睁大眼睛看看我，笑着说："卖，卖。"哈，哈，我是沾了

◎ 与演员孙飞虎（右）合影

关庆昌的"光",享受一回军人的待遇。

已经是《黄金大盗》发表 6 年后,安徽一家出版社创办《报告文学选刊》,选发了《黄金大盗》。北京宝文堂出版社出版了以"黄金大盗"为书名的我的报告文学集。饰演蒋介石出名的孙飞虎给我来信,邀我写个电影剧本,他来演关庆昌。可惜,不久他去世了。

写作《黄金大盗》的经历,使我认识到,每个人的人生轨迹都或多或少反映出时代的特征。写作当代生活时,要让读者看得见时代特征的影子。写作中只迷恋于故事的生动,案件的血腥、奇巧,不是写作的高境界。而从这些光怪陆离的现象中,去探究它的社会原因,才可提升作品的思想性,拨动读者的思考神经。应该说,这一方面是关庆昌这类实际案例在启示我,另一方面也是我在文学讲习所学习世界文学大师们的作品时受到的哺育。

《黄金大盗》之后,赵阜同志又安排我以特邀记者的身份写一篇大报告文学,派报社吴佳铭同志陪同我去营口采访,一起写作。不久又在《辽宁日报》上开始连载的报告文学《辽河枪声》,就是这次采写的成果。不再多述。

我作为《辽宁日报》特邀记者出山,觉得很荣幸也很舒畅。赵阜同志给了我"特邀"二字的殊荣,抹去了我在辽宁日报社时心头留下的许多痛苦和遗憾,在春光明媚的日子里给我心里送上温暖。2024 年 1 月 3 日,赵阜同志去世了,我感恩于他、怀念他。

乍暖还寒时节

20世纪70年代末，在抚顺市流传着一位中央首长为女儿选"驸马"的传说。为什么偌大的中国，这种传说可以在小小的抚顺传起来呢？这里有一个特殊的原因：被选并最后被害的"驸马"的父亲，原是某地区的领导干部，因儿子问题受牵连，被贬职到抚顺，关于他儿子的真真假假的事情就传开了。我曾在北京电影制片厂修改一个表现矿工生活的电影剧本，其间和各地作家接触，从他们口中也得知一些选"驸马"的信息。我回到抚顺，有意收集这方面的材料，准备为抚顺话剧团写一个话剧本。

很奇怪，当我写作时，一向没有来往的某某到我家里来做客，问我写作的情况。我如实向来客讲了。没想到，由此一次向我袭击的火力正在酝酿中。

这时《鸭绿江》文学月刊向我约稿，我说正在写剧本，不适合刊物发表。问我是什么题材的。我把剧本内容告诉了他们。我以为事情了结了。当天我又接到《鸭绿江》杂志编辑部第二次电话，说剧本写完立即给他们看看。剧本完稿后，我就把它邮给了《鸭绿江》编辑部。回音真快：不到两天，《鸭绿江》杂志编辑部就再来电话，请我尽快把剧本改成小说，争取在下一期的月刊上发表。这对一个写作的人来说，当然是件求之不得的事情。我便迅速地把剧本改写成小说。这本不是什么秘密，我把《鸭绿江》杂志发表《大海作证》小说的信息告诉了一些朋友，这下子可不得了喽！

　　一名在抚顺以讲故事出名的故事员和一名业余作者，联名投书《鸭绿江》杂志社，举报我抄袭他们的作品，他们写的小说将在省里某刊物发表。《鸭绿江》杂志才不受他们的干扰，照样隆重推出《大海作证》。作品一面世，立即刮起《大海作证》的旋风，省内首先由《沈阳日报》连载，之后全国多家报刊选载。刚创刊的《小说月报》，在创刊号上推出《大海作证》。不到一个月的时间，我收到20多个改编成电影剧本的《大海作证》。沈阳话剧团日夜赶拍话剧《大海作证》，吕晓禾算是第二次与我合作。本溪话剧团邀我去本溪看他们演出的《大海作证》。在北京我见到了蒋子龙，因《乔厂长上任》我俩有了文友之缘，他说他看了《大海作证》，用他们天津话说："弄的是个玩意儿。"

　　攻击也由此升级了：他们求省总工会保护工人阶级

◎ 话剧《大海作证》演出广告

的权益。总工会领导出面过问此事。事情又传到省委宣传部，文艺处处长林岩听我讲述情况。《鸭绿江》杂志社坚守阵地不退让。责任编辑吴竞说："李宏林给我们的是剧本，我们让他改小说，是按照我们的要求和意图改的，我加写了篇头语，又加写了一些情节，到今天我们也没有看到另两位作者的作品在哪儿，何来的抄袭？"

这时沈阳日报社的姜柯同志在《沈阳日报》发了一

块版的有关《大海作证》争执的重要文章。姜柯是《大海作证》主人公于海波原型的同学，他介绍了他的同学青少年时期的情况，特别讲到同学在被选"驸马"前后的遭遇，比我们讲的、写的还曲折、还新颖、还生动。文章证明，关于选"驸马"的传说，不是哪个人的专利，是公共写作题材，尤其在并未形成文字的一方控告对方抄袭，就违背创作自由的基本原则了。

更能为我正名的是中央电视台收到抚顺两名作者的控告信，说李宏林抄袭了他们的 8 部作品。中央电视台的负责同志找到王岚，让他看控告信。王岚笑笑说："抄袭的太多了。李宏林天天抄，抄到现在也抄不完哪！这件事我知道，别理他们。"

事情的结果究竟怎样呢？一是《鸭绿江》杂志社首次搞当年作品评奖，在征求意见的选票中，《大海作证》占绝对多数，为一等奖。这个奖就别评了。二是两名作者的小说在原来希望发表的刊物上发表。事情就不了了之了。

写完《大海作证》之后，我还写了一篇《星星作证》，也是把听来的传说写成选"妃子"的悲剧，发表在 1980 年 4 月号的《海燕》月刊上，至今读来仍然动人心魄。依此可以表明，在写"选"这个题材上，我有很多积累，用不着去抄别人的东西。

后来，以《大海作证》为书名的我的小说集，由公安部主管的群众出版社出版，第一版就印了 40 万册。

　　但这些并没有减少我在春天里阵阵发冷的感觉，这一次冷得有点儿令人发抖，因为吹来冷风的是主管上级，这就比较麻烦了。

　　我们得到一个信息：沈阳的一男一女两名青年逃到澳门（那时澳门尚未回归），经历了一番苦难的生活，后来几经周折，终于回到大陆。我认为这是一个极好的向青年人宣传资本主义社会没有我们好的爱国主义教育题材。我请抚顺日报社文艺部编辑李世栋把选题报到报社，报社总编辑支持写一篇像《辽宁日报》连载的那种大文章。为了把稿子写得真实、生动，我和李世栋先到高桥教养院采访男主角。他详细介绍怎么混进牛群进入澳门，到了澳门后怎么被欺骗，怎么把他训练成拳击手，差点儿被真正的拳击手打死的经历。经过一番死去活来的折腾，感到还是在家好。在走投无路的时候，他们请求国内驻澳门的办事机构解救他们。为写作品，我详细问了些澳门街道的建筑特点，人们的生活习惯，拳击场的设施及拳击对手、打法等细节。然后我们又到两名青年在沈阳生活、工作的单位了解情况，探讨他们出逃的原因等。在写作前，我把地点改在香港，因为香港更为大陆人所知。还有，我在中央电视台写剧本时，女导演许欢子在香港生活多年，她常讲些在香港发生的事情，给我留下了很深的印象，我便把故事发生地由澳门改为香港。为了写得像香港，我让李世栋从抚顺日报社借来一些香港的报纸，以便我稍许熟悉一点儿香港的风俗人情和街道、拳击场中的情况。一切做到心中有数，我便动笔写作。

那时大陆正流行邓丽君的歌曲，为了调动写作情绪，我便打开录音机，收听她那些充满哀怨情绪的歌曲，笔下带着感情，写得很流畅。交稿后，《抚顺日报》每天计划发表3000字，连载20天，小说名叫《香港飘流记》。

那时谁知道香港啥样啊？那里发生的一切都让大家感兴趣。可了不得了，邮局找到报社，抱怨说，我们送报的天天丢报，有的人从邮袋里抽张报纸就跑，报社要包赔损失。抚顺人那些天谈资就是《香港飘流记》。几天之后，外地许多家报纸连载《香港飘流记》，辽宁省群众文化馆办的《辽宁群众文艺》先是连载，一看受读者欢迎，这家刊物又出了个单行本，发行90万册，几乎挣下一座办公楼。

这时，有人出来了，说《香港飘流记》是抄袭香港的作品。这人原是沈阳的公安干部，因为不太好的原因安排到抚顺，任某部主任。他可非一般人士，他敢指着鼻子骂上级，"文化大革命"期间还搧过市委副书记的嘴巴子，这回他指向报社总编辑，说："你要承担全部责任！"

总编辑胆小，赶紧把李世栋和文艺部主任叫来，让他们快问李宏林，小说是抄香港哪家报纸的，报社有错误，咱们就承认。李世栋和刘主任来我家通报情况。我问举报人现任何职。答："市委宣传部办公室主任。"我说："我去会会他。走，去市委！”

我们3人来到市委，到了宣传部文艺处。一会儿这名主任来了，我第一次见到他，他身材高大、体格肥壮，面孔方圆，有官员作派。也在宣传部工作的他的爱人告诉他，李宏林是带着火气来的，可别去文艺处。主任怎可怯这阵势，推开文艺处的房门，就把目光盯向坐在椅子上的我。

主任问："听说你找我？"

我严肃地说："是找你！"

主任问："你们有什么事情吗？我很忙。"

我说："没事情能找你吗？"

他向前走两步，"什么事情你们说。"

我说："我就是你说抄袭香港作品的李宏林。"

这主任噢噢两句没说话。

我说："你说我写的《香港飘流记》是抄袭香港的作品，你给我拿出证据来！"

这主任说："你是看了香港报纸写的，写的那些地方，都是从报纸上抄的嘛。"

我一拍桌子，猛地站起来，一声吼："放屁！你写作，写到哪个地方，就是抄袭当地作家的作品吗？你吓唬这个，吓唬那个，今天你遇到了不怕你吓唬的人。你必须去李总编辑那里说清楚，把你这套吓唬人的屁话收回来！"

这个主任真没想到，在抚顺竟有敢这样当众拊他胡须子的。这人真的是久走江湖，立即扣上双手，向我一揖，连声说："佩服，佩服。"讪讪离去。

你以为我是胜利者了？非也！接着来的寒风才可按零下度数计。

市里召开专职创作人员会议，一共有三四十人，坐满了一间会议室。会议由市委宣传部一名副部长主持。

副部长讲了几句我们党的文艺为工农兵服务的方针后，把脸转向我，说："李宏林，你写的那个《香港飘流记》是什么东西？"我一下子愣住了，这么受广大读者欢迎，并且对青年人有一定教育意义的作品，犯了什么大错，让副部长这般动怒？

他问我："你去过香港吗？你知道香港的生活状态吗？瞎编乱造，我们抚顺市绝不支持你的这种创作。我们的创作人员，要老老实实地深入生活，走毛主席指出的文艺为工农兵服务的道路。"

对副部长的这套批评我是不服的，但是不好当众跟他辩论。

下午，与会人员对副部长的讲话进行讨论。我首先发言，估计我要有不同言论，会场一下子肃静下来。

我说，《香港飘流记》发表以来，受到省内外广大读者的欢迎，说明它的社会效果是好的。我们执行毛主席文艺为工农兵服务的方针，也要加强对青年人的爱国主义教育，两者并不是对立的。关于我去没去过香港的问题，我们大家都没去过。但是我采访了外逃的当事人，查看了许多有关香港的材料，我没有瞎编造。我想问，姚雪垠写《李自成》，他不会走到明末，更不会认识李自成吧，但是毛主席肯定了他的这本书。小托尔斯泰十月革命时身在法国，但他写出了反映俄国十月革命时期生活和斗争场景的《苦难的历程》三部曲，获得斯大林文学奖一等奖。现在上演的话剧《樱花泪》，也写了日本的生活，我相信，这位剧作家绝对没去过日本。从古至今，在特殊情况下，作家凭借资料，加入自己的经历和思想，写出成功的作品的例子比比皆是。不能这么粗暴地否定《香港飘流记》的创作。

这时我已经写完话剧《香港飘流记》，我总想给剧团做点儿好事，局面弄到这个份儿上，抚顺肯定不能排我的戏。我就和已经排演过我两个剧本的沈阳市文化局剧目室联系，想把剧本给他们。通话仅过一天，剧目室主任就来电话，请我去沈阳，沈阳话剧团正在筹选演出剧目，安排我读剧本。我按约来到沈阳市文化局。

这次听剧本会，参加人员确实出乎我意料。文化局的"一把手"赵局长出席；被称为"中国保尔"的王化南副局长，下半身残疾，也被推进会议室。剧目室的人员，沈阳话剧团的导演、主要演员都来听剧本。大家静静地听我读了一个半小时。一读完，便响起一片掌声。还没等局长说话，导演便抢着说："这个剧我来导演。"

局长也没有客套话了，立即开始讨论如何排演的问题。两位局长要求很高，要安排最好的演员来演这个戏，要制作最有香港气息的布景。导演说，那要多花钱哪。赵局长说，局里给钱，一定把这个戏拍好，要作为沈阳话剧团的代表性剧目打出去。导演当场要去剧本，这场读本会就在这种兴奋的气氛中结束了。

但是我不敢高兴太早，因为我终究是抚顺话剧团的创作人员，外地剧团演出我的作品，我要报给抚顺市文化局。我就把事情向柳枫局长汇报了。

柳枫同志也是抗战时期的老干部，他对那名副部长的某些不尊重作者、思想保守等作为一直不满。但是党管文艺，上演什么剧目，特别是我的作品，必须要听副部长的意见。柳局长向上汇报后告诉我，副部长说等等再说。

我等着。抚顺市没有说法，沈阳方面也断了消息。我去沈阳市文化局了解动向。王化南副局长接待我。说："上面有了沟通，不同意沈阳排演你的作品。这是上层决定，弄得我们很被动。"

这期间还有一件事：北京电影制片厂有两个人来到抚顺，邀我写一个反映矿工生活的电影剧本。来者何人？一位是北影剧本创作室主任，我在文学讲习所学习时的同学，话剧《战斗里成长》编剧之一的胡海珠；另一位就是我中学时的同学、演剧伙伴，已是北影导演的李伟。住下后，市委宣传部听说北影来了领导，宣传部部长苏光和那名副部长来宾馆看望北京客人。胡海珠和李伟在客厅接待客人，我在卧室等待。

主客双方见面后，谈正题。胡海珠说北影请我给写剧本。苏部长表示欢迎，并介绍我，说李宏林年轻时在北京受过写作培训，是抚顺创作人员中水平最高的，希望你们合作好，这是帮助我们宣传抚顺的好事情。

苏部长话音刚落，那名副部长说话了："李宏林思想不健康，名利思想特别严重，这一点你们要有所注意。"

胡海珠说："我们注意，注意。"

两位部长一走，我的两位同学立即哈哈笑弯了腰。

◎ 李宏林夫妇陪同北影编导室主任胡海珠（前排右）游水库

胡海珠笑得直擦眼泪，"都是什么年代了，现在还有这样的领导。宏林哪，你快想办法离开这个地方吧！"

还有更大的事呢。

1979 年 10 月，粉碎"四人帮"后的第一次中国文学艺术工作者代表大会（简称"文代会"）在北京召开。之后，各省召开文代会。辽宁省的文代会由各市选派代表出席，给抚顺市 11 个代表名额。我是大会指定的代表，原本不用参选，谁知当把名额发给抚顺时，那名副部长把我的名字抹去了，11 名代表中没有我。

有人问副部长："省作协如果问怎么回答？"副部长说："他们这种人（指曾被定为右派分子的人）已经有一个代表了。"我将这种奇怪的事报告给辽宁省作家协会。筹办会议的领导人方冰同志知道后很不满。明天就开会了，省里临时决定给我一个特邀代表名额。省作协把电话打到市委宣传部。很巧，我的好朋友李世栋正在宣传部办事，省作协来电话时，他在场都听到了。文艺处的人接的电话，让来电话的人等一等，他立即向在家的那名副部长报告。电话打过去，副部长回话说："让省作协再给 5 个特邀名额，4 名特邀也轮不到李宏林！！"所以我没有出席这次有历史意义的省文代会。

方冰同志对抚顺对我的处理很生气，他在会上直言不讳地说："抚顺掐尖儿，为什么不让李宏林来参加会议？"

不久我去方冰同志家里看望他，他说："抚顺养不

文章天下事 / 我的成长之路

了人，你想法离开那里！"

离开抚顺的机会到了：沈阳市文化局交代剧目室主任，设法把我调到沈阳去，条件已拟好，涨一级工资，在艺术宫附近的新楼给安排一套住房，来沈阳就拍《香港飘流记》。

我要走的信息很快传了出去。市委副书记杜黎同志的女儿在电视台工作，把同志们对我的同情转告了父亲。在抚顺文代会会场，杜黎同志找我谈话。那名副部长一看杜副书记见我，恐怕我给他"上眼药"，急忙来到我身后，亲热地搂着我的肩膀，向杜副书记说："这是我们抚顺的才子！"

由于副部长出来干忧，杜副书记悄声说："明天上午，到我家去谈。"

第二天我去了杜副书记家，他详细地问我离开抚顺的原因，我讲了上述情况。最后杜副书记恳切地向我说："如果是住房条件不好，马上给你解决住房问题，其他方面的，你给我 3 年时间，如果你仍然不满意，我同意你离开！"

杜副书记的表态让我很感动也很为难。还有一个人不放我走，就是文化局的柳枫局长。恰好杜副书记去北京开会，我趁这机会把柳局长和几个朋友请到家里吃饭，在酒桌上请柳局长放我离开抚顺。柳局长在众多朋友的劝说下，打着唉声，决定给我开放行的调干信。饭后，我就把信息报告给沈阳市文化局，文化局立即开调干令。真是无巧不成书，赵阜同志的爱人是沈阳市文化局组织部部长，由她签署调干令。李宏林调到沈阳了！她把这个信息告诉了老伴儿。赵阜同志原以为我在抚顺如鱼得水呢，既然这样，李宏林是辽宁日报社的人，理应回原单位。他安排人一两天就办完我回辽宁日报社的手续。沈阳市文化局种半年的树，结了桃子，被赵阜同志摘去了！

　　几年后，辽宁省召开"文化大革命"后的第二次文代会。我坐在台上主席团成员的位置上，那名副部长坐在台下抚顺市代表的椅子上。我看见了他，我想他也看到了我。我这时是共产党员、省政协委员、辽宁日报社政法部主任。省委统战部部长章岩同志曾带信儿，拟安排我到省政协出任秘书长。由于我要在文学和新闻界有所建树，便谢绝了统战部对我的信任和安排。这时，我的思想在会场上溜号了。我在想，我如果还留在抚顺，大概连出席这次文代会的资格都没有。人哪，所处的环境多么重要，所遇到的领导多么重要！像那名副部长这样的老干部是极个别的，我接触过的老干部都不是这样的，如安波、文菲、方冰、赵阜、王化南、苏光、柳枫、胡海珠、章岩等老同志，都是抗战时期的老干部，他们与时俱进，胸怀博大，以党的事业为重，极力扶持人才，是真正的共产党干部。

　　俄国作家契诃夫有一篇著名小说《装在套子里的人》，

其中有一个叫别里科夫的人，总把自己装在黑色套子里。见不得阳光，看不惯套子以外世界发生的事情和变化。而更可怕的是这个套子里的人又特别顽固、粗暴，总想改变外面的世界，把一切都装进他的套子里。由不得他，他就和你斗。他临死也没弄明白，是套子外面的世界可怕，还是套子里面的暗角可怕。大师就是大师，契诃夫百年之前写下的人物，在今天也极有现实警示意义。

我调回辽宁日报社。时任总编辑赵阜热情地接待我，拉我一同坐在长沙发上。他说："你挂名在记者部，但由我直接领导，负责大稿、特稿的写作。不着急动笔，你可以先到省内一些市里走走看看，发现好题材再写。"赵阜同志的一席话，说得我心里暖暖的，像在外流浪多年的游子终于回到安全的港湾，我又有家了！这个家就是辽宁日报社。赵阜同志对我的信任与尊重，激发了我的创作热情，我要用手中的笔，热情地讴歌改革开放的新时代。从此我的创作激情喷发，并一发而不可收。

- -

探索成长之路，解读智慧人生，
本章内容，扫码收听。

第七章

辽宁日报社是我的家

回家的温暖

1981 年 3 月，我调回辽宁日报社。怎么安排我的工作，赵阜同志是事先想过的。

我来到赵阜同志的办公室，向他报到。他热情地接见我，拉我一同坐在长沙发上。他说："你挂名在记者部，但由我直接领导，负责大稿、特稿的写作。不着急动笔，你可以先到省内一些市里走走看看，发现好题材再写。"

赵阜同志的一席话，说得我心里暖暖的，像在外流浪多年的游子终于回到安全的港湾，我又有家了！这个家就是辽宁日报社。

赵阜同志对我的信任与尊重，激发了我的创作热情，我要用手中的笔，热情地讴歌改革开放的新时代，为四个现代化贡献我的力量。从此我的创作激情喷发，并一发而不可收。

我先到本溪市，见了 66 岁的市委书记王玉波。交谈后，他的朴实、谦逊给我留下很深的印象。记者站的同志也介绍了一些王书记的事迹。这年正是中国共产党建党60周年，宣传一位优秀的市委书记、一位全心全意为人民服务的共产党人，在粉碎"四人帮"之后，对提升人民群众对党的信任极有必要。所以我就再同王玉波同志交谈，最终写成《市委书记的性格》一文。以前省报从来没有过介绍市委领导事迹的先例，赵阜同志看过稿后，拍板在《辽宁日报》发表，占了一块版的版面。

我把当年《市委书记的性格》的片段抄在下面，对今天的官场、官员来说，比当年发表时更有震撼力！

本溪市委书记王玉波，66岁了，鬓发花白，举止行动有些迟缓。可是下乡搞起调查来，他却从黎明到日落，不停息地走在泥土路上，连年轻的秘书也走不过他。去年秋天，他去了一次本溪县、桓仁县，9天时间走了17个公社40多个生产队。回到市里血压升到190，脸上、大腿上一按一个坑。当他到本钢医院看望有病住院的同志时，医生和护士见他脚步沉重，满面病容，强迫他检查身体。他遵命坐下，撩起衣襟，医生和护士一下都愣住了，他们看到的市委书记穿着的一件黑色旧坎肩，竟补了十几种各种颜色的补丁，有的粗劣的针线活，一看就知道是书记自己缝的。医生和护士感动得说不出话来，有的眼圈红了。医生悄悄说："王书记，你穿得太……"

王玉波眯眯一笑，不以为然，"干净就好嘛。"

如果是在冬天，医生和护士还可以发现，市委书记穿着一套补丁摞补丁的毛衣、毛裤，那是1945年抗战胜利后，他买下的半旧的军用品，穿了35年了。是老伴儿和孩子们不关心他？不是，在吃和穿上家里人拗不过他。就说这套毛衣毛裤，老伴儿给收藏了几回，他还是翻出来穿上。

同王玉波共事几十年的老同志都说，他这种老八路作风是一贯的。1946年他当本溪市市长的时候，就是身着一套半旧的灰衣服。当时配给他一辆四轮马车作为专用交通工具，他很少乘坐，当骏马拉着马车嘚嘚地在路上奔跑时，都是为市政府公用而效力。

今天，他身为市委书记，不要说他晴天上下班不坐车，下雨天也是徒步走，还不打雨伞。家里人劝他别顶着雨走，他说："打仗的时候净是顶着雨行军，这点儿雨算啥！"

当谈起人生目的的时候，有人劝说老书记，已经年过六旬了，应该注意一下个人物质生活方面的事了。王玉波回答得很自然："我要为个人享福，就不参加革命了！"

这是 40 多年前，一位市委书记的真正的"不忘初心"。40 多年后，我们当下的官员们，还有没有王玉波的革命性？你们的行为举止，能不能作为正面教材记录在记者的笔下？我带着这样一种疑问，抄录下上面片段。

在辽宁日报社，我的成长很快。1983 年，我已经入党。辽宁省因为是"文化大革命"的重灾区，辽宁日报社同省内其他部门一样，更换了一批上、中层领导干部。这时，辽宁日报社向省委宣传部、组织部报了一些提升为副主任一级的干部，其中有我。但是批下来时，任命名单上唯独没有我。赵阜同志不明缘由，便向省委打听。回答说，是省委书记郭峰不让李宏林担任行政职务，专攻写作，所以从名单上抹去我的名字。过几日，省委副书记李铁映来辽宁日报社检查工作。他当着许多人的面讲话，说："什么职务也没有记者大，无冕之王！什么长、什么主任，都不重要。"听这话，铁映同志是与郭峰书记过过话了。

唉，两位书记不了解，记者是论职务给待遇，一般记者弄好了算个科级干部，马上要分房了，有没有职务牵涉到福利大事。赵阜同志马上派人向省委领导讲明情况。没有几天，我的任命批下来了，免去一个"副"字，直接任命我为政法部主任。辽宁日报社还从来没有不经副职就跳到正职的任命呢。

我分到了房子，这时我妻子也调到省里，到省政协担任秘书处处长。从此我们一家正式入籍沈阳市，成为正儿八经的沈阳人。是辽宁日报社给了我家的温暖。

从《走向新岸》到《新岸》

1981 年 5 月的一天，赵阜同志把我叫到他的办公室，向我交代一项采访任务。他说鞍山市有个失足女青年，现在表现很好。这些年社会动乱，影响了许多青少年的正常成长，写一写改邪归正的青少年，指出他们应走的道路，是当今很需要宣传的事情。

我接受了任务就到鞍山去。各市都有我们的记者站，很快安排好了我采访的地点和人物。

失足女青年叫刘艳华，父亲是共产党员、复员老兵，曾被评为鞍山市劳动模范。不幸的是在刘艳华 11 岁的时候，父亲因病去世。母亲改嫁了，继父冷眼看刘艳华。刘艳华有父亲性格的遗传，生死不怕。妈妈也不示弱，你不给我在新人家争脸，我就拿菜刀和你比画。刘艳华尝不到家庭的温暖，便开始逃学，结交社会上的伙伴，其中有一个女扒手"关照"她，拉她入了鞍山的一个流诓犯罪团伙。这时正是"文化大革命"期间，青少年不受教育，许多人荒废光阴、胡作非为，所以，刘艳华没感到她的行为是可耻的。结果是她进了监狱，被判了五年徒刑，那时她17岁。说来真巧，她在狱中服刑期间，正好遇到监狱里把张志新临时放到刘艳华所在编队管理。张志新面对冷峻生活所表现出的英雄正气，让有股子猛张飞劲头的丫头佩服得五体投地。刘艳华出狱后两年，"四人帮"被粉碎了，她也长大了，她要思考以后将怎样生活。她先到农村，认识了当地青年高元刚。由于刘艳华努力劳动，并为高元刚妹妹遇害的冤情出头打官司，获得高元刚的喜爱，最终二人结为夫妻，并调回市里工作。

我把采访到的情况向赵阜同志汇报。他听罢，说："好题材。写的时候要注意，不要多写犯罪细节，着重写刘艳华的自新。她的失足，有家庭教育问题，而更主要的是社会的动乱。正在成长的青少年需要教育的时候，社会把他们放羊了，主要责任在社会。这种觉悟了的青年，应该是新青年的一种，标题就叫《走向新岸》吧。"

未来作品的思想立足点被赵阜同志确定下来，我就按照这个思路去写作《走向新岸》。

几天之后，我交了稿。赵阜同志审稿后，决定在《辽宁日报》连载5期。头一期一见报就产生很大反响，全文发表后，读者写来许多读后感，称赞《走向新岸》。这篇报告文学所以被社会重视，很大原因是类似刘艳华这样的失足青年，可以说是屡见不鲜。每个家庭的父母都担心自己的子女也堕入泥潭里。《走向新岸》对当年的失足青年没有歧视，有的是鼓舞，让他们看到美好生活的前景，使很多忧心子女失足的家庭放了心。

一位读者来信说："近日看了《辽宁日报》连载的李宏林同志的报告文学《走向新岸》，是一篇值得称赞的好作品。人们看了这篇报告文学，都会从中得到启示。失足青年看了会增强信心、悔过自新。失足青年的家长看了会得到教子之方。广大群众看了也会进一步明确如何对待这些一度失足而又愿意改正的青年。挽救失足青年，这不仅是失足青年家长的心愿，也成了全社会的呼声。全社会都来关心这个问题，成千上万温暖的手伸向失足青年，帮助他们，挽救他们，让更多的失足青年走向新岸。"

一位黑龙江的读者，建议就《走向新岸》一文在《辽宁日报》上展开大讨论。

《辽宁日报》编辑部接受了这位外省读者的建议，立即辟出版面，开展了关于《走向新岸》的讨论。一封封读者来信发表出来，都提到欢迎以往的失足青年回归到"四化"建设中来，对他们要倍加鼓励和爱护。同时都把批判的火力集中在那个害了一代青年人的动乱岁月。

《走向新岸》发表后，我去了一趟鞍山。刘艳华知道我来后，带着10多名以往的失足青年来宾馆看我。他们开始有些紧张，当看到我是真诚地、热情地欢迎他们

◎ 报告文学集《走向新岸》封面

的时候，都不紧张了。其中有一个男青年，模样很漂亮，曾是当地流氓集团最大的头儿。他的两条胳膊僵硬地半抬着，我问是怎么回事，有人说："他为了保住现在的工作，向领导发誓再不做恶了，为了表决心，他砸折了自己两条胳膊。"

听了这件事，我十分震惊。他为了悔过自新，付出的代价太大了，当时我的眼泪都要流下来了。所以以后对失足青年、对落后青年，我都不轻意地下个是好是坏的结论，要分析、研究他们身后的社会状况和自身背景，他们都有转变向好的可能。

7月初，天热的时候，是我50岁的生日。家里突然来了一批给我祝贺生日的青年，他们就是一个月前我见到的那些鞍山的青年朋友。他们远道而来，令我十分感动，我也感到十分欣慰。我的两万多字的报告文学没有白写，它们变成了出现在我眼前的一张张透着青春气息的笑脸。他们都有了工作，我祝愿他们在工作岗位上作出成绩。

由于《走向新岸》在社会上产生的影响，省内外一些监狱请我去给犯人作报告。我所到的监狱，在最引人注目的地方，或书写或挂横幅，都出现了"告别昨天，走向新岸"的大标语。看到这种情景我很欣慰，我又见到我的文字作为一种鼓舞力量融入了社会。

北京的王岚得知我发表了一篇有影响的报告文学，就让我把发表《走向新岸》的报纸寄给他一份，我照办了。十几天之后，王岚约我去北京，中央电视台已决定把《走向新岸》拍成电视剧。还没有剧本，就先在北京选演员，主要是选由谁来扮演刘艳华和高元刚。我把赵阜同志将刘艳华视为新青年的看法告诉王岚，意在别选模样凶的，要选有些美丽面善的女演员。他尊重我的提示，我和他一起来到中央电视台选演员。女主角我和王岚共同看好向虹。男主角王岚选的是北影的马崇乐。我觉得小马太漂亮，缺少农村青年的朴实劲儿。王岚坚持自己的眼力，他说朴实靠演员来表演。以后看，王岚的眼力不差，这两位青年演员都因为出演日后起名为《新岸》的电视剧，而为中国电视观众所熟悉。

演员选定了，要拍剧了，王岚又征求我的意见。我建议到辽宁丹东去拍。丹东有山有水，风景好，再有丹东电视台已可以单独拍电视剧了，设备、人员都有。一经联系，丹东电视台非常愿意与中央电视台合作。这时我在北京已经完成剧本初稿，电视剧部审稿后同意进入拍摄，王岚和我以及两位主演就奔往丹东。

我和王岚住在一个房间里，以便随时交流。我一再提醒他，少拍刘艳华犯罪的细节，他十分在意，说赵阜同志说的"新青年"很重要，提示我在拍这个剧时要全面创新。

怎么创新？我一直在剧组，我在关注王岚的创新。

关于刘艳华的过去，王岚只用了一个镜头：当时正是丹东盛产螃蟹的季节，煮熟了一堆螃蟹，刘艳华跟着一群失足青年又舞又吃，吵吵闹闹地胡混着。然后就是刘艳华走出监狱大门，回身向大门鞠一躬，一切就都交代明白了。其余百分之九十多的戏，都是表现刘艳华在自新过程中的挫折、喜忧、崛起。这是一新。

再新，王岚在剧中追求一种无声的世界：偶尔只听见慢慢行走的老牛拉车的铜铃响，有时只见刘艳华和高元刚装车时的两把锹一上一下，没有一点儿声音。两个

◎ 电视剧《新岸》剧照

年轻人就是在这种几乎无声之中，互相透视到对方的精神世界。关键时刻，歌声一起，剧中人和观众都一下子把心中积累的感情奔放出来，或感动，或舒畅，观众和电视剧中人物的命运连在一起。一部一个多小时的电视剧，深深地打动了亿万观众。导演的艺术追求和演员的绝妙演出，使《新岸》成为早期中国电视剧的一个经典剧目。1984 年在日本举行亚洲电视剧研讨会，就是我带着《新岸》去日本东京的。

　　《新岸》在中央电视台一播出，反响之强烈实属空前了。《人民日报》两次刊文称赞《新岸》，一篇是文艺部记者丁浪写的《从失足到新生》。文中称："写失足青年题材的作品不少，但这个电视剧不落俗套，有其独特、新颖之处。整个剧的风格是深沉、凝重、炽烈、生活化，编导在艺术处理上浓淡相宜，很细致。过去有些这类题材的作品，往往过多地表现打架斗殴、流里流气，甚至出现血淋淋的场面，产生一些副作用，影响了社会效果。《新岸》不赶这个时髦，而是从正面去表现失足青年如何在同志、朋友、亲人们的热情关怀下走向新岸的。”

再一篇是中宣部艺术局局长梁光弟的《新岸的灯火》。文中说：“一部感人的艺术作品，往往使观者的思路超越其题材的范围。《新岸》使人想到的难道仅仅止于失足青年的问题吗？我看，一切处于逆境、遇到困难的同志，从中都可以吸取热力、看到曙光。”

梁光弟同志的长文，对《新岸》的社会意义及效果给予了不凡的评价。

中央电视台报道了《首都报纸赞新岸》的消息。上海新闻和电视界也发表称赞《新岸》的文章。辽宁更不能落后，先后发表了于铁等文艺专家的4篇评论。副省长王堃骋掩饰不住心中的喜悦，赋诗一首，发表在《辽宁日报》上：

欢迎失足青年走向新岸

——观电视剧《新岸》

看见吗？那光明灿烂的是新岸，

新岸上无数话筒喊道：

过来吧！

有希望的青年，

只要和昨天绝断，

下狠心斥退黑暗，

火速登上慈航大船。

千万颗心，

千万双手，

向着你——

回来吧！

用钢铁的意志，

实践你的诺言，

革新洗面。

听吧！失足回头是好汉，

走向新岸！

　　宣传《新岸》的高光时刻，中央电视台发布了一则消息：

　　　　电视剧《新岸》编剧李宏林，剧中主人公刘艳华本人，新年期间被中央电视台邀请到北京，参加《新岸》座谈会。同日晚，中央电视台重播《新岸》之前，将播放座谈会实况。同时，导演王岚，演员向虹、马崇乐和著名剧作家吴祖光一起同电视观众见面。

我得到通知便赶往中央电视台。当时中央电视台只有一个频道，这个座谈会的消息一播出，将引起多少观众注意！所谓座谈会，就是前面提到的几个人与观众见面。果然，我在镜头前一亮相，可就全国扬名了。

河北电视台、安徽电视台、山东电视台都邀请我去参加电视剧创作会议，并介绍创作经验。

有趣的是，我到合肥时已经是入夜时分，我找宾馆要住下。宾馆人员说已无床位。我说我是来开会的，不住下不好办哪。这位工作人员仔细打量我，说："你是编《新岸》的吧？"

我说："是。"

他说："跟我来。"

他给我打开一个房间，说："这是我们内部人员休息的房间，你住下吧，别耽误明天开会。"

看，一个《新岸》让我占到多大便宜。

许多家邀我写有关《新岸》创作的文章。其中最让我在意的是《光明日报》的约稿，联系人亮出底牌，说是副总编辑殷参同志向你约稿。殷参，我25年前在辽宁日报社工作时的老领导，那时他想保护我，但是形势不容他伸手。25年后，他看见他曾关怀过的李宏林有了创作成果，他是在替我高兴。我认认真真地为《光明日报》写了一篇《我写电视剧〈新岸〉》。

我坐在电视机前，同观众一起看电视剧《新岸》。由于我是这部电视剧的编剧，当然心头别有一番滋味。我像一个把试卷交给老师的学生，不安地等待着广大观众的批评和社会评论。没想到，仅几日间，便看到报纸上的一些评论。我知道这是一部还有明显不足的作品，却受到那样由衷的肯定和赞扬，来自群众的热情鼓励，着实使我感动。

电视剧《新岸》，是根据我自己写的报告文学《走向新岸》编写的。我怀着激动的心情，在《走向新岸》中塑造了一个倔强、坚韧、决心自新的失足女青年典型。通过艺术形象，表达我的感受，唤起人们对失足青年的关注。我想通过自己的笔向社会呼吁：全社会都应该向失足青年伸出温暖的手，给他们创造自新的条件，使这一部分青年同广大青年一样沐浴在党的阳光下，感受到社会主义制度的温暖，把原来的社会破坏因素，变成社会主义建设的力量。

把报告文学写成电视剧，我依然要在电视屏幕上表达我的感受和期待。但是，电视剧有它的艺术特点，要在一定的容量中表现刘艳华的沉浮命运，势必要对报告文学的内容做许多改变和割舍，要选择最适宜于戏剧表现的内核，进行再创造。而这个戏核在哪里？就在刘艳华与男主人公高元刚的一组从矛盾到统一的关系上。因此剧中的主要文章就做在这两个青年男女身上。写失足青年题材的作品有一定难度，因为现实社会已经有了几部表现这类题材的电影和戏剧作品，优秀青年与失足青年相爱的作品也屡见不鲜了。作品多了，在表现上也快成了套子。如何突破套子，有所创新？这是横在我创作上的一道栏杆，也是我和导演王岚苦思冥想所要跳出的套路。搞一点儿人们未曾见过的离奇情节吗？弄些流氓生活的花花哨哨的场面吗？不，这些正是我们有意要摈弃的。作为文学工作者，他的社会责任是用社会主义精神教育人，用优秀的民族道德传统鼓舞人向美向善，不应当用那些庸俗、低下的东西去迎合少数人的低级趣味，而丧失艺术工作者应有的操守。因此，尽管我写的是一个住过监狱的女犯的生活，我着力表现的则是社会由动乱到稳定后，她展现出的上进精神和她在走向新岸过程中的韧力，我希望她成为失足青年学习的榜样。那么创新之路在哪里呢？怎么跳过那道栏杆呢？答案是到生活的泥土里去发现、开掘。

作品落套，千篇一律，其主要症结在于脱离生活、人云亦云、凭空臆造。没有生活的作品，也就没有独特的艺术光彩，无所谓创新。失足青年有着各种不同的类型，我要从刘艳华这个失足者的特性，写出有别于其他失足青年的独特命运。我有采访中积累的大量素材，有许多在别人的文艺作品中未曾表现过的东西，比如挖河泥、拉机器、探病、进城告状、河边报喜等。一些新颖的情节都是发生在刘艳华和高元刚身上的真实事件。剧中人物的许多对话可以从我保存的刘艳华谈话的录音带中找到，那些语言的朴实性、真实性强烈地吸引着我，不必杜撰豪言壮语，把那些带有泥土气息的语言，稍加修饰，使用到剧中人物身上，就准确、生动、恰当地揭示了人物的精神世界。比如刘艳华在病中，高元刚探望她时，她感动地拉下头上毛巾盖住眼睛，掩饰流泪的细节，不是来自我创造的灵感，而是刘艳华本人经历的一段真实情景。这一个细节有血有肉，蕴含着丰富、细腻的心理活动，曾使无数观众感动，受到专家的好评。它是人物命运承上启下的活的细胞组织。这种细节具有令人信服的感染力，是那些硬编出来的僵死的东西所无法比拟的。因此那些来源于生活中的情节、细节、语言是有生命力的，耐人寻味的。

我沿着生活真实的路去发现、去挖掘、去调动，力求保存纯真、朴实、独特的气息，抓住动情处，猛泼几下墨，搞点儿艺术渲染，在感情上打动观众，在思想上拨动人们思考的神经。实践的结果证明，新意不在天外，而在土地上。由此使我再一次体会到生活是艺术创作源泉的真谛……

殷参同志接到稿子后就以大字标题，加编者按，配照片，在报上发了半个版。令我感动的是，以后我又在中央电视台播出两部电视剧，他都亲自写文章评介我的新作品，给我以很大的鼓舞。

1982 年新年过后，由中央电视台、文汇报社、上海电视台联合举办的全国首次优秀电视剧评选活动在上海举行。评委都是艺术界的大腕儿，如张瑞芳、张骏祥、徐桑楚等人。正在筹建中国电视艺术家协会的金山、赵寻出席观阵。最终一等奖给了《新岸》，我和王岚赶到上海去领奖，奖金 300 元，因为我已经得到 300 元稿费，这次就把奖金分给剧组各位。

在 1982 年春节前夕，辽宁省委和省政府召开 1981 年全省文艺作品表彰大会，一等奖发给了我。在会上，把我安排坐在省委书记郭峰和省长陈璞如中间，记者对着我频频拍照。延安时期的保卫干部、辽宁省委政法委书记张铁军见到赵阜同志问："你们报社奖励不奖励李

◎ 与李默然等艺术家在辽宁省委和省政府表彰会上

宏林？你们不动作，我们公安厅可要奖励了！"

　　看那时，党政上下多么重视对社会有益、对人民有利的宣传工作。一个小小的电视剧，作者作出一点儿贡献，竟得到这般的重视。这是以经济建设为中心的初期，中国处在一种国家向上、人心振奋、舆论宽松的和谐年代。那个岁月，怎能不令我们难忘。

　　我在上海期间，上海电视台的奚台长找我，他知道我的妻子是上海人，便说，上海女婿要为上海做事，给上海电视台写个剧本吧。我当时就答应了，因为我已经构思成熟了一个剧本，只待下笔了。

从《张莉的追求》到《家风》

　　家庭是社会组织的细胞，是人生中一个重要的舞台。每个人都在这个舞台上扮演着各种角色。两千多年前我们的先人就教导我们"修身、齐家、治国、平天下"。而"文化大革命"期间，"四人帮"恰是倒行逆施，提出什么"家庭不是阶级斗争的避风港""亲不亲阶级分"，把家庭的亲情打个稀巴烂。父不父，子不子，夫妻之间打内战。身不得修，家不得齐，国则大乱，何来平天下？十年动乱造成的家庭创伤，并没完全得以熨平。建立一个什么样的家庭，树立一个什么样的家风？这是一个新的社会课题。我一直在思考写一个有关这方面题材的作品。

　　机会来了。

　　鞍钢第二初轧厂女工张莉的事迹打动了我，我去鞍山进行采访。

　　张莉，身材苗条，模样好看，还是一名共产党员。她

◎ 电视剧《家风》剧照

父亲是工程师，她个人和家里条件都是很优越的。有朋友给张莉介绍对象，男方是三冶二公司的水泥工刘绍全。他没有父母，有3个弟弟、3个妹妹，其中一个妹妹寄养在别人家里。还有一个生病的奶奶。他每月工资30多元，没有其他收入。

　　二人见面，小刘很诚实，先说自己家里穷，处了3个对象都黄了。张莉没有拒绝，提出到小刘家里去看看。这一看，完了，进入眼帘的是个真正的破大家、穷大家。张莉被吓退了，她不同意再处下去。小刘病了，张莉同情地去看望他。小刘在病中依然是那样真诚、那样淳朴，并为她着想，她又动心了。在矛盾中，她把情况向父亲讲了，父亲鼓励她去帮助刘绍全撑起这个家。张莉同意和刘绍全结婚，小刘给了张莉400元钱，张莉知道他是借来的，便让他还给人家。小刘一定要给张莉买件结婚纪念品。张莉说买4尺红布，做个喜庆的红内裤就行了。这4尺红布成为一段佳话在鞍山传开。小刘还让张莉提要求，张莉说，把在外边寄养的小妹接回家来，一家人要团圆过日子。一个破大家、穷大家，成员中出现过许多分歧，面临许多困难，张莉经过几年的努力，解决了许多矛盾，终于把这个大家庭治理成为团结的、和谐的新家庭。

张莉，就是我期待的应有的家庭主角；张莉，就是新

◎ 电视剧《家风》剧照

时期精神文明建设的旗帜。我写了一篇报告文学《张莉的追求》发表在《辽宁日报》上，很受读者欢迎，有读者来信说："这是《走向新岸》的续篇，把一个人的回归，变成一个家庭的回归。"

正在我把《张莉的追求》构思成电视剧的时候，我接受了上海电视台奚台长让我给上海电视台写剧本的邀请。

上海电视剧评奖结束后还有活动，如金山同志召开座谈会，与到会的电视艺术界同志交流。我和王岚都留在上海，住在宾馆同一个房间里。这个宾馆是上海老式建筑，举架高，房间大，仅卫生间就有 30 多平方米。为了不打扰王岚睡觉，又要赶在离开上海之前交稿，我夜里坐在卫生间写了 5 天，完成了初稿。奚台长很快看完剧本，在我离开上海之前，上海电视台已经决定，马上成立剧组，去鞍山拍这部上下两集的电视剧，我起名为《家风》。

导演李莉同我见了面。她是著名京剧演员李玉茹的女儿。曹禺夫人去世后，曹禺与李玉茹结合，曹禺是李莉的继父。

《家风》在电视剧样式上，同《新岸》一样，也是纪实性的。我为什么热衷于这样的样式呢？因为我是记者，我采访的人和事都是真实的。真实的东西更生动、更具有生命力、更能打动人心，不是那种虚构的情节所能达到的境界。如 4 尺红布、要回妹妹，这些情节都不是凭脑瓜想象出来的。但是我又不可能把真实的素材写成一个新闻报

◎ 电视剧《家风》剧照

◎ 电视剧《家风》剧照

道剧，那样可能会失去一定的感染力，所以我追求写出有艺术品位的电视剧。它应观照到社会，有较深刻的主题，有较丰满的人物形象，有戏剧性的冲突以及和谐的节奏，创造一种艺术美。我是在真实的基础上去寻找这些的。法国启蒙思想家、哲学家、文学家、美学家狄德罗说："任何东西都抵不过真实。"生活真实产生艺术真实。

奚台长带领拍摄队伍来到鞍山，与鞍山市电视台合作拍摄《家风》。

李莉告诉我，她收到剧本时，曹禺正在上海，她把剧本交给曹禺先生审读。李莉把曹禺先生读后的剧本给我看，在多页留下先生的笔迹。有的地方写着英文，在旁边加上中文注解如"剧的重点""注意加强"等等。我想留下审批剧本珍藏起来，李莉却告诉我，给我看的是她的珍藏本。

电视剧在鞍山拍得很顺利，由上海戏剧学院青年演员顾燕扮演女主角，演得好，很成功。全剧制作完成后，在上海试播。李莉给我打来电话，问我："知道谁是第一位看试片的人吗？"我说是市领导吧！她说不是，是她父亲曹禺！李莉说，曹禺先生看了片子很感动，说将会引起社会反响，他认可了这部剧！

我听了非常高兴。

上海市的相关领导闻讯都来看《家风》，大家都很感动。上海市委宣传部作出决定：全市文艺工作者都要看《家风》，学习《家风》的创作经验，传播社会主义新家风，并要求电视台做好播放工作，播放后新闻宣传要跟上。

一场《家风》热已经预报温度了。这时上海电视台通知我，速来上海，与上海文艺工作者一起看试播，并参加座谈会。我这个上海女婿果然成了上海的贵客。我住在岳父家里。看试播时，我带着妻妹到了试播现场。呵，好家伙，两个大厅，坐满了人，两部电视机播放《家风》。我是第一次看，拍得真好，演得真好，看得我几次流下眼泪。现场不时传出唏嘘声，许多人在擦眼泪，成功啦！

上海电视台还没播出《家风》，先出一篇很长的预告消息：

家家如此　国必兴旺
——电视剧《家风》将与观众见面

本报讯　上海电视台和鞍山电视台联合录制的电视剧《家风》最近已完成。试播以后，引起强烈反响。《家风》以它特有的深刻而质朴的美，震撼了观众。

电视剧没有拘泥于真人真事。作者着力刻画女主人公这一活生生的艺术形象。作者不仅写了张旭对刘海泉的真诚爱情，还写了她怎样正确处理叔嫂、妯娌、婆媳之间的关系，使她的形象更加丰满。

试播之后，同志们都说，剧中对闪光的心灵和对高尚情操的歌颂，是符合党的十二大提出的总任务的。如果每个家庭的家风都像这样，国家就兴旺了！

《家风》在上海电视台正式播出，家家户户看《家风》。第二天的上海市井话题就是《家风》。各报刊纷纷发表评论，电视台召开座谈会，我被蜂拥而来的记者包围着。上海的观众和记者朋友真热情，厚待我这个上海女婿。

著名的《新民晚报》宣传《家风》最活跃，同一天在同一块版面上发表 4 篇剧评。有的从张旭进刘家门做文章，写了《张旭进门》，分析张旭进张家门，一进、一退、再进，反差强烈，对比鲜明，使人物活生生地站立起来，是妙笔生花。有的写《小叔子买的两双鞋》，从细节分析《家风》的生动之处。还有的写《家风体现了社会风向》，等等。《解放日报》发表了乔谷凡的评论，说："真实的东西不一定产生艺术感染力，而有艺术感染力的东西，必定是真实的。"

《文汇报》约我写了一篇文章《她和他们感动了我》。我写道："我能写出这个剧本，首先是张莉的事迹感动了我，张莉的父母表现出的 50 年代的淳朴精神风貌感动了我，党的十一届三中全会思想解放的号角鼓舞了我。感谢上海电视台对我的信任，感谢导演、演员们在艺术创作中付出的心血，感谢关心、指导这部电视剧拍摄成功的人们。"当然，首先应该感谢的就是曹禺先生，我没敢冒昧地提大师的名字。

辽宁电视台没有获权播放《家风》，我便从上海弄来录制的一个版本，在辽宁电视台内部观看。一听《家风》在上海火得不得了，便有许多艺术界、新闻界的朋友赶来观看，其中有著名剧作家穆柯夫。我30年前在抚顺龙凤矿体验生活时认识了他，他看我年轻，叮嘱我要多读书的话，我都记得。这次见到的柯夫同志已经是老人了。他坐在正中的位置看《家风》，我见他不时地擦眼泪。看完后，他说："我要写文章。"

不久，柯夫写的一篇3000多字的《从家风看李宏林的创作》在《辽宁日报》上发表。他开始就充满感情地写道：

看了李宏林同志的《家风》，我激动得眼泪不断地流淌下来。一般来说，人的年纪大了，泪泉已干，是没有多少眼泪的，可是我却像个孩子。评论一个作品，向来没有人以流泪多少为标准的，可是一个作品能让人流泪，却也不是那么容易做到的。宏林的创作有三个特点：他是个记者，是和生活联系密切的记者，所以他对生活中的新事物、新问题、新人新事非常敏感，他能迅速去捕捉。敏捷，是他创作上的一个特点。追求生活真实，追求感情的真实，这是他创作上的又一个特点。
他创作上的第三个特点，就是追求新、追求美。《家
风》为什么能感动人、能让人落泪？是剧中一个
个闪光的美好心灵，一个个美好的细节使然。

不久，中央电视台举行第二次全国优秀电视剧评选，
《家风》获得第一名。

次年，又举行第三次评选，《乔厂长上任》再次获奖。

在全国优秀电视剧评选时，首次设优秀编剧奖，我
和《末代皇帝》的编剧王树元同获这一奖项。我从北京捧
着一个牡丹牌大彩电回来。那时，彩色电视机可是件稀罕
物呢！

1983 年秋天，全国优秀电视剧颁奖大会在云南昆明举
行。在会上我见到了曹禺先生。他见到我的第一句话是：
"我早就知道你。"我估计他说的"早知道"是指 1964 年
北京人民艺术剧院演出我编剧的《岗旗》的事。他是北京
人民艺术剧院院长，是他拍板，剧院才敢演我这个曾有过
"政治问题"的人的作品。以后李莉向我证实了我的猜想
是对的。这时，北京群众出版社正要出版《李宏林电视剧
本集》，我请曹禺先生给写篇序，先生高兴地答应了。在
剧本集开印之前，先生在百忙中把序寄给我，序文先在《辽
宁日报》上发表。先生在序文中说了一些鼓励我的话，而
令我最难忘的是下面一段话：

只要能像李宏林同志一样，朝气勃勃，不停息地追求、创作，而不是凑合，电视剧就会很快地发展起来。

此后，每当我写电视剧或写其他作品的时候，从采访到构思，再到写作，我都按照先生的教导，检验自己写下的东西是不是在凑合。凡是有所松懈之处，我都要重新思考，想办法推倒重来，我决不凑合。

1996年，中国文学艺术界联合会第六次会议在北京召开，我作为代表参加了大会。到北京后听说新任全国文联主席是曹禺先生，我很高兴。估计先生年事已高，今后见一次面不容易，我决定在会后去拜访先生。哪知，在大会开幕前一天，大师突然去世。曹禺大师有恩于我，难抹心中涌起的伤情，我写了一篇怀念大师的悼文《怀念曹禺大师》，发表在《辽宁日报》上。

文中我述说了先生答应给我写序的情景，他期待我再出《新岸》和《家风》那样的电视剧。先生去世前，李玉茹曾带领上海京剧院来沈阳演出。我带着沈阳名食老边饺子去看望她。谈起家事时，她又详细和我说起，先生是做

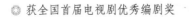 获全国首届电视剧优秀编剧奖

过手术后，在上海养病期间审看《家风》剧本的，看得非常认真，在剧本上写下很多批注。电视剧拍成后，先生拖着病弱的身体去看样片，给予很高的评价。这引起上海市委宣传部的重视，要求全市文艺工作者都要看《家风》，在上海掀起一股看《家风》、学《家风》的热潮。她告诉我，先生对我赠送给他的金石印章十分喜爱，经常拿在手里把玩。听了这些我很感欣慰。

写作电视剧的感悟

　　20 世纪 80 年代，电视剧对中国来说是个新的艺术品种，各省乃至各市，都成立了电视台。电视剧比电影收视率高，加之守在家里就可以看，所以各家电视台都急着想了解怎么创作电视剧，它有什么特点。在这当儿，我就成了一块香饽饽。《人民日报》在 1983 年和 1985 年两次邀我写文章，先后发表了《创作有个性的电视剧》和《电视剧创作刍议》两篇文章。好多省、市请我去讲怎么写作电视剧，听讲的有电视台的专业人员，也有一大批喜爱文艺创作的青年朋友。

　　一般来说，在当时拍电视剧比拍电影优势明显。比如它的投资少，拍摄时间短，表现内容比较宽泛，特别是稍后出现的室内剧，更加令电影界的朋友们羡慕。所以一些电影制片厂也开始拍摄电视剧。

　　我是以写真人真事的纪实性电视剧引起社会关注的。

在我讲电视剧创作时，听课的朋友们常常提问：纪实性电视剧怎样创作？有的人觉得表现真人真事缺少想象和虚构的空间，减弱了作品的感染力。这是个问题。我在经过几部纪实性电视剧的创作后，也在寻求创作具有丰富想象力的电视剧。但是，为什么我写的纪实性电视剧能得到社会的认可呢？这里有个大秘密，恰恰就是电视剧的纪实性，正因为它表现的是真人真事，才更让观众相信，他们看到的是生活的真实。法国19世纪启蒙思想家、哲学家、文学家、美学家狄德罗论艺术，有一句名言："任何东西都抵不过真实。"纪实性电视剧亮出的是生活中真实的东西，观众会与自己的和社会的真实生活相比较，才会更加有所感悟和感动。但是也要知道，并不是你写了真人真事，就会取得你所预想的效果，有时恰恰相反，会落进空洞说教的套子里。有时你明明写的是真人真事，而人们看后却说假。这正是创作纪实性电视剧最忌讳的事情。

为什么写的是真人真事还会让人觉得假呢？这里说的假，是作品完成后观众不认可，是效果上的假。

写作实践告诉我们，有些作品把英雄模范人物写假了是常见的。无论什么样的先进模范人物，都是经历一个从幼稚甚至犯错误再到成熟的成长过程的。我们写这种人物的最终目的，是通过表现生动、典型的人物形象，看出社会环境以及人与人之间关系对人物性格形成的作用，从而反映社会，帮助人们去认识社会。对于这种人物性格的形成，作出自然的、可信的、值得思考的回答，并非写某个英雄人物的壮举就表现出人物的高大和先进性了，不是的。仅热心于表现人物英雄行为的结果，而不做人物思想根源的开掘，不设计好人物英雄行为的情节铺垫，不以可信的事实说明先进人物采取这种行为的必然性，以及真实的、细腻的心理活动，这样展示给人们的结果，不过是一幅招贴画。

有一部电视剧，表现一位女医生，在女儿病危时她不顾自己女儿的死活，而去抢救一位患者，结果患者活了，女儿却死了。这种壮举可说是世上无双了，但是观众接受不了，认为这位母亲不通人情，人们不但不会感动，反而指责编导在胡编乱造。不能排除世界上有为他人活而牺牲自家人的事例，但是必须说明它的合理性、可信性。如果不用感人的情节、鲜活的细节写足患者的活十倍重大于女儿的死，那么女医生的行为就假了。而编导恰恰没有这方面的铺垫。

我当记者时遇到一件事，令我思考很久。报社安排我去采访一位劳动模范。都说他在立冬时，在商店里有壮举。我去商店了解情况。营业员说，天要下大雪了，商店还有几百斤大白菜没有卖出去，眼见商店要亏损，那位劳模同志发现这一情况，说："宁让我吃亏，也不能让公家吃亏。"他把大白菜全买下了。住房小，装不下这么多白菜，又吃不了，结果成垛的白菜在院子里冻坏了。我到劳模家，向

◎《电视剧本写作导引》封面

主人问起这事，他一脸无奈地低声说："咱是劳模嘛，要吃苦在前、享受在后嘛，不然人家说咱是假积极。"而他的妻子则一脸怒容，不满地说："败家！"看，表象是英雄壮举，实质是爱面子，并不近人情。我当然地舍弃了这种"壮举"，而写他的符合人情道理的平凡却感人的事迹。这件事一直在提示我，在采写先进人物时，不仅要谨防只见结果而不见合理成因的"假"，还要分析、判断事情本身出发点的假。

创作纪实性电视剧、写报告文学也是这个道理，不是将事件和人物行为罗列出来就完事，不是的。一部纪实性电视剧是由情节和细节构成的。对情节的安排和对细节的使用，都需按照艺术规律去思索和处理。一部剧包含许多情节，而每个情节的内涵和价值不同，如果不分主次、不分轻重地罗列，就会只见一件件事，而不见在一个个情节中逐步地、清晰地讲好一个故事或是写好一个人物。例如电视剧《新岸》，刘艳华是个刑满释放的社会女青年，她来到蛤蟆沟，跟随高元刚一起劳动。高元刚和刘艳华开始时是监督者与被监督者的关系。刘艳华干装河泥的重活，而高元刚则在一旁悠闲地割青草，他看到刘艳华在认真劳作。这是第一个情节。而在再次劳动时，刘艳华依然不怕苦不怕累，使尽全力，高元刚不愿刘艳华再累下去，河泥只装半车，他就把牛车赶走了。刘艳华怔住了。这两个不同的情节合理地展示了人物关系发生了变化，也就是递进。

第三次挖河泥，高元刚不再是监督者，而是同刘艳华一起挥锹装河泥。这时的人物关系又递进了。由于整部剧的情节都是由这种递进式组成的，所以一个农村青年和一个刑释人员相爱、结婚，观众在感官和感情上都接受了，并受到感动，这应该说是电视剧编导在情节组织上进行艺术追求的结果。

电视剧中的细节设计也十分重要。纪实性作品中的细节一般都来源于生活真实，有些真实的细节是我们凭空很难想象到的。比如《新岸》里刘艳华在病中被看望她的高元刚感动后，用毛巾蒙住流泪的双眼的细节；《家风》中张旭只要 4 尺红布作为彩礼的细节，等等。写作纪实性电视剧，一定要努力去发现这些独特的细节。我发现这样一个细节：一个年轻母亲为了做好工作，业余时间努力读书。我们见过许多关于描写痴迷于学习的细节，而我听到的这个细节是独特的，年轻母亲的女儿还年幼，总是干扰她的学习，她就给女儿一把梳子，让女儿给她梳头，以求安静。当母亲读完了书，竟然发现梳子上挂着血迹，是女儿用力过猛把她的头皮弄破了，而她竟不觉得疼。这种学习上的痴迷可能胜过任何对痴迷的描写，它来自于生活真实。纪实性作品有它独特的优势，它蕴含的丰富的真实的生活内容，会给作品带来强大的震撼力。

但是也不可否认，纪实性作品确实有它的局限性。我拍了一部电视剧叫《清清辽河水》，在朋友圈中试放。大家看过后都很受感动。时任辽宁省广播电视厅厅长的吴少琦原是我在辽宁日报社时的老朋友。他说，片子很感动人，本应该拍得更好，但是因为拘泥于真人真事，应该展开的戏剧性冲突没有充分展开，应该有对立面的故事结构，也因为怕得罪人而回避生活中原有的矛盾。如果不是写真人真事，戏剧冲突会表现得更加尖锐，乃至惊心动魄。老朋友说得很对——在真实的生活基础上，合理的想象和虚构是艺术创作所必需的。我接受了老朋友的提示，我觉得我在电视剧创作上已完成了纪实性电视剧创作的实践，我有意识地去写作非纪实性的电视剧作品，走上转型的道路。

1983年2月12日是农历大年三十，家家都在欢欢喜喜地迎接春节。就在这时王宗坊和王宗玮两兄弟到某部医院行窃。哥哥王宗坊被捉住，弟弟王宗玮掏出一把在"文化大革命"期间偷来的手枪，将医院人员击倒后逃跑，开始了他们兄弟俩历时7个月的跨省逃窜。他们一路作案，打死打伤无辜民众多人，最终被击毙。我受命采写这桩新中国成立以来最大的持枪暴力杀人大案。为了有现场感，我坚持要看击毙"二王"的现场。经过艰难跋涉，我来到江西广昌南坑山的密林里，目不转睛地查看两兄弟曾卧尸其上的巨石，我兴奋地说："我是中国第一个见证'二王'死地的记者、作家，我可以写了！"

探索成长之路，解读智慧人生，
本章内容，扫码收听。

第八章

《追捕"二王"纪实》

案发，追捕

再把话题转到我的新闻工作上。

我出任辽宁日报社政法部主任。政法部是个大摊子，负责政协、公安、检察、司法以及精神文明方面的多方位报道，还要出专刊。我办事认真，忙活得不可开交。最大的收获是我结交了这方面的许多朋友，包括相关领导，还有条件了解许多社会上不可能知道的公检法方面的消息。这给我以后的创作带来极大的好处。

1983 年 10 月，公安部来函，邀请我去写震惊中华大地的"二王"大案。这个案子历时 7 个月，以在江西省广昌县南坑山击毙"二王"而告终。公安部部长刘复之让部里宣传部门请人写一篇纪实文章，向全国人民做个交代。当时公安部正在筹办《啄木鸟》文学月刊，选定 3 位作家，最后因为我是案发地沈阳的人，又是搞政法宣传的，公安部的出版社出版过我的《大海作证》《走向新岸》《李宏林电视剧本集》等几本书，觉得我的文笔不错，行事稳妥，就选定了我。

我来到公安部，为写好这个大案，我先要看设在公安部里的侦破"二王"大案的指挥中心。如果拍成电影，那绝对应该是各种信号灯不停闪烁、分坐一排的破案干警在神秘气氛下工作。其实根本不是这么回事。指挥中心就是一个简单的工作间，一两名干警像平日一样工作。

离开北京我就开始重走"二王"逃窜的路。凡是"二王"经过的地方，我都跨省走一趟，并与当地的公安部门领导对话。

案情是这样的：1983年2月12日是农历大年三十，家家都在欢欢喜喜地迎接春节。就在这时王宗玓和王宗玮两兄弟到某部医院行窃。哥哥王宗玓被捉住，弟弟王宗玮掏出一把在"文化大革命"期间偷来的手枪，将医院人员击倒后逃跑，开始了他们兄弟俩历时7个月的跨省逃窜。他们一路作案，打死打伤无辜民众多人。这是新中国成立以来最大的持枪暴力杀人大案，公安部向全国发出公告，以从来没有过的用现金奖励的方式，发动全国警民同破这个惊天大案！

据已掌握的"二王"行踪，他们坐火车逃出沈阳后，便向广州奔去。在进入湖南境内时，列车员发现"二王"可疑。待要翻看他们的包裹时，王宗玮突然掏出手枪，破窗逃走。他们跳下火车到了衡阳，在这里杀伤当地无辜群

沈阳市公安局

关于追捕持枪杀人凶犯

王宗玥、王宗玮的通报

沈公刑通字（1983）第9号

各机关、学校、厂矿、企业、街道办事处：

二月十二日持枪杀人凶犯王宗玥、王宗玮在四六三医院杀人作案后在逃。现将二犯体貌特征通报如下：

罪犯王宗玥，男，三十岁，身高一米六五，体态较胖，方脸型、黄白净子，眉毛较重，单眼皮，小眼睛，头发有不太明显的自然卷，现在王犯右手虎口有划破伤（约一公分），环指划伤。

王宗玮，男，二十六岁，系王宗玥之弟，身高一米八五，体态较瘦，长脸，单眼皮，眼睛较大，眼角稍弯拉，脸色较白，稍有驼背，牙齿有缝隙发黑。

二犯均操沈阳口音，着装时常改变。

王宗玮　　王宗玥

请立即发动职工和居民群众，组织堵截查缉，发现罪犯踪迹，及时报告，并希教育职工群众在配合公安机关行动中，务求智取捕获，避免伤亡。

联系电话：26423
22328

沈阳市公安局

一九八三年二月二十四日

◎ 沈阳市公安局通报

众多名。我来到衡阳，对受到伤害的几名男女工人都进行了当面采访。

"二王"流窜到武汉最惊险。"二王"在一所医院里作案被发现，全市布下天罗地网捉拿二犯。路过一座桥时，4名护桥人员发现向桥头走来的两个人神态不正常。"二王"打的是"一保一"的战术，让王宗坊先过桥，护桥人员把王宗坊带进小屋检查，发现王宗坊怀里有枪，立即把王宗坊按倒制伏。这时王宗玮赶上来，向4人开枪，当场打死两人，把王宗坊救走，继续奔逃。市公安局得知警情，立即处处设网，看来"二王"插翅也难逃了。随后果然发现了"二王"！可惜发现者是不穿警服、不配武器的辅警，拿着一杆木头枪追赶狗急跳墙的"二王"，没追上。等警察赶到时，枪又哑火。就这样几乎是眼睁睁着"二王"逃出武汉。

湖北省公安厅厅长接受我的采访。他说，本来是武汉公安干警给全国人民立功的时候，我们却丢失了机会，这个失误将让我心痛一辈子，我们要好好总结教训。说着他的眼圈红了，有眼泪在眼里打转。

最终在江西省广昌县发现了"二王"的行踪，并根据他俩的踪迹和举报人提供的信息，得知这兄弟俩已潜入广昌的深山里。公安部和江西省公安厅派员指挥武警作战，省军区派出军队协助抓捕"二王"。全县动员上万人把群山层层包围，这回"二王"已成困兽。最终，1983年9月18日，"二王"被击毙于南坑山上。

◎ 进入南坑山

江西省公安厅非常重视我来采写追捕"二王"，派出两位处长陪同我去广昌采访。广昌的群山是山连着山，山山重叠，几十里地面少见平地。毛主席在 1930 年 2 月曾写过一首词《减字木兰花·广昌路上》：

　　　　漫天皆白，雪里行军情更迫。

　　　　头上高山，风卷红旗过大关。

　　　　此行何去？赣江风雪迷漫处。

　　　　命令昨颁，十万工农下吉安。

　　这是形容冬天的广昌，若是秋季，那"头上高山"则是郁郁葱葱，神秘而不可测。去群山中的南坑山，有 3 里路不通车，需步行在长满锯齿草的大山间。锯齿草极易伤人，山里常有蟒蛇出没，遇到毒蛇，非常麻烦。陪同人员劝说我到此为止吧，我不甘心，一定要看击毙"二王"的现场。陪同人员带领我来到南坑山的密林里，终于看到击毙"二王"的现场。我目不转睛地查看一块两兄弟曾卧尸其上的巨石，兴奋地说："我是中国第一个见证'二王'死地的记者、作家，我可以写了！"

　　回南昌的路上，在一条只上下有坡、左右没有出路的山道上，我们的警车与从上边冲下来的一辆车相遇。无路躲避，警车只得向右打舵，车往陡壁上爬，然后警车翻着个儿沉重地摔下来。翻车的那一刻，陪同我的 4 个人全部扑在我的身上，保护我没受一点儿伤。这一幕感动得我要落泪，对公安干警的尊敬和热爱，以后全用笔记在我的作品上。车坏了，修理了半天，回到南昌时已经是半夜了。

经过 20 天的采访，我返回沈阳开始写作。

结案后的思考

公安部正筹办的《啄木鸟》文学月刊，定于 1984 年 1 月出创刊号，期待我 10 月末之前完稿，以便发在创刊号上。

我日夜笔耕，10 月底之前完成了 4 万字的初稿。寄给公安部一份，送给中共辽宁省委领导一份。

哪想到，沈阳市公安局听说我要写"二王"，还不知道我写什么，就把这事告到公安部和省委，理由是："二王"在沈阳作案，从沈阳逃出。如实把这种事情公布出来，是对沈阳市公安形象的丑化，是对公安干警的打击，不利于沈阳市的治安维稳工作，所以不同意写作和发表有关"二王"的作品。

省委一位领导给我写信，说公安部门是确保国家体制和无产阶级专政的支柱之一，发表一个失败的案例，一定要谨慎。此刻怎么办？我没有决定权。

我把这个情况反映给公安部《啄木鸟》杂志筹备组，

回话说："刘部长已经知道情况，刘部长亲自审稿，发表的决定不变。"

我把公安部的反馈意见告诉了赵阜同志。这位胆大的总编辑拍板说："我们先发！"结果是《辽宁日报》在国内首发了《追捕"二王"纪实》的全文。在全国人民都在渴望知道"二王"大案究竟是怎么回事的时候，辽宁人从这篇长报告文学中得知了真实信息。文章在社会上引起强烈反响，当时出现了书摊收费看《追捕"二王"纪实》报纸的情景，已不是"洛阳纸贵"而是"沈阳纸贵"了！

刘复之部长主管全国公安工作，他对下面反映的意见都要慎重处理。他审读稿件，删掉了有关方面忌讳的近1万字，在《啄木鸟》上发表了3万字修改稿。这3万字也惊动了京城。

北京的新闻界、书店和报刊社都知道公安部的《啄木鸟》杂志即将推出有关"二王"的作品，天天派人盯着《啄木鸟》杂志的相关动向。这天，一辆刊载有《追捕"二王"纪实》的杂志的汽车刚到王府井，还没等杂志进书店，在大门口就被人们买光了。第一次售出80万份，再印。第二天，《北京晚报》等报刊就开始连载。人们说，一篇报告文学在首都火到这个程度很是少见。由此《追捕"二王"纪实》作为法制文学的一个经典作品留在文学史上。

《追捕"二王"纪实》在上海也引起重视。上海电影制片厂决定把它拍成故事片。徐世华老编辑和达式彪导演

◎ "二王"使用的手枪

飞到沈阳，找我写电影剧本。这二位住在沈阳就不走了，天天和我打磨剧本，7 天过去，剧本结构已经完成。二位对艺术创作的认真态度感动了我，我说："这个剧本是我们三个人的集体创作，署名时署三个人。"

徐世华瞪大了眼睛说："嗯？我们上海电影制片厂是不允许这样做的。编辑就是要帮助编剧出主意嘛，这是职责。导演就是导演，他不熟悉剧本，怎么能导演得好。"

这不由得让我想起一件事：如今大名鼎鼎的专写领袖电视剧的作家王朝柱，当年写了一个电视剧本，管剧本的主任就向他提出一个要求，要作为编剧一起挂名，否则不能安排。王朝柱征求我的意见，我说滚犊子，不伺候！我也想起自己遭遇的一件事：我写了一个反映矿工生活的电影剧本，一个小电影厂的导演看上了，说他哥哥曾是矿工，他熟悉矿山，让我署他为第二编剧。去个球的吧！我宁可不拍这电影，也不伺候这种不劳而获的艺术混子！所以我敬重徐、达二位。以后我每次去上海，都要同两位朋友会面。

以后他们又把我邀到上海，进一步修改剧本。完稿后，把"影片生产令"发给我。达式彪带领一伙人马来沈阳，从辽艺选中了演"二王"的演员。达式彪赶回上海组织拍摄队伍。厂里要求要拍得真实，所以选定广昌为主要拍摄地。

上影拍摄《追捕"二王"》的消息纷纷见于报端。当上影厂到公安部请求拍摄支持时，事情有变：公安部宣传局要求电影改个名字，明显看出是"二王"作案的情节都要改掉。理由是破这个案子，动员了全国之力，军队也出动了，不算是成功的案例。拍出的电影再形象地渲染，效果不好。这等于是枪毙了《追捕"二王"》电影。怎么改？上海电影制片厂只好忍痛放弃可能会非常受观众欢迎的一部电影。

其实，我们相关方面有些思考不是实事求是的。许多大案，罪犯对犯罪的思考、筹划比我们公安人员还超前、还细密。比如，在沈阳发生的卓长仁劫机事件。在发现卓长仁等人持枪逃跑后，省委政法委书记兼公安厅厅长张铁军指挥全省公安干警把海路、陆路各个出口堵截个水泄不通，那真是插翅难逃。张铁军痛惜地说："咱们当时不懂啊，万万想不到还有劫持飞机这一说。当时飞机还误了点，我们要知道还有天上飞的犯罪，还跑了他们了？"

　　这是实事求是的态度。那时我们刚经过十年动乱不久，公安队伍刚恢复元气，但是我们对外面世界的犯罪手段知之甚少，更谈不上了解人家怎样把高科技成果运用于破案工作。这次出现的"二王"大案是对我们公安工作的一次重大提示。我在《追捕"二王"纪实》中也披露了我们对付突发性大案在通讯、设备、人员素质很多方面的落后。在"二王"大案后，全国公安部门都成立了防暴队，增加了快速警车和现代通讯设备等，提高了公安干警现代化的作战能力，真正成为确保一方平安的公安队伍。应该说"二王"大案的出现，对促进公安工作的改进不是件坏事。

20世纪80年代初期，我每年都有两部电视剧面世，我还尝试着拍了3个无声的短剧——《小鸟》《美丽》《路口》，合称《无声之歌》。我这些电视剧大多以英模人物为题材，保持一定的纪实风格，所以电视界把我称作中国纪实性电视剧的领军人物。我不安于已有的创作风格，希望能有所创新与突破。在磕磕碰碰的实践中，有成功也有失败。为了摆脱纪实的框子，我在写作剧本时，任意地展开想象的翅膀，从《清清辽河水》到《婚姻变奏曲》……

探索成长之路，解读智慧人生，本章内容，扫码收听。

第九章

对电视剧求新的探索

辞京官做高级记者

　　20 世纪 80 年代初期，我每年都有两部电视剧面世，如由丹东电视台拍摄的、反映丹东女青年龙艳帮助残疾女青年事迹的《这里有杜鹃》；沈阳电视台拍摄的《时代之子》和《金色鱼钩》；抚顺电视台拍摄的《女法官》；反映王魁教练带领竞走队夺魁的《竞走冠军》等。我还尝试着拍了 3 个无声的短剧《小鸟》《美丽》《路口》，合称《无声之歌》。我这些电视剧大多以《辽宁日报》宣传的英模人物为题材，保持一定的纪实风格，所以电视界把我称作中国纪实性电视剧的领军人物。省委和辽宁日报社也很满意我把辽宁省宣传的典型人物和事件电视化、艺术化了，扩大了宣传面。

　　1984 年中国成立电视艺术家协会，让我去参加会议，把我安排为主席团成员。我回沈阳，向省委宣传部汇报中国电视艺术家协会成立的情况后，省委宣传部决定辽宁也成立

◎ 参加全国电视剧创作会议时

电视艺术家协会，由省广播电视厅副厅长靳韬光为主席，省文联副主席项冶和我为副主席。

我在北京开会期间，中国电视艺术家协会准备开一次全国电视剧创作研讨会，问我在辽宁开会是否方便。这是个大差事，因为会议3天，几十人住宿、吃饭、礼品等花销全要由协办方提供。恰好我的朋友、企业家曹继武在北京，我把他叫来，问他能否承担这笔花销。他回答得很干脆："没问题，我出资，你就办吧。"这样，来自北京和多个省、市的电视艺术家聚到沈阳来。其中有广播电视部原副部长、中国电视艺术家协会主席金照，中国文联原党组副书记、中国电视艺术家协会常务副主席赵寻。会议由我主持。我请来辽宁最有影响的一些企业家和艺术界名人参加会议。会议上的发言都十分精彩，辽宁大学校长冯玉忠给大家讲改革开放时期的经济形势特点，很受大家欢迎。金照和赵寻对这次会议十分满意。这时两位主席动了心思，他二位来到辽宁日报社见赵阜同志，提出调我到中国电视艺术家协会出任秘书长的建议，希望辽宁日报社予以支持。这是高升啊，不能阻拦。赵阜同志请示省委宣传部，同意放人。

我得知了这一情况，犹豫不决。我已经50多岁了，我走了，在沈阳和抚顺的3个孩子，有个大事小情谁来照顾？我在辽宁日报社工作得十分顺心，有必要换个地方吗？我不妨先到北京的中国电视艺术家协会去看看再说。我来到中国电视艺术家协会，打听到，当时北京冻结人口入京，调干也不行。这要等到何年何月？我在哪儿开工资？拿辽宁日报社的钱给人家干活？这时传出将在新闻界评高级职称的消息。算了吧，我不当这个秘书长了，还是等着在辽宁当我的高级记者吧。我辞谢了两位主席的热心安排，回到沈阳，向赵阜同志报告，我不去当京官了，还是当我的记者吧。

1985 年，中宣部决定在中国新闻界评职称，第一次只评高级记者和高级编辑，各省向北京上报参评人员。首次评选条件是很严格的，必须有在全国产生影响的作品才可以入选。入选率在报名人数的百分之四十。我和辽宁省摄影家协会主席、辽宁日报摄影部主任蒋少武被评为高级记者，这是东北三省最早获得高级职称的新闻工作者。有了高级记者身份后，工资立即大翻番，给我补发的工资，我两个衣兜都没装下。待遇也马上上来了：住房是 150 平方米的四室一厅，公出配车。李铁映同志说的"什么职务也没有记者大"，这回应验了。

第二年，再次评职称，中宣部邀我当评委。参选的赵阜同志全票通过，而一位副总编辑却面临危机，因为有相关重要的部门送来检举信，说他职业道德不好，还列举了一些事例。头一天已经有被念过信的参报者了，一念，玩儿完，不讨论就淘汰。好的是办公室的同志较谨慎，把信先给我看，问我念不念。我一看，信中含有个人情绪，并且不完全属实。我说不能念，这位副总编辑主流是好的，有点儿毛病，但举报信夸大了，人无完人，副总编辑可以评为高级记者。这样，副总编辑正常参评，获得通过。还有一位主任，当我提到他时，《中国农民报》的总编辑说，上次评过了，只得一票，不再考虑。过几日，我趁对一位有争议的报选人再次投票的机会，提请将我们这位主任也列入再评人选，结果我们主任超过半数一票，被评为高级编辑。我尽自己的努力，保护了够评选资格的辽宁日报社的同志评上高级职称。以后高级职称落到省里自己评，我是有评必到的"终身评委"。

我写这些不为别的，我常想到我的经历遭遇，关键的时候帮人一把，可能给一个人带来人生的重大改变。我受

证　书

李宏林 同志在一九八五年至一九八八年期间任全国新闻高级专业职务资格评审委员会委员，对全国新闻高级专业职务的评审工作做出了贡献。

特发此证

中共中央宣传部
一九八八年十二月

益过，我不忘记。我愿将这种受益转送给大家，让我们共同生活在充满爱护、关怀的美好环境里。这是帮助我的人对我的影响、对我的教育。如今我快入 90 岁的人了，我可以满足地说，我在辽宁日报社几十年，从领导到编辑、记者，再到车队和勤杂人员，我没听说有谁说我坏话。我爱辽宁日报社，爱辽宁日报社里的所有同志！

日本东京的研讨会

　　1988 年 4 月，由日本电视艺术界举办的亚洲电视剧研讨会在日本东京举行。正是樱花盛开时节，中国、新加坡、韩国和日本的电视艺术家齐聚东京。 我作为飞天奖获奖编剧和另两位获飞天奖的导演杨小杨、演员方青卓代表中国电视艺术家参加会议。

　　我是第一次来日本，之前去过朝鲜和解体前夕的苏联。这两国给我的感受就是两个字：贫穷！从这两国回到祖国，感到物资充盈，社会秩序安定，非常幸福。可是一到日本，开眼界了。那时我们还没喝过纯果汁饮料，而在日本的餐桌上那是必备的饮品。当时我们市面上的面包品种单一，而我到日本面包店，看到竟有百种面包摆在橱柜里，我买了一个面包，给我包两层纸，售货员交给我面包，还向我鞠了一躬。

　　我们当时轿车还未普及，但是出席研讨会的日本朋友几乎人人都是开着轿车来的，连闻信儿来旁听会议的中国留学生都是开着自己的小车到会场。大山胜美等几位日本朋友，还为有车而发愁，因为日本人有个爱好，下班后都要聚在一起喝一通酒，酒驾是不行的，所以那轿车大多在家闲置着。路上轿车穿梭如流，接我们外出活动的都是一招手就停的三菱、丰田等轿车。我们的物质生活真是和人家有差距呀！

再说电视剧会议的事。我们参会匆忙，会议要求播放的作品都要配英语或英语字幕，而我们带的《新岸》是原版。当看到日本和韩国播放的电视剧，拍摄技术那么先进，片子质量那么清晰，亚洲人面孔说着流利的英语，真是羡慕极了！所以播放《新岸》时，我心里忐忑不安，生怕弄砸了。

◎ 在日本东京街头

而这时参会的各国各地区人员又非常想看中国电视剧是怎样个水平，所以播放《新岸》时，来了不少观看的人。这时我们可就忙得不可开交了：我们带着日文翻译，可以翻译成日语给日本观众听。可是还有要听英语的观众呢，并且英语是主办方特定的电视剧语言，我们又请来一位会英语的日本女子。电视剧一播放，可就热闹了，电视剧里说中国话，两个翻译各说日语和英语，同时有三国语言发声。好在尽管我们的制作技术水平落后于其他国家和地区，但是紧密联系现实生活的内容和男女主人公跌宕起伏的命运，以及走向新岸的光明前景，比他们带来的历史片、武侠片更打动人心。播放后，观众以热烈的掌声表示他们对《新岸》的赞赏。坐在我身边的新加坡朋友蔡宣先生含着眼泪向我说："充满人情味儿，中国电视剧，让我好感动啊！"新加坡女作家陆慧凝小姐感慨地说："我看过一些中国作品，伤痕味儿太浓了，我喜欢《新岸》激励人向上的风格。"韩国著名影视剧作家辛奉承，怕我们不理他（当时中韩尚未建交），但他按捺不住感动，让日方人员给我送来一张纸，上边用工整的中文写道："中国电视剧《新岸》优秀作品，我大感动！"在这次会议中我俩成了朋友，两国建交后常有书信来往，并互送礼物。

当时我们国内能生产集数最多的电视剧是 8 集，而在我国上演的日本电视剧《血疑》《排球女将》等都是几十集，火得不得了。日本电视界怎么拍电视剧，是我们代表团最想了解的，日本朋友满足了我们的要求。

日本电视网电视剧部的负责人中岛先生，主动邀请我们参观在东京市郊的电视剧制作中心。中岛领我们走进一座6层的蓝色大楼，让我们看各楼层的甬道，每个楼层的甬道都不一样：有的两壁装饰得花花绿绿，有的素洁得十分雅致，有的就是一个宾馆的通道。一个走路的地方，为什么搞得这么多种多样？中岛介绍说，这是为拍电视剧而设计的，每个甬道两头都安着摄像机，可以拍剧中需要的各种场面的甬道，一切在楼里就都解决了。

在二层楼的走廊上，向外扩展出一大块地方，是容纳几十名职工吃饭的食堂，当拍剧需要有聚餐、宴会的场面时，桌椅按剧情一挪动，就是剧中的场景。

大楼对面有一片空地，在那里建有具有日本特征的各个历史朝代的代表性建筑，还有中国、韩国等亚洲国家代表性的城镇和街道。看来这里就是一个电视剧城。

我们又参观了摄影棚，当时正在拍一部电视剧。正面是一个家庭的房前。一对父女拍完房前一段戏后，表演区是活动的转盘，它一转就转到另一个场景里，演员不出地点就接着演下面的戏。父女俩演完这段戏，该演坐车外出的戏。不出两米就备好一台轿车，父女进了车里，父亲开车，车子立马颤悠起来，是自动抖动设置令轿车起落。然后车窗外就有一闪即过的路边风景出现，原来那是放映员在屏幕上放的风景片。父女俩下了车，这段父女外出的驾车行就拍完了。拍了这么多的内容，演员竟然没出演出区一步。更令人惊叹的是，6部摄像机同时拍摄，每部机器各有分工。导演坐在二楼控制台上，当场就把要播出的剧编完了，没有前期后期，就一期完活，配上音乐，5天拍完一集，第六天就播出。

天哪！又省时，又省人，又省钱，不见不知道，一见吓一跳！我们是单机拍摄，换景地的时间比实际拍摄的时间还长。人家一个多小时的电视剧，我们拍时，分前期、后期，请作曲，配音乐，再配音，没有一个月是难以完成的。我得承认我们落后，要赶上日本制作电视剧的先进水平，

◎ 在日本东京参加研讨会

没有个十年八年的努力怕是不行。

让我最为难忘的是看了一些片子，我从中看到中国和外国在文艺观和人生观方面竟有难以想象的不同，我左思右想，得不出一个堪称完美的结论来。

有一次是看大山胜美的一部电视剧。它表现的是一个老人和一个小孩的交往，这一老一少产生了深厚的友情，二人天天见面，老人给孩子讲一些与成长相关的故事，使孩子天天受益。这一天，小孩再去老爷爷家听故事，老人却意外地去世了。孩子得到这消息，剧就结束了。

我问大山胜美，这正是极需要艺术渲染的戏段，要让小孩见老人，要有些小孩回忆老人与他交往的镜头，然后选一个最佳的小孩祭祀老人的情节，再慢慢结束全剧。这是催人泪下的好戏，你为什么不这样搞？

大山胜美回答说，我看过许多中国电视剧，遇到类似情况你们都会做极度渲染。我们日本电视界不这样编拍。人的生死是自然规律，生者最终都要死。人死让生者难受，有这种难受就可以了，我们干吗还去夸大这种难受呢？不是让生者受两遍痛苦吗？真是高论，我在国内艺术界还没听说过这种对死的阐述。我只看到谢晋导演的《高山下的花环》，在处理梁三喜的死时是一枪倒下，再不提及。孰是孰非至今也弄不明白。所以多到外面看看，发现对人生、对艺术与我们有不同见解的艺术家，对我们的人生观和艺术观的坚持或改进都是有益的。

当时省委宣传部拟让我出任省广播电视厅副厅长，主抓电视剧。我已经有了思想准备，我上任第一件事就是向日本电视界学习，改变中国拍电视剧的老旧方式，从拍室内剧入手，搞多机拍摄。可惜，我这个设想没能实现。因为省广播电视厅管人事的副厅长去省委组织部联系我的人事安排时，据说厅领导人数指标已满额，暂时安排不了。这位副厅长主动请缨，由他管电视剧制作。副厅长很虚心，专程来我家说明情况，并希望我支持他不甚熟悉的新工作。都是朋友，那是必需的。但是我没敢向他讲要抓室内剧和多机拍摄，因为没能看到这种操作方式，不切身地了解我们与人家的差距，感觉不到这方面的现实性和急迫性。

磕磕碰碰谋创新

　　20 世纪 80 年代中期，辽宁省开展一次党内整风活动。主要反对领导层的官僚主义和特权思想。我主持辽宁日报社的政法宣传，报道党内生活是一个主要部分。

　　省委书记郭峰直接给我下达了一项写作任务：省某学院副院长，利用手中权力为自己多占房屋，引起学院教职员工的强烈不满，被告到省委，经查情况属实。郭峰书记很重视这件事，让我去学院采访，写一个电视剧，由辽宁电视台拍摄，作为整风的教育材料，我遵命去学院采访。

　　我见到了副院长本人，他 60 来岁，腰板溜直，头顶稍秃，戴一副墨镜，可说是神采奕奕，一点儿没有因为犯了错误而萎靡。我俩对谈中，他口才极好，说到自己的错误，也能说出一些让人理解的理由。他的辩论性的语言和傲慢的神态给我留下了深刻印象。

　　我已经写过很多电视剧本了，我在思考，这样一个严肃的题材，我将怎样在述说一个故事的同时，还要有所突破呢？副院长的形象给了我一个提示：我要写一个有故事、有辩论的政论性的电视剧，像报纸上的通讯加社论一样，有叙述有评论，同时出现。我就按照这个思路写剧本，剧名叫《广厦》，取自杜甫诗句"安得广厦千万间，大庇天下寒士俱欢颜，风雨不动安如山"，以寓意关怀人民群众生活是党为人民服务的宗旨。写完后交给郭峰书记审读。郭书记给我写了 2000 多字的读后意见（郭峰书记给我的信后被省委收回，作为重要资料保存），他同时把剧本交给省委原副书记李荒同志审看，足见其对这次创作是如何重视了。郭书记批示：可以拍摄。由于当时电视台没设电视剧制作中心，都是外请导演和演员。电视台就把这项任务交给了我。当时鞍山话剧团演出实力较强，便由他们演出。谁来导演呢？我犯了个错误。我从辽宁电影制片厂选来一个人，我看上了他摄影的作品，以为他会导演。他胆子也大，敢接这个活儿。这时我出国半个月，没有时间与他交流。结果他把政论性的东西全部去掉，只剩下一个简单的故事，故事讲得也不清楚，根本与整风毫不贴边。我一看，完啦！没法交差了。辽宁电视台作为一般性电视剧播出。我向郭峰书记汇报，剧拍完了，但是拍得不好，不送给郭书记看了。这次谋创新没谋好。

　　我谋划再创新，是在电视剧的样式上创新。影视艺术区别于其他艺术品种的最大特点是用人物的行动说话。我

◎ 在写作中

们拍《乔厂长上任》时，关于乔厂长进入一个破厂，看到厂里多处破烂不堪的场景，我为此写了不少文字。进厂拍摄后，我帮着找这种地方。王岚发现院里有一辆废弃的卡车，他让演乔厂长的李默然入厂后看见这辆车，车胎是瘪的，他上前踢车胎两脚。这场"破烂不堪"就这么简单地完成了。动作，胜过许多语言。

我又独出心裁，写只有动作没有语言的电视剧本，锻炼我写作的基本功。我一连写了3个无声的剧本，分别是《小鸟》《美丽》《路口》。接受教训，我不再外请导演了，由我自己执导。

我把《小鸟》剧本的一小部分给读者看，看我是怎么

◎《小鸟》剧照

运用无声表达有声内容的。

　　剧的故事是一个爱鸟的老人，在拿鸟笼遛鸟时突然昏倒，被一个少年看到，少年拾起鸟笼并送老人回家，老人把笼里的鸟送给了少年。少年养不好这只鸟，想送回给老人，当到老人家门前时，见急救车将老人拉走，而挂在房前的那个鸟笼在风中空荡荡地摇晃。少年觉得这时老人最需要鸟的安慰，就把小鸟装进笼里，然后向医院奔去。

　　少年提着鸟笼走进一家医院。

少年走在静静的走廊上。

他站在一间病房外，扒着窗户往里观望。这是一间女病房，几个床上躺着的、坐着的都是女患者。

他又来到另一间病房外，这次是扒着门缝往里看，他看见在床上躺着的、坐着的都是老爷爷。他睁大眼睛，聚精会神地搜寻，他在一张床上发现了老人。老人安静地躺着，双眼闭着。

少年轻轻地拉开房门，走进病房，来到老人跟前，深情地打量着老人。他怕惊醒老人，蹑手蹑脚地来到窗台前，把鸟笼放在窗台上。

奇迹出现了：笼里的小鸟跳跃着啾啾地鸣叫起来。

老人被小鸟的叫声唤醒，他睁开眼睛，看到鸟笼，是自己的小鸟在叫。小鸟越唱越欢，声音越来越响亮。老人露出笑容。

是谁送鸟来？他看见鸟笼旁的少年，老人眼里闪起泪花。他慈爱地向少年伸出颤抖的一双手，少年羞怯地向老人慢慢地走去……

歌声： 美丽呀，美丽呀，美丽，

美丽的光彩闪在心灵里。

真诚的友爱，无声的情意，

生活呀，是一首优美歌曲。

歌声中，老人将少年搂在怀里。歌声中，笼

里的鸟儿欢快地歌唱。

一句话没有，故事、地点、人物、感情却都讲清楚了，拍成电视剧后，给观众一种不同于以往的欣赏感受，有一种新鲜感和意境美。

我带着3个无声的作品去北京请专家审看，赵寻等许多专家观看后，给予很高的评价，赞赏我在电视剧艺术创新上的追求。

《辽宁日报》发表《洋溢着艺术探索之美》的文章，称：

这部表现人们美好心灵的电视剧，以其热烈的情感，鲜明而新颖的艺术追求，给人留下深刻的印象。那荧屏上闪现的对美好心灵的追求和对现实生活的歌颂，使人感到生活美好的同时，也领略了散文诗般的艺术探求之美。

这次创新成功了。

下一次创新呢？可不那么顺利了，影响还不小。

雷锋是一名优秀的解放军战士，牺牲时只有22岁。毛主席亲笔题词"向雷锋同志学习"，此后，雷锋的事迹经常出现在各种文艺作品中。我在1963年就曾写过一个话剧剧本《雷锋》，由沈阳话剧团演出。

1991年，沈阳军区政治部又把宣传雷锋精神当作宣传重点，前进歌舞团要办一场专场演出，政治部电视剧制作中心要拍一部电视剧，请我为编剧。为了增强真实感，我和前进歌舞团写词、作曲的铁源、胡宏伟下到雷锋生前所在的连队去，再听现在雷锋班的战士们怎样继承雷锋精神的故事。

在连队时，胡宏伟与我讨论我的剧本、他的大联唱该怎样下笔。这时我已经有了想法，我说，宣传雷锋30年了，大都是一个模式。如今应有所转变，加强雷锋人性方面的表现。可以着重写他学毛著，全心全意为人民服务的好事，但不要把雷锋当成神，也要写他有青年人都有的恋爱情结，他有青年人都有的追求美好生活的欲望，他是在领导、同志们的帮助下，一步步成长起来的具有共产主义精神的人。在这一点上我俩达成共识。这是我在思想上寻求创新。

我在表现样式上也在寻求创新。就是我没有按照雷锋做好事的顺序安排戏剧情节，我在剧中设计一个串联人物，是一位记者，从记者对了解雷锋的人的采访中，介绍雷锋的事迹。记者还有一个群，他们在对事迹宣传进行取舍上有些争论。剧中写了雷锋在鞍山曾有过一段朦胧的爱情，以及他有了工资就买了料子服以及思想不成熟的一些细节等。这样，既有雷锋的事迹，又有社会面的反应。剧的场面扩大了，思想丰富了。大家看了本子后一致叫好，说这是在宣传雷锋的文艺作品中的一个创新。

从北京电影制片厂请来斯琴高娃导演，她从北京带来一个强大的拍摄班子。他们看了剧本都很兴奋，都有创作的积极性。在三九寒天开机拍摄，北京人哪见过零下30多摄氏度的天气，一个个在外景地冻得说不出话来，两脚直蹦跶，但是创作的热情丝毫不减。这些北京来的艺术追求者，他们的职业精神很令我感动。

电视剧《雷锋》争取3月5日毛主席为雷锋同志题词的日子在中央电视台播放。片子2月份在沈阳剪辑完成，沈阳军区政治部在沈阳举行了隆重的试映会，雷锋的家乡人抚顺市委宣传部也来人观看。放映后得到大家的认可，这让斯琴高娃放下心来。

沈阳军区政治部把电视剧送中央电视台审看。中央电视台安排在3月5日晚间播放《雷锋》，电视报已经发出节目预告。军区政治部通知我3月5日晚准时到沈阳军区司令部，和军区首长一起观看电视剧。我按时来到司令部大楼前，但见要去的楼层是黑的。这时来人通知我，首长看片取消了，政治部已得到通知，电视剧《雷锋》有问题，中央电视台不播了。我悻悻回家，不知道为什么不让播。

抚顺市委得到消息，他们认为《雷锋》是好剧，不管那一套，他们决定3月5日在抚顺市举行隆重的电视剧《雷锋》首映式，然后正式播出。抚顺民众先看到了电视剧《雷锋》，反映很好。报纸发了消息和评论。我一直想给家乡做点儿贡献。我写了雷锋。

究竟为什么不让中央电视台播出《雷锋》？这是电视

剧制作方和我都想知道的问题。经了解，是审片的同志认为雷锋这个典型已经定型了，不能有一点儿走样。剧中表现什么男女之情、思想上的私字闪念、对物质引诱的不坚定等方面都不宜表现。不要在宣传雷锋上思考求新。

我不禁思考，为什么也是宣传英雄人物的电影《董存瑞》，只一部就成为中国电影创作的经典；宣传毛泽东革命生涯的许多影视大制作，如《长征》等都成为经典，为什么？因为这些作品既表现了历史、人物的真实，又都是按照艺术规律进行创作的。既然要拍艺术作品的电视剧，就要按艺术规律办事。不能以纪录片的标尺去衡量艺术片。艺术走向人们心灵的渠道是感情。雷锋多少真实、细腻的感情尚未得到充分的开发。没有感情，怎么能是鲜活的人？

一年后，中央电视台播了《雷锋》，但名字改了，叫《人民欢呼你——雷锋》，内容可能也作了些修改。

从《清清辽河水》到《婚姻变奏曲》

1986 年我写了一部 3 集电视剧《清清辽河水》，由鞍山电视台拍摄。剧的主人公叫潘恩良。潘恩良是什么人？有这样的介绍：

他虽然生于香港，却扎根辽中小城台安 26 载，殚精竭虑为百姓解除病痛，直至生命的尽头。

他虽然不是党员，却全心全意为百姓谋福祉，被追认为共产党员。

他虽戴着"右派""特嫌"的帽子，老百姓却说他是大好人，把他当成恩人、看作亲人，用他的名字为县医院命名。

他三次回香港探亲、讲学，屡次冲破亲人强大的挽留攻势，毅然返回祖国内地，在台安小城的热土上奏响撼人心魄的赤子乐章。

他的一生屡遭坎坷，却始终无怨无悔，他的
事迹源自基层，却总能震撼世人心灵，催人泪下。

他，就是大连医学院 58 级毕业生，人民的好
医生——潘恩良。

他去世，无数人为他落泪，无尽的人流为他
送葬。

卫生部授予他"人民好医生"荣誉称号。

辽宁省人民政府授予他"模范医生"光荣称号。

台安县人民医院更名为恩良医院。

台安县是鞍山市下属的县，鞍山电视台邀请我依照潘
恩良的事迹编写一个电视剧本。

我去台安县采访。当时正是卫生部为潘恩良授予荣
誉之后，北京、辽沈、香港等新闻单位的很多记者来到台
安。凡能在台安见到的与潘恩良有密切接触的人我都采访
了。特别是潘恩良的妻子李燕，她是冒着政治风险与潘恩
良结合的。他们没有婚礼，是在路边小店里定情，从此恩
爱一生。潘恩良与李燕的忠贞爱情，贯穿于剧的始终，成
为潘恩良三次回香港而拒绝留下，坚定地返回台安的感情
线。台安人民群众在潘恩良处于危难时对他的信任和保护，
成为他热爱这片热土的思想根源。1980 年以后，潘恩良三
次回香港，每次回去，侨居美国、加拿大、日本、新加坡
的兄弟姐妹们都赶来团聚。大家给他买新楼，他拒绝；香

◎《清清辽河水》剧照

◎ 《清清辽河水》剧照

港伊丽莎白医院每月给他 3 万元港币工资，他不去。他对台安骨肉难离。真是一个中华好儿男！我写出剧本《清清辽河水》。

电视剧由赵凡导演。他是著名表演艺术家和导演，他拍的《清清辽河水》，演员表演细腻，感情充沛，节奏得当。加上著名作曲家秦咏诚作曲，整部片子充满诗意。首先在省内播放，获得大家的赞扬。《辽宁日报》副总编辑李树谦写了一篇很长的剧评《人民的好儿子　知识分子的榜样》，发表在《辽宁日报》上，同时还发表了文艺部主任李延胜的评论，说："《清清辽河水》内容上的纪实性和艺术上对'情'的追求，是李宏林电视剧创作的特色之一。这部电视剧不仅具有鲜明的纪实特色，而且也同样以深沉、浓郁的感情力量拨动观众的心弦，感人肺腑，催人泪下。"并配发了一组剧照。

1987 年，锦州市委书记邵秉仁邀我去锦州，为锦州电视台写一部电视剧。当时省内各市电视台几乎都在拍电视剧，作为连接关内和关外的重镇，锦州不能落后哇！秉仁同志是书法家，半个文人，总有书家墨客聚在他周围。他会交朋友，他的热情令我心头火热，当场便答应下来。

他已经请来潇湘电影制片厂的导演和摄制人员到锦州。但拍什么还没有谱，让我考虑。正好我有个报告文学《八十年代离婚案》在北京得了奖，内容好看并有新意。我想，我这回写相亲娶媳妇，碰不着谁了吧？我把报告文学给剧组看，大家都叫好。秉仁书记也同意拍摄，建设社会主义精神文明嘛，首先要从婚姻、家庭建设做起，这是符合党的工作需要的。

开始写剧本。这回从纪实性解脱出来，我任意地展开想象的翅膀，剧中写了三对离婚男女：一对是处在"文化大革命"年代，一个女知识青年为了逃脱艰难的处境，同一个她不爱的男人结婚了，婚后处处不合，离婚了。离婚后，男方患了癌症，女青年又回到他身边，一直伺候到他离开这个世界。这是一对好人的悲剧。再一对是女导演与一位外事工作者之间的婚事，女导演忙于工作，而男方要过西方人的那种浪漫的夫妻生活，也是处处不合，离婚了。还有一对男女小青年，男方是工人，女方无定业，二人已经订婚，男方已经为女方花了许多钱。而女方却恋上一名香港来客。男青年火了，向女方要钱。为偿还男方花销，她提出与男方结合100天，然后离婚，并订了合同。而男青年相信"一日夫妻百日恩"的话，认为百日后女方就会与他和好了。这三对婚姻的演进，又都是剧中那位女导演编导的一出婚恋剧的素材，都是她采访的收获，而她自己也没逃出剧中人物的命运。这种戏中戏的戏剧结构，我是从莎士比亚的戏剧中学来的。所以读过剧本的和以后看过电视剧的朋友，都认为我在编剧上有新突破。特别要提到的那个合同婚姻，听来简直是天方夜谭。其实这是一个真事。《辽宁青年》杂志刊登了这个离奇婚事，我读后很震惊，这是个亟须我们重视的青年人为了金钱甘愿堕落的趋向。所以，我把这两个青年人的离婚事件作为一个警示信号发给社会。

我把4集电视剧起名叫《婚姻变奏曲》，挺新颖，还不乏浪漫。

电影厂的导演是个青年人，全身心地投入拍摄中，满脑子新主意。我在拍摄现场，见他拍每一个场景都像拍电影那么精细。他的助手们配合得也好。有一场戏，他竟用了多个射灯，各种光线交织在一起并有层次，拍出来的效果就像一幅浓墨重彩的油画，不愧是学院培养出来的人才。我对未来的《婚姻变奏曲》满怀希望。

《婚姻变奏曲》顺利拍完，成片后首先在锦州给市里官员和相关方面人士观看。题材新颖，一幅幅画面那么精致，故事讲述流畅，演员表演充满真情，这些都让我震撼。从审美角度来评价，它是我的被拍成电视剧的作品中最讲究的一部剧。我出任过中国优秀电视剧飞天奖的评委，我甚至想到，这个别致的《婚姻变奏曲》拿一等奖是没跑了。观看试播的人都认可了这部电视剧，尤其锦州电视台的同志们，都以锦州电视台是这部电视剧的制作单位而感到光荣、兴奋。

中央电视台中国电视剧制作中心已经看过《婚姻变奏曲》，为了宣传它，让首都新闻界、电视界先来观看这部中央电视台即将推出的电视剧。

电视剧一播完，有的朋友就笑脸迎向我，那是表示祝贺的表情。

大家抢着发言。《文艺报》副总编辑钟艺兵是老朋友，他先说，最近出现一些表现婚姻的剧，都是老套子，唯有宏林的这个电视剧十分新颖，主题好，题材好，拍得好。是作者追求创新的新收获，拍出了中国电视剧制作的新水平。人民日报文艺部主任缪俊杰说，这个片子，由三起婚姻裂变提出思考。这些裂变，不是由于经济原因，也不是由于封建、愚昧的原因，而是由于文化意识、文明、理想冲突的原因，在 20 世纪 80 年代出现的这种婚姻状况，有着很深刻的现实意义和思考价值。中国电影家协会书记处书记王云曼说，协约合同的戏蛮有特色，过去没有人这样写。青年人玩世不恭，个别人对结婚离婚很随便，揭露一下，有普遍意义。

这些专家的发言，很快被整理成一篇题为《主题隽永 表演真情》的文章，发表在《中国电视报》上。

电视剧由中央电视台在黄金时间播出，在观众中引起强烈反响。播出的第二天，沈阳的几位电视界的朋友给我打来电话，祝贺我在电视剧创作上的新突破。《辽宁戏剧》月刊主编项冶向我要剧本，要全文发表。省里一些报刊发表文章，邓荫柯写的《透过眼泪去思索》最为引人注意。

正当人们沉醉于喜悦之时，一根闷棍砸向头来！

一位领导看完《婚姻变奏曲》之后，给中央电视台打

◎ 《婚姻变奏曲》剧照

电话，表示异议。要求中央电视台公开承认错误，并在广播电视系统检查在婚姻、恋爱等生活方面的精神污染问题。

中央电视台不敢违抗上边指示，立马编了个观众对"合同婚姻"批评的来信，然后登出中央电视台向全国观众承认错误、表示歉意的检讨书。辽宁广播电视厅还算给我留面子，在电视报上发表了两种不同看法，算是向上面交了差。

也有比我胆大者，这就是《北京晚报》和一位名叫阿加的观众。他在《北京晚报》上发表了一篇为《婚姻变奏曲》辩护的文章，说，某报发文表示中央电视台接受对《婚姻变奏曲》的批评，通过这次失误，认真总结教训，注意净化电视屏幕等等。真的污染了电视屏幕了吗？在现实生活中，类似合同婚姻是存在的。对婚恋的自私的、放荡的、毫不负责任的态度，是我们生活中的一种事实。可能为数不多，但要看它的本质是否有典型意义。看一部作品要看主流，不应为一个疵点（可能不是疵点）就视为不健康、污染屏幕等等。

这事传到赵阜同志耳朵里，他找到我，说："我现在是代表辽宁日报社党委同你谈话，他们电视部门愿意怎么讨论《婚姻变奏曲》是他们的事，和我们报社无关，也与你无关。你写了那么多宣传精神文明的作品，哪有工夫去整污染。报社党委保护你！"

听听，这就是我的领导。读者可以从中了解到，在赵阜同志领导下工作多年的范敬宜和武春河为什么能先后出任《人民日报》总编辑和经济日报社社长了吧！赵阜同志在任期间，培养了一批闻名全国的新闻人才。他任总编辑的《辽宁日报》与马达任总编辑的《文汇报》，是改革开放时期宣传思想解放和以经济建设为中心的先行者。有"南马北赵"的誉称。两位都是新四军老战士。我有幸领略了赵阜这位老战士在新闻岗位上的风采。

中央电视台并没有因为我是"污染"作家而对我失去信任和尊重。中央电视台主管文化艺术的副台长洪民生，我俩曾同时出任全国新闻界高级职称评委，变奏曲没变好，没关系，他给我安排了一项新的任务：中央电视台每年春节都要办一台晚会，1988年的春节晚会要创新，在大年三十的钟声响过后，不再演出文艺节目，要上映一部喜气洋洋的电影。洪民生让我完成这项任务，策划、编剧都由我来做，中央电视台全额出资。

我接受这项任务后，先要思考选什么题材才符合春节的气氛。我选了闻名全国的蔡少武的飞车表演。洪民生同意这个选题。为了方便，我邀辽宁电影制片厂为制作单位。我写的剧本是以两姐妹为主角，姐妹俩如何在学习飞车技艺中不怕挫折，互相鼓励，终于走向世界的励志故事。完成剧本后我与电影厂的于厂长拿着剧本去送审，来到中央电视台大门前，正遇一辆轿车出大门，我发现洪副台长坐在车里，立即喊停车。洪副台长见喊他的是我，便让车停下来，走出车来问我有什么事，我说来送审剧本。他说："你看行就拍吧，我们不审了。"然后车子离去。这可能是中国最快速度的审稿了。

为了赶在1988年春节放映，辽宁电影制片厂加快速度拍摄。本来是由蔡少武本人出演主人公，但这位飞车表演艺术家，在车上能腾云驾雾，可是一面向摄影镜头就不会说话，浑身哆嗦，不得不请演员来演他。片中女主角是蔡二宝，但她已经30多岁了，也得由演员来演。因为是故事片，为了增强戏剧予盾，我写了蔡二宝的丈夫对蔡二宝从事飞车事业有所阻挠。我问他在意不，他爽快地回答："为了宣传蔡家飞车一绝，你们在电影中骂我也行啊。"虽然

◎ 《飞车世家》剧照

◎ 《飞车世家》拍摄现场

蔡二宝没成电影主角，但是她对电影拍成贡献最大：凡是高难度的飞车表演，都是她当替身，影片中那些绕着飞车大桶急速盘旋升降的主要镜头，都是她把摄像头绑在胸前拍摄的。加上激昂的音乐，影片非常刺激、好看。

　　春节前两天，取名为《飞车世家》的影片在北京给中央电视台的职工和家属放映。映出后效果很好。散场时，中央电视台台长王枫走在我的前头，他没发现我。我只听到他说了一句："李宏林的作品，不错呀！"

　　我放心了，估计我这回不能"污染"了！

　　不久，广播电视部部长艾知生访问朝鲜，将《飞车世家》作为文化礼品送给了朝鲜文化部门。

这么多年，我读了您一系列作品，我认为您的作品有一个气在里面流动，这便是大气、正气、朝气……您是一位经过风雪磨难的人，记者的职业和作家的生涯，使您能够拥抱祖国、关注人民。您热爱土地的拳拳之心鲜活、执着、青春勃发。您鹰一样的眼睛，总能穿破迷雾，辨明美丑，把握时代的本质和生活的主流，以一束束鲜花点燃明媚的春天。您的责任心和敏感，您的才华都在《师表》中得到充分展现。独特的结构，流畅的文字，精细的描写，把一个可亲可敬的包全杰写活了。

——摘自作家孙旭辉读《师表》的感受

探索成长之路，解读智慧人生，
本章内容，扫码收听。

第十章

由《师表》引起的联想

深入采访与文学表述

　　辽海出版社为我出过两本书，其中一本就是将要提到的《师表》，获得 2000 年辽宁文学奖一等奖。

　　这年春天，老编辑云东辉女士代表出版社邀我写一本丹东市下辖的凤城市东方红小学校长包全杰事迹的书，我应邀同云编辑一起去凤城。与我们同去的还有辽宁日报社女记者高爽。高爽的任务非常艰巨，《辽宁日报》已经发了一块整版介绍包全杰事迹的文章，但是省委宣传部不满意，让报社安排人重新写。这个任务就落在高爽身上了。在车上她就急着问我："我可怎么写呀？"

　　因为我还不甚了解包全杰是怎么回事，所以我很难回答她，但是我已经感到，报纸都登过一遍了，真的，可咋写呀！ 我也替小高为难。

　　到了凤城，就面临一场挑战。市委请我们这些外来的客人吃饭，饭桌上有两位当地作者。饭菜上桌后，其中一

◎ 《师表》获辽宁文学奖一等奖

位就拿出一份他们写的约有 5 万字的刊登包全杰事迹的当地报纸，问云编辑："这已经写好了，包全杰的事迹全在，你们出版社还要重写吗？"那意思是出版他们的稿件就可以，谁再写也就这些内容。

云编辑笑笑回答说："我们有我们的思路，组织安排请宏林同志写。"

本来应该是很好的一次见面交流会，结果弄得很尴尬。我是无所谓的。只能感到某些文学工作者可能会写小说，但是不懂报告文学为什么不只叫"报告"，还要在后边加上"文学"两个字。

我两次来凤城采访，听了许多感人的故事。包全杰编创了《包全杰小学作文循序教学法》，他从小学一年级入手对学生进行照图写字的作文启蒙教育，三年级以后的小学生，培养他们主观发挥的写作能力，到小学毕业，学生们都能写得一手好文章。包全杰的作文教学法在 15 个省3000 多所学校推广，获得辽宁省教育成果一等奖。

他筹划、筹资建立具有现代化设备的东方红小学。

他资助生活困难家庭的孩子上学，孩子、家长都把他当作恩人。

他有两个弟弟，都是富起来的商业户。哥儿俩想要用挣来的钱修缮祖坟，包全杰动员他们把钱用在村民身上和孩子上学上。家乡的小北河涨水时河宽近百米，孩子们上学受阻，应为孩子们建一座安心桥，他先拿出编书所得稿费 8 万元作为启动资金，两个弟弟答应了。

包全杰在小学当校长 18 年，他不求官、不谋利，一心一意要把孩子们的教育搞上去。但是老天爷不给他时间，他患了癌症，于 1999 年 12 月 5 日离开了人世。

包全杰去世后，天降大雪，凤凰山、凤凰城、凤城的家家户户全蒙上天降的白纱，似乎天亦有情，在为凤凰山的儿子哭泣。

省委书记闻世震在出国的飞机上给省委常委、宣传部部长张锡林写了一封信：

锡林同志：

  凤城市东方红小学原校长包全杰的事迹感人肺腑，教人至深。包全杰同志是一位模范共产党员，几十年如一日忠诚于教育事业，一心为公，廉洁勤教，助人为乐。包全杰同志在政治上坚定，在平凡的岗位上执行着全心全意为人民服务的宗旨，为社会主义事业呕心沥血地培养接班人。他一身正气，艰苦朴素，廉洁自律，把自己编发教材的劳动报酬 50 多万元捐给学校，资助群众。他治学严谨，造诣很深，在教学上有见地，有创新。包全杰同志的精神是新时期雷锋精神的再现，他是新时期的雷锋，是我省又一位精神文明的先进典型。

2000 年 5 月 11 日，中共辽宁省委作出开展向包全杰同志学习的决定。

人民群众认定的，省委书记高度评价的，又有了数万字的事迹材料，我可怎么写？

当然，第一步就是深入采访。我同市里领导、学校教师、学生及其家长、包全杰的亲友等等，凡与包全杰有过密切接触的人都要谈话，以便了解一个有血有肉的鲜活的包全杰。一次来凤城不够，我又来第二次。我一定要写出一个不只是事迹材料上的包全杰，还是有我自己发现的有着丰富精神世界的包全杰。我有时闷头思考，有时走在凤城的边边角角，凤凰山是我常去的地方。我望着山，来了灵感，写下纯属于我个人感受的文章开头：

> 凤凰山，这条在辽宁省东南角地带隆起而又蜿蜒的山脉，就像是为间隔黄海和陆地而筑起的一道雄伟的天然屏障。我见过初秋时节的凤凰山，它山势高耸，山景俊秀，密林郁郁葱葱，顶峰直插云霄。蜿蜒在山脊上那些仿佛无尽无休的树木，就像长在一只无比巨大的鲸鱼背上的脊翅，我仰望它的时候就想，这自然造化的奇迹，伴随地球厮守在这黄海之滨，迎送日月千万年，用它的身躯孕化出多少传说和神话，用它的绿色乳汁哺育

出多少世上英才。顿时我觉得一个人的价值在凤凰山的伟力下，无论所据有的是空间还是时间，都是微不足道的。这是我忆起的仰望秋天的凤凰山时的心境。

2000 年 4 月中旬，我又来到凤凰山下。它身上是青黄色，那被洪荒时代的海水冲刷得层层叠叠的山石，像一个人的肋骨露在外面。凤凰山没有了秋天的葱茏和烟岚，它孕化的那些传说和神话淡化了，人在他面前也不那么感到渺小了。这是大自然的时钟还没有赋予凤凰山以伟力、以神韵。也不，凤凰山或许正是为了一个人而神伤，它有意在世人面前隐遁自己，而将一个人的宝贵价值，向纷繁的世界展示出来。这个人就是它哺育的儿子，他离开凤凰山还不到半年，他是东方红小学校长，他的名字叫包全杰！

包全杰的"小学作文循序教学法"，已经推广到国内数个省的小学校，作为教材使用。它究竟好在哪里？我找了东方红小学的一些教师交谈，看了他们在课堂上启发式、灵活式的语文教学，也看了一些包全杰编辑的学生作文书籍，但我还是要亲自考察一下，书写我切身体会到的教学法。我让学校老师给我安排一堂课，我给学生出作文题，学生当场把作文交给我，我来审读。我进了课堂，给学生出了一个题目，叫"窗口"，让学生围绕窗口，发挥自己的主观想象力，写出一篇作文来。

学生在规定时间内写完了作文，我让几个学生读一读自己的作品，然后由大家来评论。学生们果然想象力很丰富。有的写：打开雨后的窗户，看见一棵棵小树上随着雨水落下的污泥，看着一棵棵小树上，挂着飘落下来的白色垃圾……小作者在呼唤人们，要注意保护人类的生存环境。有的在窗口看见街头上有孩子向奶奶吵闹，小作者提出一个对独生子女进行教育的严肃的社会问题。有的写东方红小学的教改，改革是一个窗口，透过这个窗口可以看到素质教育的丰硕果实。还有一个小学生，把老师的一双眼睛比作窗口，读来生动、亲切。他是这样写的：

眼睛是心灵的窗口，每个人的眼睛都不一样，我们张老师的眼睛就挺独特，他生气时眼睛里好像飘着乌云，当他高兴时眼睛是那么清朗。有一次我做了不该做的事情，我不敢看张老师的眼睛，上课时我总觉得张老师那双眼睛在看着我。我检讨了我的错，张老师的眼睛明亮了，那么和蔼那么可亲。我高兴了，我又安心学习了。张老师那双眼睛，在督促我要好好学习，要做一个天天向上的好学生。

尽管从一个个"窗口"中，可以看出同年级的学生水平并不在同一水平线上，有几篇作文的选材流于一般，也有的表达啰唆，或是用词不当，但想到他们都是一群孩子，竟有如此突出的想象力、是非辨别能力和一定的文学表达力，已经是很可贵了。包全杰的小学生作文教学法，在培养学生发挥主观能力写好作文方面的实验是成功的。

　　《师表》书稿完成后，送审通过，闻世震书记题写书名，我完成了任务。我把刚出版的《师表》送给东方红小学，教导主任给我写了一封信。她抱歉地说，学校以为包校长的事迹已经有了成型的材料，不会再写出新的东西，所以学校没有全力配合。如果知道您写的作品是这样的不同，

◎《师表》座谈会现场

而又感动人，我们会提供更多写作素材的。

我也感到很惋惜，看来我还有许多宝贵的材料没采访到。

这时我已出任辽宁省作家协会副主席和辽宁省报告文学学会会长。在本溪市开报告文学会议时，我把《师表》送给一些作家朋友。报告文学学会副会长、阜新市文联秘书长孙旭辉看完《师表》，给我写了一封信，以《读〈师表〉致李宏林》为题发表在《辽宁日报》上：

尊敬的宏林老师：

您好！

那天自本溪上火车之后，我便开始拜读您的新作《师表》，我几次掉泪，弄得身边的旅客莫名其妙，忍不住看我的书。一个小伙子问我："是小说吗？"我摇摇头说："不是。是一位优秀教师的故事。"他又问："这书哪儿有？"我说："刚出版，可能还没发行呢。"他说："你这么感动，我得弄一本看看。"说着他掏出笔纸，记下了书名。看来人们是渴望读到优秀作品的。

这么多年，我读了您一系列作品，我认为您的作品有一个气在里面流动，这便是大气、正气、朝气。大气，当然指作家的时代高度、哲学高度、历史高度。正气，当然是反映生活的本质。朝气，这是力量和希望，是光明和美好的展现。三气的融合与浇铸，便是作家的使命与责任，塑造出具有时代风采的人物形象。

您是一位经过风雪磨难的人，记者的职业和作家的生涯，使您能够拥抱祖国、关注人民。您热爱土地的拳拳之心依然鲜活、执着、青春勃发。您鹰一样的眼睛，总能穿破迷雾，辨明美丑，把握时代的本质和生活的主流，以一束束鲜花点燃明媚的春天。您的责任心和敏感，您的才华都在《师表》中得到充分展现。如果换一个人去写《师表》，能否达到现在的境界，肯定是一个问号。

独特的结构，流畅的文字，精细的描写，把一个可亲可敬的包全杰写活了，也许知识分子写知识分子，更易走进心里。语言是一个通向题旨的通道，引人进入之后，发现其深刻的内涵。这方面您是高明的大师（谬赞——李宏林注），让我进入山洞之后，发现了藏宝之地。总而言之，我默默地认为您写了那么多作品，这个《师表》是您里程碑式的作品，它塑造的形象将长久地留在人们心中。啰啰唆唆写的这些，就是一点儿体会吧。大气磅礴的时代，呼唤大气磅礴的作品。希望您有更多的作品问世。

2000 年 9 月 18 日 凌晨

在我写作期间，高爽在《辽宁日报》上推出她写的《最后的守望》，我读后非常兴奋。因为她在如何再写包全杰的难题上有所突破：她选取包全杰逝世前的最后3天作为全文的切入点，把包全杰一生事迹都有选择地写在3天里，集中地表现包全杰对生的回顾及去世前的安排，从一个崭新的角度去描写包全杰，而出现在最后守望时的包校长的形象，更生动，更感人。我立即向高爽表示，你是文学化了的记者，你以后的作品必定会有更深层的思想思考和文学表述。能把新闻和文学结合，这是我一直期待的，高爽就是这样的记者。今天她已是辽宁日报社记者中的佼佼者。

写作追求新深美

　　由《师表》的写作，我联想到有关写作方面的一些问题。同是一个题材，大家都去写，肯定不会出现一样的作品，有思想取向上的差别，有结构上的不同，有表述的多样。而选取表述角度，我觉得很重要。高爽再写包全杰的成功，在于选取角度的成功。本来进入了死胡同，而她却打开了另一道门。

　　有一回，我同几位朋友去大连冰浴沟自然风景区旅游。一位朋友带着念小学六年级的女儿小杏同去。学校安排在假期要写一篇作文，她就选在这次旅游中写一篇赞美大自然风光的文章。她天真地问我该怎样写，我说，你要细细地观察，然后选一个好的角度去写作。

　　我们开始行走在冰浴沟里，小路偶被山壁遮挡，路途似是穷尽，而走出山壁，则又是新天地。小路向远处延伸，满目又见青树翠蔓。朋友中只有小杏的父亲 5 年前来过冰浴沟，他成为我们一伙人的导游。这当儿大家走得口渴，便吃起梨来。小杏的父亲郑重地告诉我们，越往远走越苍茫，饮无水，食无果，大家口袋里的梨不可轻易再吃，免得到了深处饥渴难耐。大家听了告诫，不敢再动口袋里的食品。然而，小杏父亲的经验已是老黄历了，我们走了一个多小时的路程，但见潭清岩峻，山高风清，处处皆是大自然的造化之美。卖各种食品、纪念品的摊点，二三里就有一处，我们不但没有受到饥渴之苦，午饭还是在一个景点处吃的，口味讲究。这时大家都把身为导游的小杏父亲称为"胡导"，他也成为大家取笑的对象。

回来的路上，我问小杏准备怎样写今天的作文，她有些茫然，想了一会儿，回答说，就是写冰峪沟的山多高、树多密、过河乘船多有意思。我说也可以这样写，但是中国历史上的大散文家，写过不少记述山水的佳作，他们大多又不是为写山水而写山水，其中常常含着对人生世事的感叹。即使是写山水，也不是泛泛来写，而是寻找一个新角度、创造一种意境或寓有一种精神。只是见山写山、见水写水，很难表现出作品的特色和作者的个性，而无特色、无特性的文章称不上好文章，写文章要注意选好角度。写文章的角度也叫叙述视点，好的叙述视点，应当是最便于表达感情和提炼主题思想的最佳角度。所以我建议小杏不妨从她父亲"胡导"的事情切入，写父亲的事引出写山写水，这样写，既有自然风光，又有独特的情趣。

小杏听了我的建议，乐得直蹦高，连连拍手说："明白了，明白了！"

当时我尚年富力强，常被大学和社会业余写作组织请去讲课。讲了很多，其实就 3 个字：新、深、美。

新：一部优秀的作品内容要新，反映内容的手段也要新。

新，是有一定的历史规范的，今天的"新"就是明天的"旧"。文学创作应当和历史前进的车轮相一致，但也要回顾历史，新事物、新思想往往都是在和旧事物、旧观念的激烈斗争中诞生的。

改革开放初期，辽宁最早吹来改革春风的是街道上出现了一个卖早点的小摊子。许多人不敢去吃，更不敢跟着去做。因为在过去的一段岁月里，那就意味着走资本主义道路。《辽宁日报》有慧眼，在头版头条发消息、配插图，宣传这是好事情。这个认定，吹响了辽宁在经济领域思想解放的号角。

新，最重要的是内容要新。有一个丢猪案，两家都说自家的猪丢了，出现了一头猪，都认为这是自家的猪，结果上了法庭。这个说，我的猪耳朵上有个口儿；那个说，我的猪尾巴上短了一撮毛。一验证，发现这一头猪两个特征都有。到底是谁的猪不好断定。那怎么办呢？法院就把这个问题提交给畜牧专家来解决。从这个离奇的案件中，我们可以看出，人们的法治观念提升了，两家没动刀没动棒，而是懂得拿起法律武器维护自己的权利，这是个很新鲜的事，很有新观念的内涵。《辽宁日报》报道了，读者看了很开心。

新，当然是来源于生活，也来源于你对新生活的辨识，不然新的东西到了你的面前你却不认识它。我希望我们的作家在丰富自己经历的同时，也要提高自己辨别新生活的能力。

有一次，我和一位抚顺新闻界的朋友聊天，我问他有什么新闻。他说没有新闻，倒是有一个怪闻：有个男同志，

◎ 赵阜同志看望男"妈妈"和女儿

在路上捡了一个婴儿，自己独自抚养，像妈妈一样给孩子喂牛奶、洗尿布，现在孩子已经7岁了，大伙儿都管这位男士叫男"妈妈"。我们报社同事研究了好几天，觉得这个事太个性，没有普遍性，放弃了。我说你们不写我写，通常新东西就在这个个性里头。我们正在宣传精神文明建设，这是又好、又独特、又别致的题材呀！我回沈阳把这件事情向赵阜同志讲了，他极感兴趣，和我专程去抚顺看望这位男"妈妈"和他的孩子。回来我写了一篇《啊，男"妈妈"！》，在社会上引起很大反响。长春电影制片厂根据这个事情拍了一部电影《养鸽子的青年》。

深：就是我们要追求作品思想的深刻性。作品要反映一段历史时期社会本质的东西，启示人们重视，引起人们思考，摸索前进的途径。我写包全杰，实际上我是在思考人生的一个大课题，在探讨人生存在的价值和人生的意义。当校长的18年里，包全杰给当地群众和学生留下了知识、美德，留下了包全杰小学、包全杰桥。村民用三十六杠抬棺木的民间最高礼仪为他送葬。18年里，我们活着的人呢？有成千上万的贪官走进监狱。阴阳之间，天地之别，崇高与无耻都亮相在我们眼前。这时我们认为，它的内容肯定是深刻的！那么前景呢？我们关心的肯定是国家的前途和命运，这就叫深刻！

美：这是中外一切艺术家、作家追求的境界。无论你的作品是歌颂的还是批判的，都要创造一种文学美——内容美、人物美、结构美、文字美等，所以才有了美学这一学科。

作家肩负着启迪思想、陶冶情操、温润心灵的使命，向社会各读者传递美是作家的职责。那种屎尿诗、淫逸文就是对文学的亵渎。有一些法制文学，汲汲于犯罪细节的描绘，也不利于社会的法制建设。

内容美是首要的。或许有人要说，鲁迅写阿Q哪里有美？但是不要忽略了，文字背后的鲁迅，对怒其不争的中国愚民的劣根性的批判，他深藏在文字背后的爱国爱民之心则是大美。

表现形式上要追求美，让读者读来有一种愉悦感。苏联有一位作家戈尔巴托夫，写了一部叫《不屈的人们》的长篇小说。小说的第一章结尾的文字就是第二章的开头文字，十几章的大作都是这样衔接的。作者为了让读者读起来有一种愉悦感，在作品结构上可谓下足了功夫。

比喻、想象是创造文学美的重要手段。有大作家说，没有比喻、没有想象就没有文学。屈原的《天问》想象之离奇之丰富，可称为世界文学之最。李白的"飞流直下三千尺""白发三千丈，缘愁似个长"，这种有超级胆量的比喻，是我们普通脑瓜想不到的，但是我们可以学习、可以借鉴。我写过一篇《愤怒的柑橘》，揭露沈阳一家水果公司，春节前购进一大批柑橘，准备春节期间供应市场，但是公司负责人只忙于过春节了，把这批柑橘忘了，结果全部都烂掉了。在题目上我先把柑橘人性化了，柑橘愤怒了。这是文学笔法。我用白话版的屈原的《橘颂》作为文章的开头：

> 辉煌的橘树哇，枝叶纷披，
> 生长在南方，独立不移。
> 绿的叶，白的花，尖锐的刺，
> 多么可爱呀，圆满的果子。

这样写下来，调剂了全篇文字内容的气氛，也增加了一定的文学色彩，给读者带来一定的阅读兴趣。

我从困惑中走出来——写作变奏曲

我在采访、写作过程中，也曾遇到过许多困惑。

困惑之一：情节平淡，人物无奇，这篇报告文学怎么写？

1986年秋天，我被阜新市有关部门邀去，为市轻工业局局长李思白写一篇报告文学。李思白的主要事迹是他自1980年入职轻工业局以来，不辞辛苦地为发展阜新的轻工业天南地北地奔走，引进、创建了一批生产项目。我开座谈会，找李思白及有关人员谈话，参观工厂，所获得的素材都是联系引进项目、筹划上马新产品等业务性工作，引进的也不是什么惊人的尖端项目。那些无私奉献的事迹倒是有一些可以写进报告文学，但它们很分散，用什么做框架把它们有机地组织起来，写出令人有兴趣读下去的作品呢？我感到困惑。

每当面临类似的困惑时，我立足于从生活本身和人物

这是采写段氏四兄弟案件时在锦州拍下的
照片。那些日子我一直沉陷入思考中。

◎ 沉思

◎ 创作闲暇时小憩

本身去开启封闭的思想闸门。在采访中，我发现李思白是个象棋迷，他为一局棋苦思冥想，他为一棋局大喜大悲。有一次，他到北京联系冶金项目没成功，为排遣心中的郁闷，在马路牙子上同人家下了4个小时的象棋。好了，象棋像一根撬杠，把我思想封闭的闸门撬开了，我沿着象棋这个细节去挖掘，由此带出不少有趣的情节。如李思白把下棋作为交友的手段，他身不离象棋，用下象棋的方式与引进新项目的对方交朋友；他带着象棋到省里开会，找领导对弈，在对弈中拉近了感情，然后开口要项目、要支持。这样我便把象棋作为这篇报告文学的主线，把李思白的全部工作设计为一盘棋。文中既有对李思白高超棋艺的描写，又把他所从事的工作用棋阵作比喻。原本分散、平淡的工作与下棋结合在一起描写，立即让李思白活了起来，也使要表达的事情生动起来。这篇叫作《他的外号叫基辛格》的作品发表后，大家都说写得挺活。这个结果，标志着我从困惑中走出来了。

困惑之二：思想内涵，其说不一，这篇文章的主题怎么确立？

1987年5月，我采访大连铁道学院优秀女大学生杜忆。杜忆是21岁的大学二年级女生，从小学到大学一直是优秀学生，受到了同学、老师以及外籍教师的喜爱。她于1986年加入了中国共产党，在同学中做了许多积极的思想工作。不幸的是，她于1986年7月患了很严重的白血病，不得不入院治疗。就是在这种情况下，她依然努力学习，热心地为病友服务，对待死亡表现出令人敬佩的冷静。共青团辽宁省委决定向全省共青团员和大学生介绍杜忆的事迹，以便教育这一代青年要有正确的人生观和政治态度。

写作杜忆的长篇通讯的任务落在我身上。开始时，我以为写作大学生题材，顺理成章地要从思想教育角度去考虑，视点要落在大学生应有坚定的政治方向方面。追求共产主义远大理想的杜忆，是学生的榜样。《光明日报》用这一主题思想，在头版头题报道了杜忆的事迹，我也带着这样一种思维走进了大连铁道学院。

但当我在校园采访时，所听到的与我想的并不一致。特别是当我在杜忆班上和同学们开座谈会时，我说杜忆的政治追求是她生命的支撑时，杜忆最要好的女同学不同意我的看法，并坦率地说："你们记者就会对人做政治上的简单概括，千篇一律。你也这样写杜忆，我们不看。"没想到，在座的杜忆的同学，都同意这个女同学的观点。我怀着兴趣问大家："那么你们认为杜忆最宝贵的东西是什么呢？"大家纷纷说起来：有的说杜忆滑稽，开学的第一天，同学们自我介绍时，杜忆说自己姓杜，是《追捕》中杜丘的杜；有的说杜忆勇敢，学校发了校装后，谁也不敢系红领带，她故意系上红领带，在学校走了好几圈；有人说杜忆开放，她带领自己寝室的 6 名女同学，到大连海运学院的一个男生寝室进行横向交流，送去《大海》和《新娘子》两幅画，祝愿他们征服大海，祝愿他们获得爱情；有的说杜忆善良，她关心同学，悄悄地为生活困难的同学排忧解难；等等。同学们你一言我一语，为我勾勒出一个活生生的、充满青春朝气的、热爱生活的女大学生形象。

随后我到杜忆的家乡青岛去采访，我到北京杜忆所住的医院去看望。被采访者向我提供了许多杜忆在成长中的感人事迹，而最感动我的是她对生活的热爱，对父母、亲人，老师、同学，乃至对不相识的同志的热爱。在她患病期间，经常有来自天南地北的人来看望她，其中包括她在外地偶然相识的一名妇女和新西兰英语女教师贝珍。杜忆在住院后的日记里写道："我生活在一个充满爱的世界里……谁说世间缺少爱，世界明明是由爱堆积起来的。"当我坐在她的病榻旁，问她对于写她有什么要求时，她嘴里还吐着血沫，依然诚恳地说："请一定把我写得自然。"

我带着新的收获和杜忆的叮嘱，重新思考未来作品的立意，我最终舍去了直接着眼于政治教育命题的设想，而从杜忆本身形象的特色出发，选择爱的主题。杜忆人生的主旋律是爱，她爱党、爱祖国、爱亲人、爱朋友、爱师长、爱同学、爱学习，我们这些年缺失的不正是这种真挚的爱吗？

我经过一番思考，写成报告文学《大学生的风采》，在《辽宁日报》连载数日。大连铁道学院的师生给我来信，他们说我写的是他们心中的杜忆。

著名画家范曾读到我的这篇报告文学，他理解了我的用意，并有深刻的阐释。他说："我十分憧憬和热爱杜忆，她获得这样多的爱，正是她用爱同周围人交换爱的结果，用爱，用人类最崇高的爱、最无私的爱。"

为什么关于爱的立意被读者欣然接受，因为人们厌倦了恨的时代，都希望吸收人的真实的自由的爱的情感营养，通过宣传手段给人们心理上这样一种慰藉。其实这也是一种历史新时期的政治思想上的教育。

我这一次从困惑中走出来，牵扯到如何确立作品主题的问题，那种主题先行的违背生活的方法已被我们摒弃，但是在采访和构思过程中，对所获得的写作材料，做简单的思想政治上的抽象概括而确立主题的情况是常有的。一涉及服务行业，主题便是为人民服务。一涉及侨胞归来，主题便是爱国主义。殊不知这类名词只不过是相类似的一种行为的概括，而不是什么主题。主题是富有个性色彩的，它来自生活本身，并具有很大的内涵。所以把主题确立的过程叫作开掘。开掘时，不要只盯准前人已凿过的那一个角度、那一个眼儿，人的精神世界是丰富的，感人动人的色彩也应该是多样的，所以我们要多思索，从概念教条的框子中走出来，进入人的本身。

困惑之三：事件不少，大多雷同，这篇作品如何交差？

1988 年 5 月，在公安部命名的全国优秀公安局长的名单中，辽宁省有 3 位公安局长荣获光荣称号，沈阳市公安局邀我为沈阳市新民县公安局局长张世良写一篇宣传事迹的文章，我接受任务后奔赴新民县。我住在那里与张世良长谈，召集知情者开座谈会。3天过去，大家为我提供了十几个张世良亲赴案发现场指挥的案例，其中自然不乏张世良的献身精神及其精彩情节，但是却与我已采访过的几位公安局长没有什么不同，都是平时一心为公，破案时大智大勇。前不久我刚在《啄木鸟》发表一篇叫《公安局长的舞步》的报告文学，福尔摩斯的色彩够浓厚的了。我再写张世良这方面的事迹，难以超出《舞步》，也难以给读者新意，怎么办？我感到困惑。

每当我面临类似困惑时，我不勉强下笔，一直在寻找新的突破口。

我采访张世良时，他向我谈到他有5个孩子，除一名因参军后复员被安排到政法机关外，余者全是集体工人。20世纪50年代曾工作过的老伴儿，现在是某单位食堂的临时工。他家人口的这种自然情况引起了我的注意。我放弃原定的采访内容，而对局长的个人生活和他的家庭成员进行采访，接触中获得很多感人的材料。当年与张世良妻子一起退职的干部家属，都通过各种关系恢复了全民职工籍，而只有他的妻子没恢复，是他不许妻子去走后门。他的孩子有几次机会可以进县公安局去当全民职工，也是他这个爸爸不让进。我到张世良的家里去看看，一家人刚刚迁出的3间平房，好几处房梁断裂。他搬进新盖的3间平房时，家里除了一台电视机，几乎一无所有。人们告诉我，前两年没有液化气罐，50多岁的张局长经常在星期天上山去搂柴火。我深深地被感动了。在众多的公安局长中，我发现了独特的这一个。这里没有惊险的场景，没有惊心动魄的枪声，我相信我把一位公安局长的这一面介绍给读者，在当时社会风气不好的现实情况下，一定会产生不亚于枪声的震动。我写出报告文学《权力在手》，发表后在公检法部门引起强烈反响。

记者在采访过程中改变写作初衷，而另做文章的事情是常有的，如果把它戏称为写作上的变奏，我认为这是应当提倡的一种变奏。这种变奏表明一种不满足，蕴含着自觉的求新意识。记者肩负的是传递最新信息的任务，如果奉献出的东西没有新内容、没有新含义，不能拨动读者的心弦，就不算是有成效的劳动。

从一篇《师表》的写作，从掌握写作素材，到一篇作品完成，我联想到这么多关于写作的话题，希望我的这点儿感受能对喜爱写作的年轻朋友有一点儿益处。

我出任辽宁日报社编委兼任政法部主任，常收到读者来信、接待读者来访，他们反映社会不公的情况，倾诉一些冤情。我最痛恨法律的不公，执法者或出于某种目的，随意地一张嘴一闭嘴，可能就给别人带来一生的不幸。爹娘生下我们，都享有人生的权利，你凭什么就可以轻易地剥夺？每有这方面的情况反映，我都是亲自去调查，然后写成文章见诸报端，呼唤人权的回归，期待法律执行时的公正。在我的记者生涯中，这种事情遇到不少，也没少写文章。

- -

探索成长之路，解读智慧人生，本章内容，扫码收听。

第十一章

几次特殊意义的采访

第一次采访——金淑美案

　　我出任辽宁日报社编委兼任政法部主任，一方面要做好省内有关公检法司方面工作的宣传，另一方面常收到读者来信、接待读者来访，听他们反映社会不公的情况，倾诉一些冤情。由于社会上的封建主义思想残余未除，一些官僚主义行为在滋生，营私舞弊的情况已经出现，公开、公平、公正的法治原则得不到真正的落实，因此冤假错案屡屡发生。我最痛恨法律的不公，执法者或出于某种目的，随意地一张嘴一闭嘴，可能就给别人带来一生的不幸。爹娘生下我们，都享有人生的权利，你凭什么就可以轻易地剥夺？每有这方面的情况反映，我都是亲自去调查，然后写成文章见诸报端，呼唤人权的回归，期待法律执行时的公正。在我的记者生涯中，这种事情遇到不少，也没少写文章。

　　20 世纪 80 年代中期在抚顺发生的金淑美案件就是

一例。

4月30日上午。中共抚顺市露天区（1999年8月更名为"东洲区"——李宏林注）委党校会议室里聚满了人，区法院再审金淑美案的临时法庭就设在这里。当法庭宣布，推翻今年1月7日对金淑美因犯抢劫罪判处有期徒刑一年（缓刑一年）的判决，依法认定金淑美无罪的时候，忍受丈夫虐待，又承受抢劫罪的沉重压力，显得精神迟钝的瘦小的金淑美，因为激动而哭泣。她用低微然而却是发自心底的声音，向党、向人民、向讲正义的司法工作者表示感谢。原来坚持起诉，判处金淑美有罪的区人民检察院检察长、区人民法院院长，在法庭上承认错误，当众作了初步检查。这种有错必究的态度，人民群众是欢迎的，尽管这种态度来得迟了一点儿。这种执法者在法庭上向被告人致歉的场面，表现出我们党和人民群众在维护法治方面的一种新风尚，显示出我们社会主义制度的优越性。但是又不得不忧心地提到，这次改判来得也不容易。金淑美明明无罪，可是执法者却要判为有罪，当有人对此判决表示异议时，某些执法者却置若罔闻，坚持判下去，乃至辩解得振振有词。他们定刑，依靠的是什么样的标准？

是戴着哪一种眼镜使得他们皂白不分，令受害者痛，施虐者快？让我们来回顾金淑美一案的始末，这是一个促人思索的严肃课题呀！

　　这是我写的《发人深思的审判》的开头，全文发表在《辽宁日报》上。

　　这起案件是怎么引起的呢？

　　二婚的刘某，娶了朝鲜族姑娘金淑美。刘家父子封建意识非常严重，第一个妻子就是因为被打骂而离婚的。刘家要求金淑美必须给刘家生男孩子。当金淑美怀孕后，他家用封建迷信的测验方法，认定金淑美怀的是女孩。从此金淑美遭殃了，不是挨骂就是挨打，丈夫如此，老公公配合。有时她被赶出家门，只能在仓房过夜。由于不准她进家门，金淑美拿不出可换洗的衣服。金淑美工作的粮站领导到刘家做工作，她老公公却要求金淑美必须当众给他下跪，才可以取衣服。粮站领导拒绝了这封建意识极浓的老头儿的要求。单位、邻里都同情金淑美的遭遇。金淑美的几个弟弟去刘家为姐姐讨公道。到了刘家，刘家父子不开门。气得金淑美喊一声："砸！"几个弟弟就凶猛地砸门。这时刘家从屋里"砰"的一声打响了火药枪。这下子可把金家弟兄打急了，他们上房揭瓦，向房里砸去。半个小时后，派出所来人制止了打砸行为。

　　刘家把金家打砸行为告到法院，区委副书记带领区公安局、区法院、区检察院"三长"来现场调查。当场副书记就表态了："这是'文化大革命'的打砸抢行为！"回去便根据刑法查找判刑依据，哪条也不沾边，只有"打砸抢"似乎相近，那就定这个罪，惩治主犯金淑美。

区公安局把案情报到区检察院，办案人员发现刘某虐待金淑美在先，只判女方，不追究男方，与法理、情理都不合。区检察院向区法院提诉后，刑事厅审判员倾听金淑美的陈述，并对提供的事实进行调查。他同情金淑美，依法认定她的过激行为是因为被虐待所致，她的行为有错，但构不成犯罪，定为抢劫罪更是无中生有。

我在事情刚发生不久的 2 月份就介入这起案件了。同"三长"和相关人员都有接触，我不明确表明自己的态度，而是倾听案子的始末。

这期间我同刘家父亲有一次接触，登上他的家门听他的谈吐。这半大老头儿是矿上的杂工，中等身材，圆脸，凶相。我们对坐后，他总用一双警惕的眼睛打量我。我亮出记者的身份。他上下打量我一眼之后，威胁说："我不管你是干什么的，我告诉你，我是不怕掉脑袋的！"

我一眼就看明白了，我面对的是一个混混儿，一个棍儿。对待这种人不可示弱，我冷笑一声说："咱俩是一个性子，我也不怕掉脑袋。若怕掉脑袋，能敢见你这个不怕掉脑袋的人吗？"

他不吱声了，沉默着。

我问他："金淑美为什么揭你家房瓦？你们在屋里时放火药枪没有？"

他不吱声。

我问他："金淑美怀孕已经 8 个月了，你们父子为什么不让她回家？"

他不吱声。

我告诉他，你们告金淑美，但是她被你们虐待的事也可以告你们。你们父子要有个思想准备。

我是给他打预防针，当案情逆转那天，别感到太突然。

这老头儿信心满满地说："我们听法院的。"

抚顺市著名律师杨天已经介入这起案件。他认为从任何法律角度来衡量，金淑美都不是犯罪。有关部门罪与非罪都弄不清，司法有何公正可言！

我这时已经就此案向中共辽宁省委常委、政法委书记张铁军汇报了，因为我们常有交往，他信任我，很痛快地表态："如果是这种情况，判金淑美有罪，就是冤案、错案。"他让我追这个案件，看怎么发展下去，适当的时候政法委表态。

关于金淑美是不是犯罪的问题，曾在法庭上展开激烈争论。杨天律师认为，金淑美是在多次遭受严重虐待的情况下才有了过激行为，首先要追责的是虐待妇女者。金淑美抢劫什么了？抢劫罪不能成立。然而，最后由审判委员会定性，表态结果是 3∶2！以法院院长为首的 3 人成为多数。定性金淑美犯抢劫罪，判一年有期徒刑。

《辽宁日报》发表了我写的《发人深思的审判》，在读者中，特别是在抚顺引起强烈反响，《抚顺日报》转载了这篇文章。

我把登载我文章的《辽宁日报》送给一直关心金淑美案的张铁军同志。铁军同志多次关心我写的涉及公检法的案例。我写个电视剧叫《我的丈夫》，表现一个因偷盗被判过刑的人是如何走向自新、努力为民众办好事的故事。当时正逢"严打"，许多人对《我的丈夫》持否定态度。我向铁军同志汇报情况，他审看了这部剧。正赶上他去北京，见到彭真同志，汇报了有关《我的丈夫》的争议。彭真同志了解情况后肯定了这部剧，使得《我的丈夫》在中央电视台播放。这次铁军同志又把金淑美案作为议题，送交中央政法委议决。

中央一位领导同志知道了这个案件，对此案作出重要指示。省委政法委与抚顺市委有关方面组成金淑美案复查组，详细调查金淑美案的真实情况，最后认定：判金淑美犯抢劫罪是没有根据的，是错误的，应予以纠正和改判。此案的主要责任方在刘家，但金淑美也有超出家庭范畴扰乱社会治安的行为。

这样，才出现了我写在前面的文字。

中央领导同志在金淑美案件的批示上有这样一句话："这是一件很小的事，比这更大的事还不知有多少！"

读者朋友，这是 30 多年前一位中央领导同志说的一句分量很重的话。30 多年过去了，他的话的警示意义并没有过去。更大的事有多少？你知，我知，人民知。它的形成原因可能不像当初露天区的一些领导同志那么幼稚、那么执拗，而是更隐蔽、更复杂、更惊人、更祸国殃民。我们的领导，我们的社会，对这种现象需要一声吼，该出手时就出手了！

　　金淑美案只是对一个普通女工冤案的错判，下面讲述的是一个级别较高的县团级干部王起，他是怎么被戴上手铐成为"罪人"的？很离奇，足以令相关权力部门反思、借鉴。

第二次采访——王起案

1988 年，时任中共辽宁省委书记全树仁来阜新调研，住在西山宾馆。他要同一些作出成绩的厂长、经理促膝谈心。我跟随全书记来到阜新。

我提示相关部门领导，全书记要见的人之一是王起。因为我 1986 年 11 月就在《辽宁日报》上发表文章《忠诚的"罪人"》，为王起的冤情呐喊，并向全书记当面汇报，他借这次阜新调研之行，想当面了解王起的情况。

王起在阜新市可是大名鼎鼎，他的出名并不是开始于他的业绩，而是因为在 1982 年的严厉打击刑事犯罪中，他是第一个被戴上手铐的县团级干部。

6 年前，王起从市机械局副局长的座椅上被带走，押入囚车，经过 8 个月的收审，最终只落实两件事情：一是一个曾在他手下当过排长的人，在王起当书记的工厂买过一次帘子，这位排长给了王起 400 元钱。这 400 元钱是有说道的，王起在部队曾是营模范教导员，他把自己积蓄的1200元钱，分几次送给家境困难的排长。排长如今日子好过一些了，送回一点儿款，表示他对当年教导员关怀的谢意。二是他托人买了一个录音机，虽已付款，但结算不清。市里搞个经济犯罪大展览，要突出展示职级最高的王起的"罪行"，给他专门开了一个展览室，实在是找不到什么受贿实物，把亲属送给他家的黏豆包、小米都摆到台上。人们看了议论纷纷。

不能白押8个月呀，无罪释放？多丢面子。这样，王起从拘留所放出来时，区法院刑字第190号判决书，定王起犯有受贿罪，免予刑事处罚。但，这是法律文件认定的罪人，放出来也是罪人！

当时46岁的王起还有几分天真，他到局里急切地询问："我的党籍还能保留吗？"当他得知，他的党籍在他被收审时就被开除了的时候，这个1960年入党、曾获过"优秀共产党员"称号的粗壮大汉，捂着脸哭泣起来！

继之而来的是谁也不敢请王起工作，他每天在公园里痛苦地游荡。这种"悠闲"比他蹲拘留所还痛苦，空有一身力气却不能干事，他感到对不起培养他的党。

1984年初夏，海州区委、区政府公开招聘管理企业的干部，王起给区领导写了封信，说："我有一颗火热的心，要求到最困难的企业去创业，刀山火海我也敢上。"

这样，王起被派到一个要倒闭的工厂去当厂长。这个工厂只有一间办公室，凳子三条腿，厂区荒草丛生，车间寸铁皆无。86名工人，其中60名是街道的中年妇女和老太太，工厂欠债56万元，工人放假已两年。这几年换了11任厂长，谁也不愿意留在这个贫困的地方。第十二任厂长是王起。什么罪名啊、党籍呀，他先不顾了，从家里夹起行李卷，在车间里搭起个吱吱扭扭的板床，就住在破厂子里。他淌着眼泪在职工大会上说："只要我不死，就要让厂子有变化。"他怀着一颗忠诚的心，在这个破厂子里拼搏了两年。他不仅感动了职工，还感动了阿拉伯数字，洋字码都往他这边倾斜，排列出一个奇迹：他领导的阜新电工器材厂，创造人均产值、人均利润全市第一！

正是这个时候，我到阜新有采访任务，而接我的记者站的同事却把车开进了王起的小工厂，让我认识王起，让我知道他的冤情，希望我为阜新某些方面对他的不公有所呼吁和干预。我听了王起的诉说，采访了他的合作者、支部书记王文臣和工人们。王起的命运令我同情，他如今的业绩令我赞赏和感动。我回沈阳写了一篇《忠诚的"罪人"》的大特写，发表在1986年10月11日的《辽宁日报》上。我呼吁有关方面尽快结束他"罪人"的历史，党组织应尽快将自己忠诚的儿子搂进怀抱里。

我呼吁一个月后，也就是1986年的11月，阜新市的天气已渐微寒，而这一天，王起获得了一个春天的信息：市经济工作部的一位领导同志来到电工器材厂，正式告诉王起，市里安排他出任有 1300 名职工的针织厂厂长。告诉他，这个担子很重，因为这个厂是产品出口厂，负债 14 万元。要想办法把大家团结起来，把这个工厂搞好。

这是王起命运的一次重大变化。他到厂子之后，向职工说，咱们半年后见，如果厂子不改变面貌，我就辞职。王起敢说敢做，他先在人浮于事的干部制度上砍了一刀，免去所有科室干部职务，精简后再择优聘用，明文规定干部责任，干不好的 3 个月解聘。全厂岗位公开招标，把职工的劲头调动起来。很快，一个面临趴窝的工厂又有了生机。

同外国人做生意，人家可不客气，定好交货日期，迟一天也不行。王起和职工们日夜滚爬在车间。他跟着三班倒，他患高血压、气管炎，却常常忙得忘记吃饭。他妻子患有重病，等他忙完回家，看见妻子躺在床上，妻子说："王起呀，你不管我了？"王起低头流下眼泪，立马跑到市场给妻子买了鸡蛋，给妻子做一顿好饭菜。

后来，我见了全树仁书记，向他汇报了王起的事情，希望全书记关注王起。他说，正好我过两天去阜新调查那里的改革情况，你随我去吧。这才有了省委书记要见王起的一幕。

王起见了全树仁书记，激动得不知说什么好，当然，他现在最关心的还是自己的党籍能否恢复的事。其实这也是我关心的问题。王起的党籍不给恢复，说明我们并没有还王起一个最终的清白。王起不提恢复党籍的要求，是怕给组织上添麻烦。他还有个可贵似乎又有些天真的想法，他认为我们党是实事求是的党，他的忠诚必定会被认定。忠诚的王起呀，他却不知，有人就是不愿意做这种认定；又有人不愿意介入王起这件事，躲得远远的，以防被人说立场有问题。这次全树仁书记见了朴实忠厚，有信心、有决心为经济建设无私奉献的王起，估计在他的印象中同我向他介绍过的王起区别不大。

会见后，全书记问阜新市体改委主任李兆义："王起有什么问题？"

李兆义实事求是地回答："没有什么问题，错判了人家。"

"给王起平反！"全书记明确表态，"王起同志有为党为人民努力工作的愿望，政绩突出，他背着受处分的包袱勤奋工作，把市场经济搞得很好。有些有争议的人物，往往恰是有开拓精神、能干实事的人。我们要打破用形而上学的观点看人的方法。在改革的洪流中识别干部，树立新的人才观。"

中共阜新市委于1988年5月7日作出撤销1982年8月27日给予王起开除党籍、建议行政撤销副局长职务的决定。市纪委书记通知王起，他已被恢复党籍。

市纪委书记对他说："你这几年生活很困难，组织将给予补助。"

王起回答："我不需要补助，我得到组织的信任是最为重要的。"

纪委书记问："你还有什么要求，尽管提出。"

王起回答："没有，我能回到党的怀抱，说明我们的党是实事求是的党，我们党有光荣传统，我在任何情况下都一直热爱党！"

多么好的回答，多么宝贵的忠诚！我们党培育的这种在逆境中不失忠诚的人，岂止一个王起！而能不能让忠诚者在追求中不失望、不凄凉，需要那些掌有一定权力的党的干部去回答。

第三次采访——武金祥案

　　本来是几片雪花的事情，滚来滚去，滚成了一个充满寒气的大雪球。

　　事情由一名阜新蒙古族自治县蒙古族青年工人武金祥引起，弄得县里、市里领导都搅和进来，以至于连省委领导都关注起这个案子，可以称作当代的"拍案惊奇"了。

　　这个被列入阜新市经济大案的案件，闹腾了三四年，主要当事人武金祥被抓进监狱，一些有关人员贬的贬、罚的罚，都在精神上受到很大的冲击。

　　塞北的阜新地处偏远，经济发展比较落后。20世纪80年代的改革大潮，毫无例外地在阜新掀动起来。武金祥是阜新县煤炭系统一名30多岁的青年工人，他给县领导写信，提出阜新县经济体制改革的五条意见。县里把他安排在县煤炭工业公司下属的一个公司当经理。他利用阜新县有煤炭的优势，开展横向经济联合，引来东煤公司、省煤炭供销公司等 6 个单位到阜新合作，3 个月就完成了一年半的生产任务指标。

武金祥受到从外市调来的市委书记的赏识，成了新闻人物，电视台里有声，报纸上有名，相继被评为省优秀青年改革者、市优秀企业家，还被推选到全国去争取仅有的几项全国少数民族企业家的桂冠。

行高于人，众必非之。随着风光时刻的降临，武金祥倒霉的日子也到了。

事情的起因是，武金祥把庆祝阜新县成立 30 周年活动剩下的钢材出售给了其他单位。县里有关方面指责他是投机倒把，违法。而武金祥坚决反对这种定性。他的依据是有关文件规定："通过横向经济联合增加的产品，除国家有特殊规定的以外，不属于国家投资和计划供应原料的，由企业自行销售。"他卖给市金属公司和县物资公司的钢材是补偿贸易所得，不属于国家计划材料，说是"投机倒把"不能成立。

阜新县县长何文田和主管工业的副县长王鑫支持武金祥的观点，并且销售钢材是他们同意的。问题不复杂，县里同志坐下来说清楚就解决了，但是县工商局局长没这么做。他越过县政府直接向市工商局汇报，市工商局支持县工商局，并认为县政府领导包庇武金祥是犯罪行为。

墙倒众人推。一看武金祥要犯事，昔日的仇视者、嫉妒者、懦弱者，七手八脚地一齐上，什么贪污、流氓，全往他脑袋上扣。

　　大学毕业并有丰富经济工作经验的副县长王鑫，在武金祥一案中，不看风使舵，他对这个蒙古族青年很了解，对他在经营活动中的不成熟以及一些缺点和不足批评过、引导过。王鑫认为武金祥最宝贵的是他的改革意识、实干作风和难得的奉献精神。武金祥从 1985 年到 1989 年领导公司创造利润近 200 万元，他有几万元的承包奖，却一分不拿。他所从事的钢材买卖都是请示县政府后付诸行动的。他有功，无罪。在查武金祥的时候，省民族事务委员会决定让武金祥去北京出席全国少数民族企业家命名大会。省里同志来到阜新征求县里的意见，王鑫说，武金祥是蒙古族同志，他对阜新县的经济发展有贡献，我们要保护他，他有资格去北京获得荣誉。最后报到市委，市委书记同意。

　　市、县主要领导保护武金祥的同时，也有市一级领导安排县公安局和县检察院提前办理武金祥的案子。

　　县公安局对介入武金祥案提出异议：因为没有案卷的案子无法办案，不符合公安局的办案程序。当他们了解实情后，认为武金祥销售补偿贸易得来的钢材来源合理、销售合法，不属于投机倒把犯罪，所以拒绝办这个案子。

　　然而，1989 年 7 月 27 日，当武金祥陪同王鑫等人到县煤炭公司检查工作的时候，县刑警队和县检察院却开着警车来抓武金祥。

　　当时王鑫止不住流下热泪，向执行任务的人说："在证据不足的情况下，你们为什么抓人？"

公安局的同志为难地说："上边发下逮捕令，我们不得不执行。"

市委书记为此事作出批示：事实不足，不宜抓人。

没用！人家还在调查你市委书记呢！

同时对武金祥的家庭进行搜查，能翻的地方都翻到了，最终拿走了什么呢？5条石林牌香烟、7瓶普通白酒，还有从武金祥妻子身上翻出来的36元生活费。这和某些人想象的必有"大鱼"的期望值差得太远了，然后就把鱼钩甩向市委书记和县长何文田、副县长王鑫。

何文田被迫辞职。一位多年忠诚于党的事业的少数民族干部，只好居家赋闲。如何处理王鑫的方案正在运筹中。

就是在这个时候，武金祥托人给我带了一封求救的信件。为什么他此刻想到我呢？因为他知道我为王起的冤案所做的工作。我多次去阜新讲学，他记住了我的名字，就托人来到辽宁日报社，找我诉说案情。

我听过案情后，向阜新的同志了解一下武案的情况。朋友说，这是最近阜新最轰动的一件大事，武金祥无罪要当作有罪处理，希望我关注这个案子。

这样，我便同记者杨集才一起奔赴阜新。到阜新后，我找王鑫、何文田谈话，他们都气愤地述说对武金祥定性的荒谬，以及他们遭到的迫害。我找公检法办案人员谈话，他们一般都是吞吞吐吐，都说是执行上级指示。我找市委书记谈话，他说："这么粗暴地对待改革有贡献的人，是阜新的个别当权者思想保守、权字当头，对阜新的改革前景十分不利。"我找到老朋友、市人大常委会主任邓庆林，老邓为人直爽，有话直说，在群众中威信极高。他说："武案很不正常嘛，早晚要给人家平反。"

我们在阜新调查了一周之后，关于武金祥案的前前后后弄清楚了。回到沈阳后，我们写了一份近万字的调查报告《雪球是怎样滚大的》，作为供省领导参考的材料，发表在《辽宁日报》的内参上。

这篇文章引起省委副书记尚文的重视。他打电话给我，说："这个案子很复杂，文章先不要在大报上发表，省委关注这件事，一切都要落实清楚，等等再说。"

我们报是党报，当然要执行省委领导的指示。不过我从尚文同志的谈话中隐约觉得阜新官场上的水很深，武金祥不过是角逐棋盘上的一枚棋子罢了。

没过几天，阜新来了两位纪委干部，来辽宁日报社要见我。因为我正接待一位朋友，我让杨集才接待这两位阜新同志。

三人落座后，杨集才问："有什么事？"

来人说："我们要调查李宏林的一个问题，你要对党负责，说实话。"

杨集才是辽宁日报社著名的不畏权势者，回答说："我没说过假话。"

来人说："我们接到举报，李宏林收了武金祥的行贿钱，你知道吧？"

杨集才一愣，随着他脸色一变说："是吗？我不知道哇。这李宏林也太不够意思了，我同他一起去阜新，他收了钱应该分给我一半才对呀，谢谢你们的提醒，我得向他要钱去。"说着要起身的样子。

这两位看出杨集才戏要他俩，一人拉住杨集才，说："如果没收钱，我们见一见李宏林。"

杨集才严正地告诉这两位："李主任为日本驻沈商团办件事，日本人要送给他一辆轿车他都不收，能收你们武金祥的钱？谁让你们来调查的？你们小瞧了李宏林。"

杨集才找到我，把刚发生的事情告诉我，说来人要见我。我说："我们去阜新要见他们领导，不见。咱们礼尚往来，也不见！"

这一场调查我的闹剧，就这么收场了。

尽管阜新市的有关领导为武金祥仗义执言，努力保护他，但是法院最终还是以犯投机倒把罪，判武金祥二年零六个月的有期徒刑！

1991年的夏天，中央提出公检法和纪检部门要为改革开放护航的时候，省委关注了武金祥的案件和对于王鑫的处理。首先是王鑫的命运出现了转机：8月中旬，省纪委要求重新评估王鑫问题的意见转达到阜新市，要求有错必纠。

这时，阜新市的领导班子已经改组，由抚顺市调来的王锡义出任阜新市委书记。他一再代表市委挽留王鑫，但是王鑫决意去沈阳工作。王锡义建议组织部给王鑫安排市民政局副局长的职务，他满怀愧意地说："阜新亏待了人家，实在留不住也得让人家带着职务走。"

王鑫走后，王锡义好不叹息："我们挤走了一个人才呀！"

王锡义是我的抚顺老乡，很早就相识，他来阜新工作，我非常高兴。我专程到阜新去见他。相见时我就把我的想法告诉他：现在王鑫的问题解决了，马上要解决武金祥的问题，阜新不把武案彻底解决，阜新的经济和人心不能有大的转变。这样，武金祥提前半年从监狱放出来。我告诉武金祥去找人大常委会主任邓庆林作无罪申诉。邓主任安排市人大常委会政法办副主任赵晓东处理。他看了卷本，结论是一句话："这种定罪简直就是一个笑话！"

终于在 1992 年 10 月 24 日，由辽宁省阜新蒙古族自治县人民法院作出撤销 1990 年第 76 号刑事判决的认定，宣告申诉人武金祥无罪。

正是在这个时候，我们对那篇《雪球是怎样滚大的》进行修改和补充，改了题目，叫《雪球化了》，在《辽宁日报》头版发表。

早春 3 月，在西山宾馆的一间客厅里，我就为什么会出现武金祥这种错案的问题，同市、县两级法院的两位庭长座谈。

一位说，最早报案时一看卷就肯定判不了罪，将卷退回去过，所以这次市法院支持改判，并选定县法院办事果断的庭长执行改判。

又一位说，大家要吸取这次教训，总用阶级斗争的观点去办案，没有不错的。

一位说，我们最怕办通天案子，领导出于哪方面考虑先有了主观认定，他一说犯罪，下边就不好办了。

赵晓东插话说，武金祥案子就是个通天案子，当时甚至只许专案组办案，有关部门都不让介入。

又一位说，当时是大军压境了，市委书记不让抓人，在县委常委会会议上都没算数。一些办案人员就是看某些人眼色行事，人家有正式发票的款项也非要定人家受贿不可。

两位庭长说的都是真话，他们的真诚和焦虑令人尊敬和同情，但是这种执法情况不是太不正常了吗？眼泪不是水，监狱不是花园。人的尊严、人的权利是不能随意剥夺的。为了保护改革的顺利进行，对使用人民给予的权力去剥夺别人自由的人，不能让他们毫无愧疚地这样下去，应当健全法规，对此类官员当惩则惩、当戒则戒，维护法治、人权与民主的庄严和神圣。

我们高兴地看到，那个被贬职的原县长何文田，1993年1月，在阜新蒙古族自治县的人代会上，又光荣地被选为县长，这是民意，民意不可违。

　　我们还高兴地看到，原市委书记和王锡义亲自过问武金祥的平反工作。4 月 14 日，阜新县委作出给武金祥平反的决定，恢复他煤炭工业公司经理职务，并任命他为县煤炭工业管理局局长，恢复党员预备期，由党委讨论转正。

原本是一次很普通的报道先进人物的采访，却出现了很大的戏剧性，一波三折，反转又反转，让人一时无法辨明真伪。熊岳印染厂去世的老厂长傅永年到底是党的好干部，还是问题多多、不应宣传的人物？本着实事求是、相信群众的原则，我们深入采访，拨开重重迷雾，终于见到了真相——

- -

探索成长之路，解读智慧人生，
本章内容，扫码收听。

1986 年全国新闻高级职称评定地址设在北京西郊风景区八大处。评委们居住、工作在园区里。八大处由唐宋明清八大古庙构成。工作闲暇时，指着远处古迹，赏景又清心，是个好去处。

　　赏景清心

第十二章

一次采访的大反转

采访前的事迹介绍

1992 年新年刚过，我在一家宾馆的走廊里见到了营口市委书记郭军。郭军原来任鞍山市委副书记，由于我当年宣传的《新岸》的主人公和《家风》的主人公都是鞍山人，所以那时我们就相识了。郭军为人和气，说话不打官腔，好交朋友。他见到我就说："宏林同志，我正想找你。"

我问："有什么事？"

他说："我们营口市熊岳印染厂原厂长傅永长的事迹非常感人。他 57 岁的时候被派到熊印当厂长，一年扭转了这个有 3800 名工人的大企业的严重亏损局面。去年夏天，省委书记全树仁来检查工作的时候，赞扬了傅永长的工作，肯定了工厂一年多取得的重大成果。不幸，老傅在 1 月 1 日因癌症去世了。我们营口要树立这样一个优秀的典型，号召全市人民学习傅永长同志的精神，所以我请你去一趟营口，给我们写一写傅永长同志的事迹。"

我说："好，你们安排吧，我随叫随到。"

这样，1月6日我来到营口。7日早晨，由市委宣传部王文举科长和纺织局宣传科女科长肖萍陪同，到距离营口70公里的熊印去。临行的时候，郭军书记特意到宾馆为我们送行。他含着泪说："老傅去世前，我去医院看他，他忍着病痛，还和我说，咱们技术不行啊，熊印技术上不去，我着急，只要能给我止住疼，我就回去干。感动得我直流泪呀！咱们一定要把老傅的精神宣传出去。"

我说："你放心吧，我们尽力完成这项任务。"

我们三人出发，奔向熊岳。在路上，肖萍突然说："熊印人对傅厂长的看法有很大争议，我们上次来整理事迹材料，有的厂领导就有意见。为了防止再出现上次那种情况，今天早晨，纺织局党委书记特意给熊印代理书记打了电话，告诉他们一定要配合好、接待好。"

肖萍是在向我发出一个警示信号，要我有个思想准备。这显然让我感到意外，细一想，世上无完人，有不同意见也属正常。我便说："两方面意见都要听，我们先不要带框子，听后得出我们自己的结论。"

进入熊岳镇，再奔熊印，这个有"东北印染基地"之称的厂子，地盘宽敞，四处明亮，颇有大厂的气势。

由此我不由得想到在这里工作了两年的傅永长。我已看到一些关于记述他事迹的材料：傅永长是在1989年10月23日到熊印走马上任的。这年厂子亏损692万元，成为

◎ 与营口市委书记郭军（右）、副书记朱殿武（左）

营口市亏损大户。为扭转局面，市里先派孙维富（采访时已是纺织局副局长）当党委书记，又决定由在改革中作出突出成绩的无线电机械厂厂长傅永长出任熊印的厂长。由市里转向小镇、妻子又有多种疾病、年龄也不适宜等，傅永长有众多理由拒绝来熊印，但他一个理由也没提，接受组织安排来到熊印。他与熊印中层干部见面，说："我快60岁了，我来这里，一不是要房子，二不是要票子，三不争位子，四不是为儿子。我是来报答党对我的信任的。"

　　1990年春节，傅永长又将中层干部请到会议室，桌子上摆着他用自己的钱买的榛子、核桃。他说："我请大家吃榛子、核桃，这些都是硬壳果子，我希望大家在工作中也敢于碰硬。"

他在工作中以身作则，把冗余的科室机构砍掉了6个，让57名干部挂职到一线跟班生产，实行了经济技术指标全方位承包，奖罚与完成指标情况直接挂钩。发动3800名职工在做一名合格的熊印职工的保证书上签名。在傅永长和孙维富的带领下，熊印沉寂的死水被激活了。大年初二，大雪封路，全厂职工出勤率达到96%，印染布匹超过1万米，完成了春节加班生产任务。经过全厂职工一年的开拓、拼搏，创造了1990年盈利11.7万元的业绩。看来熊印人并不熊！

傅永长严于律己，他本可以住在果树科研所的招待所里，吃住方便，可他为节约开支，和孙维富在外租了3间农村平房住，他自任火头军，每天由他做饭。厂长和书记每天来回步行半小时上班。

傅永长于1991年7月患了癌症，他的连襟特意从大连赶来看他，因上火病在熊岳。傅永长请工厂用小车把他送回大连，他坚持交了56元车费。他在沈阳住院时，老伴儿在医院照顾他，他不准工厂报销妻子的住宿费，开支全由他个人负担。就在他去世的前一天，听说临时护理他的工厂职工小王岳母患了重病，他给小王50元钱，催他去看岳母。以上这些只是零零碎碎获得的一些印象，我想再有什么争议，这些总不会被否定吧。

第一次反转

已经是上午 10 点，我们这一行人走进熊印办公楼，来到代理党委书记的办公室门前，肖萍先进去打探。个头儿不高、年近 50 岁、穿着一身蓝工作服的代理书记出来见我们。互相礼节性地见面后，代理书记就拿出钥匙，领我们进入摆着一圈沙发的会议室。他请大家落座后又出去了。看得出接待是纯属工作性质的，没有记者在采访中常见的那种接待者的热情。

趁这空当儿，肖萍说："刚才代理书记在办公室说：'你们来采访，很为难哪！'"

一会儿，代理书记带着宣传科科长来到会议室，宣传科长戴着一副深度的近视眼镜，由他代表党委配合我的工作。

正式商谈采访的事，王文举转述市委意见，要通过新闻媒体宣传傅厂长的事迹，请厂里配合。

代理书记说："报纸上宣传傅厂长，弄得职工很有意见，我真担心效果不好。去年《辽宁日报》发表了一篇《梦，要靠自己圆》的文章，一开头就说熊印糟透了，傅永长来了熊印才好。新华社内参还丑化我们3000多名职工，这些我都很有意见。刚才在外边一个人问我，是不是辽宁日报社那小子又来了？我去砸他！所以大家对新闻宣传都有反感。"

当时我对代理书记的不满是理解和同情的，因为记者笔下常出现对事物评估得不准确的情况，包括我自己，所以我当时诚恳地接受批评，表示会向我们的记者转达熊印党委的意见。

随后我说，我们已经听说厂里对傅厂长的评价不一致，这次采访我不带什么框子，各种不同意见我都要听。如果可以写，一定按照实事求是的原则，写出一个不仅能被社会接受，也能得到厂内职工认可的真实的傅厂长。为避免出现片面性的失误，我请党委协助召开两个座谈会，一个干部座谈会，一个工人座谈会，具体参加座谈会的人员由党委定。

代理书记表示同意之后，他先向我评说傅厂长。他说："宣传老头儿很难哪，主要是他来厂后没有一个月挣钱，他还往上报盈利，初步算了一下，1991年亏损1000万元，所以悼词都没法写。老头儿在熊印两年，把熊印早年存的家底都赔空了。"

代理书记这番介绍令我暗惊了一下。企业的盈亏是检验一个企业领导人成绩的重要依据，如果一个厂长领导工厂经营月月赔，他的先进又在哪儿了？老傅来熊印后扭亏为盈，并荣获 1990 年的辽宁省五一劳动奖章，这事实和荣誉究竟是真是假？

这时熊印宣传科科长作了坦率又大胆的补充，说："所以呀，市里发下来学习熊印厂长的材料，我们压着，不向下发！"

这明显是一种无组织无纪律的对抗上级的行为，这时我注意一下王文举科长的反应，他果然皱起眉头，一脸的不高兴。

但是这时我不好轻易评价双方，如果真理就在下级手中呢？

随后代理书记又提出关于傅厂长的廉洁问题。他认为老头儿不住职工宿舍去租民房住是不对的，"职工宿舍怎么不可以住呢？你是来工作的嘛！"

离开会议室走在去饭厅的路上，又听代理书记指着车间数叨，由于老头儿决策失误，给熊印今年开发新产品造成损失等等。

这样，我对傅永长原有的一点儿淡薄印象，像涌动的海水，一遍一遍地冲刷着海滩上的石头，已经变形了。甚至我想：郭军哪，你是不是来到营口的时间还比较短？你是不是对傅永长的了解有点儿片面性？你把我请来作刀笔，可能是一次误会吧？另外我又涌出一个想法：市纺织局对傅永长是最了解的，特别是副局长孙维富，他曾是老傅在熊印的搭档。如果老傅真的是这般令职工讨厌，没成绩虚报成绩，他怎么能赞成市委树这么个人做学习的典型呢？

此刻，我脑子里一堆问号。

下午，在会议室召开中层干部座谈会。10多个人，都是党委系统的政工干部。代理书记唯恐我感到疑惑，便说："生产行政方面的干部大多外出不在家，在家的人家不来。"

代理书记作了中性的开场白后，让我说几句话。我一再强调记者对各种意见都愿意听，傅厂长的文章大家来做，请在座的各位同志实事求是地讲傅厂长的事迹，别弄得社会有影响、厂内职工不同意。

或许为了大家谈话自由些，代理书记退出会场，会场上发言热烈。

一位部长首先发言，时间不长，但是旗帜鲜明，说了傅厂长的好话后，便说，现在对傅厂长不宜宣传，宣传了对熊印没有好处，主要是工厂经济效益不好，1991年亏损1000万元左右，1990年账面写的是不亏，实际亏了400万元。厂长有干劲儿，但动机和效果不一致，偏听偏信严重，听风就是雨，被批评的人都不服。他有救世主思想，想怎么说就怎么说，想怎么干就怎么干，领导班子他谁也没团结好，没有形成领导核心。他自身革命化有问题，咱们有职工宿舍，他去租了3间民宅，他还要在熊岳为自己盖房子。他对别人严对自己宽，比如厂里的桑塔纳轿车，净是他坐，他的亲属也坐。

以后的一些发言，大致与第一位发言者相似，有的补充一些优点，有的补充一些问题。

发言中语言和情绪最为激烈的，要数年过半百的教育科科长，他说："现在报道傅永长不是时候，把他抬得越高，他就陷得越深。他的最大错误是不该弄虚作假，他实际给熊印亏损了3000多万元，可他在市里领导眼里还挺好。1989年亏了692万元，1990年说是盈利11万元，实际是亏损800万元，1991年亏了1000万元，为什么说是3000万元呢？百人销售队伍有1000万元收不回来，加一块儿不就是这个数吗？所以说他是掠夺式经营，这不是一般性错误，而是政治上的大事情，说他是政治骗子、政治流氓，虽然有点儿过分，但也不无道理！"

政治流氓、政治骗子？这有点儿人身攻击的意味了吧。但我还要耐心地听下去。

这时有人插话说，傅厂长的人格和道德都不行，他来熊印两年不是搞经济活动，而是搞了两年"文化大革命"，发动工人斗干部；他对知识分子是一股杀气，他让高级工程师去管人事、销售和武装保卫。

我觉得这事蹊跷，便问："哪位高级工程师这么安排的？"

一位参加会议者平和地解释："这位高级工程师是副厂长，他们是这么分工的。"

作为副厂长，这么分工不足为怪。

尽管教育科科长的发言有点儿耸人听闻，我还是愿意听他讲。我向他说："你话没说完呢。"教育科科长继续讲下去："傅厂长这个人呢，经济和廉政都不好，这两年工厂的效益没了，他自己十万八万地弄到手。他有病在沈阳住院，哪个干部要不去看他，给他送钱，他就指着干部名单骂。一天有两辆汽车挤着人往沈阳奔，这可不是个小问题。"

一位与会者不赞同地插话说："送钱是自愿，一点儿心意，这不能是个问题。"

又一位与会者低声嘀咕："钱都给退回来了吧。"

教育科科长接着愤愤地说："傅老头儿不具备厂长水平，一般干部水平都不够。市里要报道哇，是不是有政治需要？如果是这样就算了，否则将这些情况向郭书记汇报。"

这一浪高过一浪的冲刷，不禁令我生疑。我向在座的人发问："如果我召开工人座谈会，他们能不能同你们对傅厂长的评价不一样？"

第一个发言的那位部长斩钉截铁地说："不能。"

座谈会上的总体气氛是我始料不及的。两个多小时的座谈，不时地有人走出会议室，把室内的发言信息传到室外。肖萍早就坐不住了，她到办公室，给营口市纺织局领导打电话，不安地报告她在会上的所见所闻。

　　临近下班时间，座谈会结束，人们散去，会议室里就剩下我和王文举、肖萍。我们都处在困惑中。这时，王文举提供了一个情况，他说刚才挨着他坐着的一名干部，发言后立即向他低声说："我要不这么说，我的职务就会给撸掉，晚上我到你们住处去，我说说真实的情况。"

　　好复杂呀！我已经预感到这个政工干部座谈会有奥秘。究竟水有多深，我要冷静地往前探着走。

　　这时，代理书记走进会议室，他要再说一说。他对傅永长作了一个全面评述，说他来熊印这么大岁数了，精神状态、事业心都挺难得的。他还有病，老伴儿身体也不大好。他也关心过工人，但是呢，大家有意见，一个是他招了160名临时工，大部分职工子女没进来，他惹怒了多数咟。工资已经发不出来，他去年10月给工人发了布，工人卖不出去，大伙骂。丢布的问题解决得表面化，现在仍然丢布。廉政上也不让人佩服。后期老头儿不像话了，他先不满意我，我心直口快，说不盈利他就不高兴。老头儿有时办事也挺生古，平时厂里小车坐着，有时候回营口呢，却去挤公共汽车。其他干部要用小车，办公室说厂长不用小车，你们也别坐，为这个事我发过火。所以呀，宣传老头儿很难，我做了大量的解释工作，群众还是不满意呀。宣传可以宣传，只宣传他的精神吧，别宣传什么生产走出低谷，不要对比熊印过去，说怎么不好哇，职工都反映，你老头儿没来我们过得不错呀，大家有钱挣啊！

听罢代理书记的表述，我说我不急于写作，告诉他我要找几位职工谈话，要把是非弄清楚。

他思考一下，表示赞同，然后离去。

走出办公楼已经是黄昏时分，天色有点儿阴沉，往哪儿看都不亮堂。我身上感到一丝丝冷意，或许是我的心绪尚未从一场反差很大的采访中走出来吧，眼前、心里都朦朦胧胧的。

反转的反转

当晚，在我住宿的招待所里，应约来了几位谈话者。

一位在座谈会上发言的干部是自己找来的，还有两位厂办公室的干部，傅永长在世时，他们经常同老厂长接触，其中干部甲在傅厂长生病后代表工厂照顾他。他们知道今天有记者来采访老厂长的事情，想以知情者的身份介绍老厂长的事迹，但是没得到同意。早晨厂里让他们去营口给厂长的家属送遗物，不安排他们同记者见面。座谈会上的一些发言内容他们已经知道，很气愤，并提到其中有的干部是曾被傅厂长公开批评和几次挂牌警告过的，他们是在泄私愤。

记者向干部甲提出几个问题，请求回答。

问：厂长在沈阳住院，指着名单要求职工看他，都得送钱，是怎么回事？

答：哪有这事，都是职工自愿去看老厂长的，人也快死了，去的人有的留下点儿钱表达一下感情，一共收了 2000 多元。傅厂长告诉送 10 元的留 1 元，表示留下职工的心意，90% 的钱都退给职工了。他还写了一封感谢大家的退款信，留下的 200 多元都作为招待职工的费用了。

问：有人反映厂长两年捞到十万八万的，怎么回事？

答：这纯是胡说！他在外租房住，发觉有人悄悄给他送礼，他都不让进屋。1990 年他获得奖金 900 多元，他一个子儿也不拿。

问：厂长的亲属坐轿车是怎么回事？

答：有两次傅厂长亲属坐厂里小车，他知道后都交了款。有段时间用小车到营口接送他上下班，那是因为被他处理过的一名工人杀了人，还潜藏在熊岳，为保护傅厂长，厂里决定他不住熊岳。不多日子傅厂长就不回营口了。

问：厂长自己盖房是怎么回事？

答：有这事，由他子女筹钱盖房，他肯在熊岳安家，这正说明厂长把熊印当作终身的事业，这是好事嘛。后来他听到厂里有人议论就不盖了。

问：傅厂长来后，月月亏损怎么回事？

答：1990 年不亏损，傅厂长开辟了北京、天津、广州的外贸渠道，广开了财路。1991 年 5 月后确实亏损，是因为国家拿出 200 多个亿给商业削价布匹，我们早买的高价布匹当然赔了，这不能算傅厂长的责任是吧？这是国家降价的政策，我们没办法。

问答之后，干部乙补充了两件傅厂长和老伴儿的事。1991 年的 7 月，老两口风雨天从熊岳回营口的家，看见雨水涌进屋里，老头儿背着老太太进屋，一起往外淘水，真是为了大家忘了小家。

今年 1 月 1 日晚，老头儿去世，要穿走的是旧背心、旧大衣。干部乙看不过去，去买了寿衣，花了 390 元，本打算由公家报销，可他老伴儿坚决不让，郑重而自豪地说，老傅一生公私分明，这钱一定由我们自己付。

评说出现了大反转，开始由阴转晴。但是难以断定在明天召开的第二次座谈会，将是一场风雨还是一片艳阳。

谈话者离去后，留给我的是对明天的遐想，明天是工人座谈会。傅永长说过一句话："企业法的实质是确认工人阶级在企业中的主人翁地位。"

我几乎是天然地相信熊印的工人，常年劳碌在生产第一线，他们的心胸容纳的不是地位、利禄，心想的不是钻营，无意去搞那种不谋事专谋人，一事不满报复三秋的丑把戏。熊印这个月已经到了第一次开不出工资的地步，工人们不会不关心熊印和自己的命运吧？所以决定原计划不变，仍由党委安排人员参加明天的工人座谈会。

上午 8 点，我来到熊印办公楼，王文举从熊印干部中获得两个信息：一是一位昨天参加座谈会的干部表示昨天的发言是违心的，要单独同记者谈话；二是昨天在记者到来之前，代理书记分别在工厂车间党政一把手和政工干部两个会议上谈到记者采访的事，说的是同一个内容的话：市委郭书记，请辽宁日报社高级记者李宏林来采访，像宣传焦裕禄那样宣传傅永长（无人讲过此话）。我看太过分了！今年亏损达四位数字我已经汇报了，桑塔纳轿车已经让他坐坏了，说他廉政，他可在外边租房子住哇。厂党委姚副书记听了这番动员，认为这种说法不妥，但没起作用，座谈会的调子，由代理书记就这么定好了。

工人座谈会开始，会议室里一共来了 13 人。

先是一名身高体壮的大汉，大声地说了一些不利于傅永长的话，我发现一些人用鄙视的目光盯向他。他说完，我请一位近 30 岁的工人发言。他表情木然，显然是推脱，说："咱们是工人，不了解情况。"

事态真是令人忧心，会场会再出现昨天那种气氛吗？

我永远忘不了一位大个子老工人，以他的无畏、坦诚打破了尴尬的局面。他说："这两年全国经济形势艰难，老头儿到这儿领着大伙儿干，精神实在可嘉。厂长离开老伴儿和营口的家，同我们工人结合在一起，若现在的领导都像他这样，厂子就好了。"

一位工人说，傅厂长来厂两年，给职工办了 3 件福利事：一是在门前修了 300 米的路，过去我们上夜班，有的女工常跌跟头摔坏脚；二是给工人家安了闭路电视，收看节目多了；三是解决了 160 名待业青年的就业问题，孩子大了，一天闲悠荡，爹妈不放心，老头儿这事办得好！

此刻犹如开闸后的水流，不等这个说完那个就跟上来说老厂长，好评如潮，那情感的真挚，那怀念的深切，大大超出我的所料。

他们还说，傅厂长没来之前，上夜班的工人从来没在车间里见过领导，而傅厂长和孙书记轮着上夜班。老厂长病后走路没力气，中午拿个馒头就在车间里啃。住院后本该就高下驴不要干了，可他放不下厂子，稍好一点儿就又回厂工作。为了把给美国印染的布匹做好，他一开会就到半夜，第二天捂着肚子到车间来。他发现了问题想开会，可是上不去楼哇，就临时在楼下开会，工人们感动得一个班干两个班的活，合格率从70%上升到80%，远远超过外边一些大厂的印染水平，傅厂长是累死的！熊印若没有老厂长，早就趴下了。

他们还说傅厂长关心工人，厂庆那天，傅厂长给厂庆日当天过生日的工人送蛋糕；傅厂长给坚持30年在一线生产的工人戴花、授奖；傅厂长给一年出满勤的每一位农村户口的工人赠送一只暖壶，工人说每天喝下暖壶的热水，就是下刀子也不误班；傅厂长过年不回家，和老伴儿一块儿在食堂给工人包饺子；傅厂长没来前，干部奖金比工人多一倍，他来后降了干部奖金，厂子亏损时，他和干部一律不拿奖金，而保证工人发奖金；傅厂长对干部要求严，让他们下基层劳动，有的干部说是劳改。工人说，临时干点儿活是劳改，工人不成了整年的劳改犯了吗？老厂长去世后，有的干部对他有议论，下边同志认为老头儿很好。退休的老工人听说老厂长死了，难过地说，这下子厂子不完了吗？

他们说，老头儿抓人的因素，在转运班第一次建立党支部，使生产上升，出口额扩大。厂子每月生产布匹400万米，盈亏就持平，1990年每月超出400万米，最高近500万米，最低也360万米。现在厂里对老厂长领导生产经营评价不一，我们工人认为他好！

3个小时的座谈是在热气腾腾的气氛中进行的。我被熊印工人师傅们博大的胸怀、深沉的感情，几次感动得热泪盈眶。几位老工人呼吁记者转告，熊印职工盼望郭书记来厂检查工作，希望市里派大公无私的干部来扭转熊印的困难局面。

工人们散去后，我与代理书记和宣传科科长会面，问宣传科科长：工人对傅厂长是一片赞扬声，与昨天会上的发言形成很大反差，你宣传科科长心里有数没有？

宣传科科长说，来的都是傅厂长的联络员，平日和他关系好。他还说，傅厂长会收买工人，不就是包包饺子、送送挂历这点儿事吗？反正在他眼中的傅永长，总离不开龌龊的形象。

1990年，熊印究竟是亏损还是盈利？我请代理书记解释。

代理书记说，这是连小孩子都算得清的账。每月必须生产 400 万米成品才不亏损，但熊印的产量是在二三百万米之间。

我说，工人们说，1990 年最低月产量是 360 万米。

宣传科科长先否定，又说是 200 多万米。

我说，查 1990 年生产账目。

王文举立即将财务科唐科长请来，他捧着账本提供了如下数字：

1989 年亏损 692 万元，1990 年盈利 11.7 万元。1990年最好产量 454 万米、最低产量 340 万米，月平均超出 400万米。账上记得清清楚楚、一目了然，与代理书记和宣传科科长提供的数字相差甚远！

我再次盯问唐科长："你保证你记的账目是真实的？"

唐科长毫不含糊地回答说："保证真实！"

此刻我真是既明白又糊涂，既清醒又迷茫。代理书记说的月月赔，宣传科科长说的 200 多万米，教育科科长说的亏损 3000 多万元，都是从哪本《天方夜谭》里抄下来的？你们怎么敢于这样有勇气说假话？是什么迷了你们的心窍？为什么你们凭借权力就可以罔顾事实？

8 日，记者回到营口，要采访一位重要人物，就是原熊印党委书记、现任纺织局副局长的孙维富。我们见面后，他明确表态，支持市委宣传傅永长的决定。他认为像傅永长这种忍着病痛，半夜跪在床上还在工作的好干部，应当旗帜鲜明地宣传。他说："我是坚决支持老傅评为省劳模的。"他虽然离开熊印了，但厂里的大事都知道。他说干部会上有些攻击老傅的发言，大多是被老傅处理过的人。工人们的发言才代表了广大职工的意见。他说1990年的账目是实的。有人指责我们在外租房住，其实一年租金才600元，我们住在人来人往的职工宿舍里，还休息不，还工作不？他说，后几个月生产困难加上病痛，老傅心情烦躁，批评人不讲场合，有些人听不进去，大家应谅解。他严格要求干部有时过苛，比如坐小车，他认真到限制一些厂级干部，影响一些关系。我看除此之外没有什么可挑剔的。干部座谈会发生的情况与班子的人的支持有关，这是权力之争，发展到今天也可以说是在预料之中。现在班子急需调整，有的要免职，有的要调出，否则派谁都干不好。

还是老领导、老搭档、老棋手一语中的，熟知棋谱，知道下步棋该往哪儿走。

回到市里，当然要见市委书记郭军，说说我这次戏剧性的采访，看他怎么说。

晚饭后。郭军来宾馆看我。我向他讲了这次戏剧性采访的大致情况。郭军听后十分惊愕，连连说："这里有问题，一定要解决。我明天上午就安排。"

9日上午，市委秘书长许卫国来到宾馆通知我，晚上9点在市委常委会议室召开市委工作会议，专门讨论熊印问题。为什么安排到晚上9点这么晚的时间呢？因为已定市领导要检查营口市准备的春节晚会节目，为了开会，郭军让把 3 个小时的节目缩短 1 个小时，在 9 点之前结束，市委召开重要会议。

晚上 9 点整，我来到灯火通明的市委常委会议室，就是在这间长方形的会议室里，半年来灯火经常亮到凌晨，令人瞩目的营口经济大合唱已经唱起，辽河涌动着的热潮已经掀动，晚上召开的会议是不是也是大合唱中的一个强音符？

会议由郭军主持。参加会议的有市委副书记、市委常委、纪委书记、副市长、市委秘书长、市委组织部、市纺织局的领导以及孙维富、王文举和肖萍。把我安排在中心位置，眼界开阔，两边人们有什么表情我都可以收入眼里。

郭军首先让我介绍两次座谈会及相关情况。这个时候有一个考虑，我的发言很可能影响代理书记和某些干部的仕途，别因为我的一句评定而撸掉人家的官职，所以我对会议发言和代理书记的谈话等等，都比较客观又平和地作了介绍，对一些激烈的言辞和仇视的情绪我有意淡化。但这已经引起与会同志的极大关注，我注意到大家都不禁在眼中流露出不安和惊讶的神色。

可是两位宣传科科长王文举和肖萍就不客气了。可能以前他们在收集傅永长事迹的时候受挫积下不满，这回他们把会议上的及代理书记的各种偏激、攻击的言辞都抖搂出来，与会领导当然地愤慨起来。

郭军不无感慨地说："这次戏剧性采访，是我们高级记者李宏林同志几十年来第一次遇到，对于我们来说也很震惊。市里要树立的先进典型，才十几天嘛，就受到这般攻击，对逝者都不放过，一点儿起码的道德都不讲。对市委的安排这般抵抗，可见在改革中的两种思想斗争是多么激烈，两种世界观的斗争活生生地发生在我们眼前。这位代理书记在那儿，我看10个傅厂长也不行啊。干部在会上都不敢说真话，不民主到了何种程度，这是共产党人的思想作风吗？不整治怎么可以！"

会议室里一片寂静，在瞬间的停顿中，人们随着市委书记的发问陷入严肃的思索中。郭军继续说："而工人则敢说真话，他们公正地评价傅永长的业绩，他们对一些干部不满，为熊印的命运向我们发出呼吁。群众是真正的英雄，我们怎么办？你们各自拿出意见，班子肯定要换，要派一个调查组去，大家明天研究一下，后天开市委常委会，定出熊印班子的人选，速战速决，春节以前必须彻底解决。然后调动职工的积极性，攻下难关，把生产搞上去。"

随后，与会领导同志都发了言，一致主张，市委旗帜鲜明地树立傅永长这个典型，对忠于党的路线、勇于改革的干部一定要支持、要保护，否则干工作的干部不得好报，谁还去工作。从中所反映出来的两种思想、两种态度的斗争，在营口很有普遍性，要抓住这个典型。

会议在不停顿的发言中进行，纺织局的党政领导表态，坚决按照市委领导同志的意见安排下一步工作。在不知不觉中时针已经指向 12 点。

两天后，王文举等人继续深入到熊印，在熊印干部和工人并不了解市委工作会议的情况下，召开了两个座谈会，对傅厂长都是赞扬声。在车间里搞了一次有 104 人参加的民意测验，列出政绩、廉政等 4 个项目，有 96 人完全正面评价老厂长。死者的功过已经盖棺定论了，傅永长不愧是党的好干部，不愧是四化建设中的劳动模范，不愧是中国改革大潮中涌现出的优秀厂长，在改革的历史上将永远留下芳名。

1 月 18 日上午，以郭军为组长的工作组来到熊印，宣布了熊印新的领导班子成员，原代理书记调离工作岗位。

熊印职工对市委的决定非常满意，认为班子换得好，熊印前途必定是光明的。

这时我和郭军探讨我这篇文章该怎么写。我提出两个想法：一是发表的文章只写傅永长的个人事迹，不涉及我遇到的各种人的戏剧性评说，这样写太平。二是把我整个采访经历如实地和盘托出，这样深刻。请你拿个主意，我按照你们市委的意图下笔。

郭军思考了一下，然后说，实事求是，和盘托出。这样有很深刻的思想教育性，不仅对营口有启示意义，对全省的改革开放都敲了警钟。你就这样写吧。

好，这正是我心里所想到的写作思路。我回到沈阳，整理了采访记录和大家的发言之后，写了一篇《活人对一位死者的评说》的大特写，1万字，发表在2月19日的《辽宁日报》上。

我在记者附言中写道：

中国的改革，从70年代末的猴年进行到90年代初的猴年，取得了举世瞩目的辉煌成果，而世人又无不感慨改革的艰难，最难的莫过于人们沉积了千百年的陈旧意识的改变。封建的官本思想，小农的保守心态，世俗的个人利益，行帮的鬼鬼窃窃，都有幽灵在当代中国的大地上游荡。这个势力犹如横在大海里的一座座明岩暗礁，阻挡着改革大船一帆风顺的航行。《辽宁日报》不惜篇幅载此长文，绝不是缘于记者对代理书记的或好或恶，而是痛切地感到，在改革开放的日子里，忠于党的路线，勇于向旧体制、旧观念开战，为四化建设作出贡献的人得不到与他们的奉献相等的评价，甚至恰恰得出的是负数。此类事实，这样的思想，只存在于熊印吗？只存在于营口吗？如今人们欣喜地看到，营口市委这样敏锐、果决地处理了这种往往是说不清、道不白，好人徒受冤枉的问题。如果记者向营口市委汇报戏剧性的采访情况，而市委领导同志说句研究研究的托词就此拖下去；如果市委某领导有意解决熊印问题，而涌上一些说客……那么熊印还是那个缺少民主、生产衰落的熊印；一位为熊印的发展献出最后生命的好干部和他率领3800名职工开拓的事业，将在熊印的史册上留下不公正的一页！不要假设了，大家左顾右盼一下，这些假设还不就是我们现实生活中常见的事实吗！所以记者赞赏营口市委的魄力，呼唤他们所展示的精神，渴望勇于改革的同志们受到尊重和爱护，祝他们一路平安！所以记者的目光不是盯在代理书记个人的身上，扫视的是关系中国命运的改革大途径。

杜甫在《登高》诗中曰：

无边落木萧萧下，

不尽长江滚滚来。

在辽河入海口，形成春潮澎湃之时，熊印必定是其中令人刮目相看的一排浪花，因为熊印不仅有色彩绚丽的花布，还有敢向涛头立，手把红旗旗不湿的3800名弄潮儿！

《活人对一位死者的评说》发表后，第一位给我打来电话的是原省体委主任、时任辽宁省社会科学院院长的阎福君。他称赞这篇特写击中现实问题的要害。他说为了权势，不干的整干的十分普遍，干部们都应该看看这篇文章，向营口市的领导同志学习。

有两家电视台让我给他们写电视剧本，他们拍成纪实性的电视剧。由于事实太清楚，正反两面都是有名有姓的真人，不宜再提及，以后大家还要过日子呢，所以我均拒绝了。

营口市下辖芦屯镇的段氏四兄弟，有私人武装，把一个好端端的营口闹得像旧社会似的，有很多公检法司人员搅和进去当保护伞。我在听一位办案人员讲述段氏四兄弟的罪恶时，气得掷下笔听不下去，真是令人震惊！在共产党领导下的社会主义国家，竟会发生这种明火执仗、欺男霸女、残害人民群众的事，而且长达数年之久，歹徒不但受不到打击，还得到保护。我要拎出这个活生生的事实给人们看，不打击各种刑事犯罪不得了，不仅人民群众受苦受难，改革开放成果也可能被葬送。

探索成长之路，解读智慧人生，
本章内容，扫码收听。

第十三章

《人鬼之战》的台前幕后

罪恶累累四兄弟

我临离开营口的时候，郭军向我说："伙计，营口破获了一个重大流氓犯罪集团，其罪恶之严重，公检法败类卷进去之多，为新中国成立以来所罕见。案件一清，还得请你来写。"

"伙计，"我也这样称呼他，"随叫随到。"这次没得深谈，但我记住了"公检法卷进去之多"这句令人震惊的话了。

1992年5月初的一天，省公安厅常务副厅长祝春林（后调公安部任政治部主任）来找我。祝春林可是老朋友了，他非常重视宣传工作，在他担任团省委书记的时候就多次找我配合他做宣传，先后推出几个全省优秀的青年楷模。他到公安厅后我又配合他推出几个公安系统的干警典型。

祝春林说，正在办一个重大的流氓集团犯罪案。营口市下辖芦屯镇的段氏四兄弟，有私人武装，把一个好端端的营口闹得像旧社会似的，有很多公检法司人员搅和进去当保护伞，公安厅和营口市委决心要打掉这伙罪犯，请你提前介入这个案子。

我说，让我去写，我不能只写段氏兄弟怎么作恶，公安干警怎么英勇，必须要写到后面的保护伞，否则没有多大意思。

祝春林说，可以写。写后给我们看看。

我说，当然。

这事就这么谈成了。

5月11日，公安厅来车把我接到祝春林的办公室。一进屋，不但见到了祝春林，还见到了郭军。郭军拉着我的手摇摇说："伙计，我接你来了。"

祝春林当场给营口市公安局打电话，交代了接待和配合我工作的指示，特别强调，这是结案之前的秘密采访，其他新闻单位一律不接待。然后祝春林向郭军开个玩笑："我把李老师交给你了，累个好歹的，拿你是问。"

郭军说："我还办个移交手续不？"

三人在大笑中完成了安排我去营口采访的任务。

在去营口的路上，郭军十分感慨地向我介绍了围绕段氏兄弟大案暴露出的严重腐败问题。我试探着问："你说这些情况揭不揭？"

郭军说："揭，坚决揭。党的威信让这帮败类给作践完了，非把他们整顿出去不可。不要怕整出去的多，不下决心整，不行啊！"

我内心里称赞郭军这伙计，真是个共产党人哪！他的表态坚定了我要挑开段氏兄弟大案内幕的决心。

到了营口市，我在市公安局落脚，与指挥营口政法大军同段氏流氓犯罪集团作战的市委副书记朱殿武会面，公安局局长鲁鸿明概括地介绍了段氏流氓犯罪集团的罪行。我独家采访的工作便由此开始了。

我到营口的第二天，就深入到专案组大本营之一的鲅鱼圈去采访。临时住在一所楼里的公检法司等部门的几十位同志集中在这里专办段氏流氓犯罪集团的案子。还有一个分组在盖县，专查公检法司内部人员的犯罪问题。一直陪同我采访的是专案组负责人、市公安局副局长刘德权，他累得病倒了，是从医院病床上爬起来陪同我工作的。

头三天，是听专案组汇报案情，每天听七八个小时，录音带录下10多盘。不停地笔录累得我后背、脖子一齐疼，晚上躺在床上睡不好觉。虽然如此，每天的笔录我一点儿不敢马虎，因为将来写出的文章涉及人命关天的大事，一句话、一个字都可能会引起争议甚至打官司。这种事我有过教训，所以要字字谨慎，文章发表以后不能授人以柄。

我在听一位办案人员讲述段氏四兄弟的罪恶时，气得掷下笔听不下去，真是令人震惊！在共产党领导下的社会主义国家，竟会发生这种明火执仗、欺男霸女、残害人民群众的事，而且长达数年之久，歹徒不但没有受到打击，

读书，学习，思考，是我多年养成的习惯。每当一部文学作品创作之前，我都要翻阅大量的书籍，从中寻找创作思路。书籍给了我创作的灵感，提高了我思想的高度，真是取之不尽的宝库！

◎ 吃书

◎ 听案情

反而还得到保护。这时我不由得想到小平同志提出的"两
手抓,两手都要硬"的指示,我决心要拎出这个活生生的
事实给人们看,不打击各种刑事犯罪不得了,不仅人民群
众受苦受难,改革开放成果也可能被葬送。

我们来看看,段氏集团一伙人都是什么货色。

段氏犯罪集团的罪魁祸首,是 37 岁的老大段洪宝。乡
民们反映,他父亲活着的时候,他就游手好闲,家教极差,
10 来岁时,就在镇子上行窃。他粗鲁没文化,进入青春期后,
就像一头野驴一样侵犯女性。1983 年,他因为强奸 3 名女
青年,曾被盖县人民法院判处死刑。段老大不服,上诉。
省高级人民法院对其中的两起案件要求复查,盖县具体办
案人员姜某等人,不但趁机将两起强奸案否定了,还把省

法院认定的一起强奸罪也给推翻了，这个差一点儿挨枪子儿的罪犯，只剩个赌博罪，被判有期徒刑一年零六个月。这一次放虎归山，使段洪宝看透了，什么法不法，有钱能使鬼推磨。所以重新回到农村的段老大，不仅威风不减，反而增添了无恶不作的气焰。老百姓慑于他和他3个兄弟的淫威，甘认受欺负，讨个平安过日子。

1989年冬天，段洪宝又因新的犯罪被捕。盖县法院判处其有期徒刑三年零六个月，他不服，又上诉，经营口市中级人民法院二审，只给定个流氓罪，减去两年，羁押与刑期相抵，段洪宝当日被释放。芦屯镇3万民众刚刚露晴的脸庞又罩上阴影，人们仍然被一个无形的锁链压迫着。

1991年4月里的一天，段老三乔迁之喜，那房子盖得像一个富豪大庄园，要求大家来上礼。段老大也摆个礼桌，让大家给他出狱上接风钱。晚上一结账，段老三收礼4万元，段老大收接风钱1万元。可气可悲又可笑的是，伏案记账的是芦屯镇武装部部长，收钱的是芦屯镇某部门的一名负责干部。小小的芦屯镇，人事鬼事一向不清不白。这回段老大回来，又在预示，第二次归山的老虎还是要吃人的！

盖县人民检察院一直对县、市法院对段氏兄弟有罪不判或轻判而不满，所以上交段氏犯罪集团犯罪材料，提请市人民检察院对市中级人民法院的判决进行抗诉。

因为段氏兄弟作恶10年，臭名昭著，这几年又用巨额金钱为自己编织了一个坚固的保护网，由此，这起官司格外引起营口市上上下下百万双眼睛的注视！

　　我乘空隙时间去盖县的一个小镇，看望在段洪宝案中一项重大罪行的当事人高二姐。高家有三姐妹，父亲是位老工人。大姐与段老大相亲，当天就被强奸，以后被打得逃出段家。

　　段老大到三妹家去找大姐，结果他将刚结婚不久的三妹抢走，说是你姐姐跑了拿你顶。这样三妹被私拘在他家里，不断地对三妹施行性侵害。三妹稍有不服，就用铁棍、木棒暴打，冬天用痰盂里的冷水浇头，还用尖刀在三妹的肚子上扎个窟窿。后来三妹终于逃出，有家不敢回，在营口的各个镇上流浪。

　　我见到了二姐，是个很开朗的青年女子，见面时，谈起段老大的罪行，她恨得咬牙切齿，像放连珠炮似的说个

◎ 深入监狱了解案情

不停。她说，大姐、三妹都让段老大逼跑了，就把她抓到段老大家里。段老大让她脱裤子，她坚决不脱。段老大拧她孩子的脑袋，她也不屈从。然后段老大和他的打手一齐对她进行侮辱和拷打，二姐宁死不屈。二姐的父亲去派出所报案，才把她救出来，但是段老大要二姐父亲交出两万元的损失费，否则没完。段洪宝多次带打手来高家要钱。

高父气愤地说："你祸害了我3个闺女，破坏了几个家庭，你又向我讹钱，你不怕国家法律制裁你？"

段洪宝说："什么叫法？谁有能耐谁就是法，我就是法，你去告嘛！"

真是，这位不幸的老父亲，从1988年10月起，已经告了两年半了，他哪里想到，自己3个女儿的悲惨遭遇，竟被营口市法院以构不成强奸罪予以否定；县法院认定为流氓罪，市法院认为情节轻微把段老大放了。什么叫法？别说，段老大从自己数次脱身中悟出了一点儿道理。

我决定当面询问段氏兄弟。这时已经有26名段氏犯罪集团成员分别被关押在营口市和盖县看守所。我走进营口市看守所，坐在一间封闭严密的审讯室里。先领进见我的是段老大。这家伙真是身材高大，肥头大耳，彪悍如牛。他可能是进大墙的常客了，一点儿不紧张，目光显得挺悠闲，若无其事地坐在我对面的椅子上。

我问他对自己的罪行有过什么思考。

他一副与己无关的样子，说："我没有罪呀！"

我说："你已经侵害过 20 多名妇女，刚出监狱你又作恶，你还不认罪？"

他满不在乎的样子，说："都是搞对象的事。"

这时已经掌握他出狱后又再犯罪的新证据：段洪宝于 1991 年 4 月出狱，他在 5 月就盯上小某，他说带小某去外地玩，小某不去，她知道段老大凶残，便躲了起来，但仍被段老大和打手们抓住，用皮带抽，用通红的烟头往身上烫，至今小某身上、头上还留着被烫伤的疤痕。小某被迫跟段老大来到广州。段老大稍不满意，就对小某拳打脚踢，并对小某施以惨无人道的摧残！

段老二段洪财也是身材高大，他的罪行比较单一。当时芦屯镇的塑料布成为畅销商品，生产塑料布的民营小厂一家挨一家，段老二凭借几个兄弟的邪恶势力，欺行霸市，稍有敢竞争者他就让哥儿们出头，踏平人家。段老二是严重破坏当地市场经济发展的罪魁祸首。

段老二坐在我的面前，大多时间低着头，可能他比另几个兄弟稍懂一点儿世事，知道事情要不好，所以他不辩驳，也不举报，就这么一言不发。

段老三段洪喜，个头儿稍矮点儿，但也是肥粗老壮。这小子在哥儿四个里最坏。他一进审讯室的门眼珠子就乱转。段老三建立了一支有猎枪、有军装、有钢盔，并天天练习射击的地下武装，经常与另一黑恶势力斗殴，已经形成黑社会的雏形。

他迫害乡民的狠毒手段是设赌局，他抽红，逼着乡民参赌，不参与就打。赌时没钱以筷子当赌资，一根筷子1000元。乡民赌完都欠他的钱，逼得郑某等人卖了房子还他的赌债，而他用逼来的钱盖起自己的豪宅大院。

段老三坐下后就一个劲儿地打量我，想看出秘密。他作恶很凶，但哥儿几个此时属他的胆子最小、求生欲望极强。我说你要认罪。他急忙点头，临走时还向我行个礼。

段老四段洪友，可能是还年轻，对他参与犯罪的严重性认识不足，所以面对我的审问他不慌张、不恐惧，不时地看腕上的手表，像在看一个玩具。问他什么他答什么。

他的罪行在于从前他参与活动时打伤了一个人，这个人没过几天就死了。这笔账由于当时有人保护给遮盖了过去，他没想到这笔账今天要算了。

最顽固的是段氏家族的家长陶桂云。见我时她蓬头垢面，就是一个泼妇。她不但不阻止儿子们犯罪，还是个犯罪的参与者。她放高利贷，一时还不上钱的，她就让打手动粗，上人家里要。有一位乡民借她900元，一时还不上，没几天利滚利，就达到6720元。她指挥打手砸了人家，打了很多人。

陶桂云这个女人欺压百姓，助长儿子为非作歹。她粗俗、愚昧、残忍、狡滑。真是让人感叹，人类社会怎么会造就出这样的女魔头。

经专案组一笔笔地算账、归纳，段氏一家几年来通过放高利贷、强拿硬要、赌博抽红等，竟搜刮芦屯镇民众200

多万元。这可是20世纪80年代末90年代初的200多万元!

之后我又到盖县,去了解另一组专办内部腐败案的情况。

专案负责人向我介绍说,已经查明,这几年段氏兄弟犯罪集团为什么屡屡抓了又放,甚至把死刑改为一年半徒刑,都是公检法司少数败类分子在保护他们。竟有20多名办案人员拿了段家的钱为犯罪集团办事。我问有没有不收钱的,回答说:"一个没有!"

这真令人思索呀!难怪郭军书记听了关于案子的汇报后,气愤地问:"我们的党政机关哪里去了?政法部门哪里去了?党员干部哪里去了?正义哪里去了?"

哪里去了?只一个字:钱!

我又在营口待了几天,觉得可以写成一篇文章后,我就到郭军办公室与他暂时告别。

我向郭军说:"对内部犯罪分子不能手软,光调离岗位不行,应施以法律制裁。我正在思考一个新动向:这种少数败类分子,执法枉法,与社会犯罪分子相勾结,是当今社会犯罪的一个新特点,这是出现黑社会的温床。"

郭军说:"这个概括准确,我们就两个方面一起打。"他还叮嘱我:"你要快写,快发表,排除可能来自各方面的干扰。"

我说:"好!"

我俩握手告别。

一石激起千层浪

　　我回到沈阳，经过一番思考，于 6 月上旬开始伏案写作。由于每个字每句话都可能与案情的真假、轻重以及宣传政策有关，所以下笔的时候极为慎重，有时将录音与笔记反复核对。特别是关于内部违纪违法问题，没有四脚落地的案情，我概不披露。所以每天写作仅在 1000 字到 2000 字之内，和以往每天六七千字的速度相差太远。我用半个月时间写完《人鬼之战》的初稿，先让身边的同志看一看，大家都认为好，认定它必定会产生轰动效应。但又因为涉及公检法司的内部腐败分子的犯罪，并把这种情况视为当前社会集团犯罪的一个新特点，怕太尖锐又超前而发表不出去。有的朋友说，谁同意发表，谁就是真正的共产党人。

　　我把打印稿同时发向省公安厅和营口市委送审。公安厅收到稿件后，立即开党组会议进行讨论，党组讨论的结论，用简练的文字写在文稿上："文章写得好，揭露深刻，耐人寻味，发人深思。"同时郭大维厅长详细地写下四点修改意见，修改后发表。祝春林同志表示将组织全省公安干警学习这篇文章，推动正在进行的公安队伍整顿工作。

不久，从营口市委也反馈回信息，朱殿武副书记当面向我说，有的同志反映文章写得太尖锐。没关系，我们同意发表。尖锐些对推动工作有好处。

读者纳闷儿，我是怎样把这样一个针砭时弊又十分尖锐的文章捅出来的？读到这里就清楚了，是两方面的党委坚定地做我后盾，安排和支持我用笔向社会犯罪集团和队伍内部的败类冲杀。两方面领导在这一场斗争中表现出的气概，真正体现了共产党为人民服务的党性原则，他们由此得到广大人民群众的拥护，理所当然。

辽宁日报社时任总编辑武春河看完《人鬼之战》初稿，感慨万千，他同意不惜篇幅在《辽宁日报》上推出。由于题材重大又涉及敏感性问题，要将稿件送省委领导同志审批。省委主管政法工作的副书记外出，批给省委政法委具体把关。政法委领导同志把阅读后的意见写给我，建议修改几个地方，找个合适的时机发表。我对稿子再次进行了修改。

这时已进入 8 月，营口市中级人民法院开始对段氏犯罪集团进行审理。法庭上辩论激烈，有些律师认为给段氏犯罪集团定性为集团不能确立。如果这种观点得到认可，那么首犯段洪宝及他的兄弟们将再一次逃脱法律制裁。这是教训哪！

这正是发表《人鬼之战》"合适的时机"。遵照营口市委的嘱托，征得省公安厅的同意，8 月 17 日，《辽宁日报》在第一版配发我写的评论员文章，后又整版连载 3 天，隆重推出《人鬼之战》，并在评论员文章中，首次在中国敲响黑社会犯罪集团与少数公检法司败类分子相勾结，构成当今社会犯罪新特点的警钟。

文章发表后，立即在社会上引起强烈反响，读者每天向报社打来几十个电话，来信每天装满我的信箱。读者一致要求严惩罪犯，继续深挖内部犯罪，称赞辽宁日报社和记者的勇气。有一天，因为印刷机出故障，晚半天出报纸。就在这半天里我接到几十个电话，问是不是有人干预而停止连载。有的表示如果我顶不住，他们拉队伍来支援我。有的同志在电话中让我注意身体，不少不相识的朋友在来信和电话中都告诉我要注意人身安全，以防犯罪团伙对我进行报复。我心情激动地向他们表示感谢。

《人鬼之战》发表的第二天，公安部常务副部长白景富看到文章之后，驱车赶到营口了解案情。他在讲话中提到，一定要查清队伍内的败类，对软弱方面进行整顿，要建立一支强大的公安队伍。

我立即将白副部长的讲话发布在《辽宁日报》上，给读者看，请他们放心。

白副部长回到北京，公安部召开关于黑社会问题的研

◎ 进监狱采访

讨会,《人鬼之战》作为主要参考资料发给与会者。以后我们得知的"黑社会性质的犯罪团伙"称谓,就是在这次讨论中定下来的。

9月3日,岳岐峰省长对《人鬼之战》作出批示:

在营口听说这件事,但没有讲出问题的严重性。今天看了《人鬼之战》,令人发指,在改革开放的今天,在辽宁大地上竟然出现这伙罪恶滔天的恶霸流氓集团,横行乡里10年的时间,而且众多的受害人从乡告到省,状告几年,未能引起哪一级政府的受理和重视,看后心里久久不能平静。对秉公执法,为民除害的公安、检察、法院的同志表示感谢。这里边不仅有严重教训,背后恐怕还有很值得深思的文章。请郑龙同志、宋旗同志及政法委的同志,抓紧审讯这一重大危害人民群众的案子,除对犯罪分子给予严惩以解民愤外,对同一案子有牵连的责任者,也要给予惩处,此外在这一案中还有什么深层次的问题、深层次的人也望一一查清。各级都有什么责任、教训,也应认真总结吸取。

省政府办公厅来电话,通知我到岳省长办公室,省长要见我。

岳省长是从河北省省长的岗位上调到辽宁出任省长的。我同他第一次相见，是在我给对外文化部门拍的大型纪录片《腾飞之路》的审片会上。看过片子，他握住我的手说："解说词写得好，片子拍得好。"当时沈大公路上的车较少，他建议让全树仁书记第二天去大连时，帮我在路口堵堵车，再拍得壮观一点儿。全书记接受了他的建议，使我的片子得以很好地完成。所以这位长相憨厚、一脸慈祥的岳省长给我留下了很好的印象。

我来到了省长办公室，岳省长夸我说，你电视片拍得好，文章写得也好。我看了《人鬼之战》很气愤，写了一篇读后感。你有勇气，写出了人民心里不敢说的话，替人民出气。让我深思的是，在犯罪集团的背后所隐藏着的东西。在那里，党哪里去了？政府哪里去了？公检法哪里去了？这是要我们痛心思考的问题。你要继续往深里挖掘，写出更好的文章，努力为党工作，为人民说话。

我说，岳省长的这些叮嘱我都记在心里了。

1992 年 10 月 22 日，我接到营口市委通知，10 月 25 日在营口市召开宣判大会，并对段氏流氓犯罪集团 6 名首犯和主犯执行枪决。

这时长春电影制片厂已与我协商好，要拍一部故事片。由郝冰导演执导，由我编剧。我把召开宣判大会的信息通知他们，郝冰率领一支 10 多人的拍摄小组，随我到营口进行现场拍摄，积攒将来电影所展示的纪实情景。

25日凌晨6点钟，摄制组随公安局执法人员赶到营口市看守所，拍摄段氏兄弟临刑前的一些镜头。为满足芦屯镇人民群众的要求，刑场设在芦屯镇郊外，刑场四周围有3万人观看罪犯的末日。在刑场的平地上，停有几百辆车，有卡车、大小客车、轿车、摩托车、驴车。有的人为了目睹段氏兄弟的最后下场，不惜花钱雇车来到刑场。

　　一堵山壁前画出6个白圈，6名死刑犯规规矩矩地跪在白圈内。我近在咫尺，"砰砰"几声枪响过后，我亲眼看着6名罪犯被子弹冲击波震得一缩脖，然后一个姿势地向前倒下。

　　当年辽宁省举办年度优秀新闻作品评选，《人鬼之战》

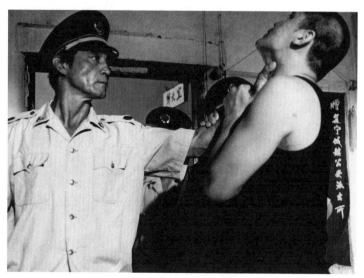

◎ 电影《人鬼之战》剧照

获最高奖——特等奖。同年，东北三省首次在沈阳举办三省年度优秀新闻作品评选，《人鬼之战》再获特等奖荣誉。

　　随着就是《人鬼之战》拍摄影片的事了，也是一波三折。

　　我写完了电影剧本《人鬼之战》，在长春电影制片厂讨论这个剧本的时候引起争议。无外乎有的领导同志担心题材太尖锐，怕拍完通不过。如是这样，电影厂的经济损失太惨重。这种担心我十分理解，当年我的《追捕"二王"》，就挨过这种闷棍，那痛劲儿记忆犹新。所以我在写作电影剧本时，在确定了以张扬我公检法之威的立意之后，仍然在一些敏感问题上小心地绕道走。但当长影拿出的是一个脱离段氏四兄弟原型，拍出一部娱乐性动作片的方案时，我不同意。尽管这种片子能够尽快获得通过，但距离生活真实和我从现实中悟出的思想差得太远。我还是希望长影拍出的片子能够向纪实性靠拢。我相信随着改革开放的深入发展，社会焦点问题的增多，人们思想观念的转化，适当地揭露一下现实中的某些严重问题，是能被宽容的。

　　长影接受了我的意见，9月份电影《人鬼之战》制作出双片。它首先得到长影厂厂长阎敏军等领导同志的肯定，之后送北京审查，电影局滕进贤局长以及审批处的同志们审片，大家看了片子后很高兴，认为《人鬼之战》是一部将会在群众中产生很大反响的片子。但由于影片反映的是社会敏感问题，又报请广电部领导审看。广电部一位主要领导看了后，提出一个问题：这个片子提出了一个黑社会的问题，我们中国有黑社会吗？所以这个片子能不能放映，要慎重。这样，片子又送中央政法委审查。影片一审再审，整整 7 个月没有结论。

我给广电部副部长田聪明打电话，他是记者出身，我们好沟通。我说明我们创作的原意，和我们处理一些敏感问题的谨慎态度，加上电影局对片子已经肯定，希望广电部予以支持。田聪明副部长作出重要表态，他向我阐述三点意见：一、他赞赏艺术家要有社会责任感；二、关于《人鬼之战》的纪实性问题，按艺术规律办理；三、影片中好的内容保留下来，弱的方面补上去，我看可以。

田副部长基本上肯定了影片，坚定了我们将影片改好的信心。我们按照部领导提出的具体意见，对影片做了修改和充实。之后，我和长影郑全刚副厂长去中央政法委。一位宣传部门的负责同志接待我们，他原是公安部的干部，知道我，说起话来较容易。他说，你们可以给省委看片子，省委同意放，你们就可以公开放映。

听了这番话，我和郑全刚好激动。这么复杂的事情，又这么容易地解决了。我高兴地说："老郑，咱俩今天得喝一盅！"

这样，我们回沈阳，请省委宣传部领导来看这部片子，看完之后，宣传部的领导认为片子很好，很有现实教育意义，同意放映，并当场签字。

◎ 与长影著名导演李前宽（右）合影

　　省委宣传部文艺处处长姚一风代表省委宣传部在送审文件上签字后，影片《人鬼之战》首先在辽宁上映。

　　姚一风还在《辽宁日报》上撰文《震撼人心的力作》，推荐影片。文中说：

　　　　一部震撼人心的力作，是与广大人民群众息息相关的，无论是政治的、历史的、经济的、法

◎ 电影《人鬼之战》宣传图片

律的、哲学的、文化的，无不如此。《人鬼之战》
正是与人们现实生活休戚相关的杰作。

编剧李宏林一贯坚持现实主义创作方法，他的诸多特写、报告文学无一不展现现实主义风格的优势。他的电视剧《新岸》《家风》和电影《人鬼之战》完全采取纪实性手法，使他的作品更真实地贴近时代、贴近生活、贴近群众。所以他的作品特别引起读者和观众的关注。

《人鬼之战》反映出的骇人听闻的事件，并不是偶然的。悲剧发生的原因，其实并不在恶霸本身，而在于某些执法者的良心泯灭与正义的缺失，在于腐败的蔓延。《人鬼之战》通过活生生的事例，反映出当代社会存在的问题。作者意在提出问题引起各阶层人们的正视和思索，呼吁整个社会的关注。所以《人鬼之战》的社会意义远远超出了艺术本身。

由于影片长度的限制和某些因素的考虑，影片《人鬼之战》不可能像原报告文学那样情节丰富，在思想深刻性上也必定受影响，但即使这样，《人鬼之战》在辽宁一上映仍引起轰动。营口市像过节一样庆祝影片上映。营口全部影院整整放映了半个月，场场满座。在沈阳和大连也成为当年上座率最高的影片。《辽宁日报》发表评论，誉《人鬼之战》再现昔日电影之辉煌！

1995 年，我到了退休年龄，辽宁日报社留我再干几年。留我干什么？我有个要求：不干实事的顾问之类的我不干，我要干实事。我建议辽宁日报社办一个与《南方周末》相呼应的"北方周末"，作为新闻改革的前沿阵地。总编辑同意了我的意见。不久，我亲自操盘的《大周末》便伴随着特殊的墨香诞生了。

探索成长之路，解读智慧人生，
本章内容，扫码收听。

第十四章

从《大周末》到美国行

《大周末》的总策划

1994 年和 1995 年，我先后被评为"全国百佳记者""辽宁省十佳记者"。这是全国和辽宁省新闻工作者的最高荣誉，它证明我在 40 年的新闻记者生涯中，比较好地完成了所肩负的任务。不久，中共辽宁省委、辽宁省人民政府评选我为辽宁省优秀专家。辽宁日报社党委又授予我"终身记者"称号，这在中国新闻界里当属首例。《中国新闻出版报》发表社论，称赞辽宁日报社授予我崇高荣誉的举措，为中国记者树立了榜样。

1995 年，我到了退休年龄。这期间，辽宁日报社总编辑谢正谦派人到省人事厅要求给我办博士生导师资格，这样可以多干 5 年。人事厅同志说，报社哪来的博士生导师，这是给大学专用的。你们让李宏林继续干嘛，我们同意。这事就这么定下了。

留我干什么？我有个要求：不干实事的顾问之类的我

◎ 时任辽宁省委书记闻世震出席授奖大会

◎ 获"辽宁省十佳记者"称号，时任省委常委、
宣传部部长张锡林授奖

不干，我要干实事，我建议辽宁日报社办一个与《南方周末》相呼应的"北方周末"，作为新闻改革的前沿阵地，我亲自操盘，一年内就让它在全国有反响。

正谦同意我的建议，成立一个周末部，让我组织班子。这样，党委下了任命，我出任周末部和文艺部两部总策划。我原是编委，仍享受编委待遇。我选定办报经验丰富、有新闻理论著作、文笔出众的马文科出任起名为《大周末》周刊的主任。一批辽报精英如杜娟、张大威、王素梅、宋辉等人同来编辑这个《辽宁日报》的新品种。文艺部人员整齐，有大事他们和我商量，一般事我不管，我的全部精力用在办《大周末》上。每周一期，每期8块版。大家都期待看这个即将诞生的《大周末》将是什么模样。

我在运筹期间充分利用各种资源。首先是人才资源，我给在北京的朋友王蒙、邓友梅、苗得雨等著名作家去函约稿，他们都及时地将稿件寄来。所以1995年5月创刊的《大周末》出手就不凡。我在创刊号的《致读者》中写道：

　　亲爱的读者朋友，你嗅到了今天的《辽宁日报》所弥漫着的特殊的墨香味了吗？
　　《辽宁日报》的《大周末》今天诞生！我们没有为她准备鲜花和掌声，并且就这样悄然地闯入你的视野，因为她是你的朋友。
　　《大周末》是改革开放年代应运而生的女儿，

是全国施行双休日的产物。她没有谆谆的教诲，有的是朋友间的促膝而谈；她没有正襟危坐的面孔，她会从背后悄悄地蒙住你的眼睛；她是公园长椅上的话题，是家庭饭桌上的一道菜肴，更是一壶醇味的老酒。

周末是大家的休闲日，由大家共同来办好《大周末》。

《大周末》开辟了"新闻热点大特写""演艺圈""古文今读""名家专访""百家茶座"等栏目。当时演艺界是热门，我要求在我们的版面上，绝不搞演员的艳闻，不胡吹乱捧。介绍有艺德的艺术家的创作劳动，批评那些俗气的影视剧目和不讲职业道德的从艺人员。优秀的艺术家我们在《大周末》里向读者郑重介绍，也曾对多名甚至是很有名的艺人进行公正的批评。

《大周末》在很短的时间内就受到广大读者的欢迎。辽宁日报社上夜班职工，当夜就把刚印出的《大周末》带回家去给家人看，这在报社是很少出现的事情。

南方一家书报发行部门同我联系，他们代发《南方周末》，也愿意代发我们的《大周末》，可以说是形势一片大好。

正在报社自豪地认为《大周末》是《辽宁日报》新闻改革重大成果的时候，在由社长、总编辑和各部主任参加的谈稿会上，社长朱世良突然传递了一个信息：驻沈的某新闻部门的负责人给他打来电话，说《大周末》有政治性错误。

这是办党报最怕的一种指责，所以与会者都屏住了呼吸，要听是犯了怎样的政治错误，弄得我也很纳闷儿。

朱世良说，电话里反映，在《大周末》一篇文章里出现"打龙袍"字样。这是有所指的，让人有所联想。

《打龙袍》是一出传统戏曲，说的是北宋包公大公无私，办案公正。他在查30年前的陈案中，发现当年李妃生的儿子被换成怪物，她因而遭到迫害。包公查明，李妃生的儿子就是当朝皇帝宋仁宗。李太后回宫后，要求包公惩治儿子不孝，包公便以打龙袍代罚宋仁宗。

对待政治性指责，我们太熟悉了，这就是上纲上线。几百年来，《打龙袍》久演不衰，封建皇帝都不见怪，怎么几百年后的现代人，却替皇上发现了问题？怎么，"文化大革命"还没折腾够哇？对这种指责，你慌了神，无声地吞咽，就是对极左阴魂的助长，很可能扰乱一些人的认知，以为《大周末》真有政治问题 。所以我毫不客气地回击，我说："怎么还搞'文化大革命'式的联想呢？打龙袍是歌颂廉洁奉公的好戏，现在也在上演，包公是人民心中理想的清官形象，有什么政治问题？胡扯，可笑，可悲，不理睬他！"

朱世良见我态度强硬，就把话题转到另一方面去。

由于《大周末》中的政治、教育、文化、知识、精神文明等内容寓于轻松的、茶余饭后的阅读中，在《辽宁日报》绝对是一种创新。为得到省委的支持，每出一期我都给宣传部部长张锡林打电话，征求他的意见，倾听他的指示。张部长称赞说："《大周末》有新意，办得好。有你在掌舵，我们就放心了！"

如果说我总在新闻第一线上写作有风险的文章，还能得以发表，我的一条重要经验，就是把自己的位置摆正，哪级领导管的事情，就向哪级领导汇报，尊重他们的意见，得到他们的支持。出现问题，领导可以为你说话。我从来没有出于个人好恶去越级指手画脚。

美国行所见所闻

　　1995 年 6 月，辽宁省广播电视厅请我为辽宁电视台策划并创作一部长篇电视剧。我提出两个可拍摄的剧目：一个是纪严冰案件，一个是大连开发区。纪严冰案件是中国女子纪严冰为追求西方生活方式，抛弃大陆男友，与有妻台商结合，隐身在美国洛杉矶，不久被杀害，成为美国轰动一时的大案；一个是大连开发区，它是我国改革开放的北方前沿，有许多新信息。

　　广电厅在权衡两个题材后，决定拍纪严冰案，因为这个题材富有戏剧性，有看点。我也愿意拍这个剧，因为我去过很多国家，还没去过美国，真想看看这个国家与我们有什么不同。再就是我可以给《大周末》写些东西，带来一些新内容。

　　我和辽宁电视台副台长孟庆春、制片主任孙祺一行三人做前探小组，约好已在美国的郝冰在旧金山接应。

我们 6 月 6 日从北京乘飞机出发，整整飞行了 11 个小时到达旧金山。这时应该是中国 7 日的清晨 4 点钟，而这里是 6 日的中午 1 点。

美国的气氛和中国完全不同，给我的感觉就是机场大厅很豪华，但是四处冒着一股杀气。佩戴狗头臂章的黑衣黑帽的警察，带着穿着绿色马甲的警犬，在大厅里四处嗅来嗅去。墙壁上挂着惩罚规定：带违禁物品如带菌的食品、肉类，罚款 25000 美元，就是相当于人民币 20 万哪！厉害不厉害！所以警犬嗅我的拎包时，里边有食品，我真怕犯了哪条罚令！

◎ 在旧金山海岸

我们住在旧金山唐人街的一家旅馆里。旧金山是华人在美国居住最多的地方，华人街却不大，也不繁华。离它不远的著名的旧金山百老汇街可就不同了：夜幕一降临，这条街就犹如一条魔鬼喧嚣的世界。大街上不时地有三三两两的敞篷汽车驶过，车里坐着染着头发的、戴墨镜的、端枪的、拿酒瓶子的，一个个狂呼乱叫，好像要闹翻这个世界似的。裸体演出，性录像播放，各种不堪入耳的声音绵延在灯火辉煌的长街上，人的原始性在这里展现得淋漓尽致。我进入一家出售武器和各种蒙面用具的商店去看看。商店里没有一个人，老板在哪儿呢？我有点儿恐惧地往前走，从柜台后突然站立起一个戴着魔鬼面具的人对着我，这个"魔鬼"就是店主，吓得我急忙退出来。

我心惊胆战地回到旅馆。睡下后我听见街上有女人的喊叫声。来到美国的第一夜，我头脑中留下两个大字：恐惧！

第二天白天，一切归于平静，昨晚上的事像是一场梦。经郝冰联系的华人报的记者立马进入我们小组。可能中国大陆来美国拍片的事例太少，所以把我们准备拍片的事情就当作大新闻宣传了。当地的《世界日报》《国际日报》详细地介绍代表团来干什么，都由什么人组成，连我和郝冰曾合作拍电影《人鬼之战》的事都透露了。

我们访问当地的3个华人办的电视台，都是私营的，美国租给电视频道，介绍中国大陆和台湾节目的时间很少。

我们走访了较大的太平洋电视公司，说到要拍纪严冰题材的电视剧，总裁李先生是台湾人，同大陆一直友好，他对拍纪严冰的故事表示赞成，说它有一定的教育意义。而副总裁段先生则持相反的态度，他认为这个题材是家丑外扬。他建议拍美国的种族歧视和美国人的男盗女娼，而中国人在这里就是受气，他对此最有感受。

　　看段先生的样子，西服革履，不是生活得很好吗？怎么会发出这么一种不满的感慨呢？不由得让我生出个想法，想尽可能地了解一下，在美国生活的中国人，特别是新近从中国来到美国的移民们究竟生活得如何。

　　第二站，我们到了洛杉矶。这是美国西南部最大的城市，中国的一些演艺界人士常聚集在这里，一听说中国辽宁来人要拍电视剧的消息，都赶来想弄个差事，挣点儿钱。第一个赶来的是当今在中国大陆的著名导演顾长卫和蒋雯丽夫妇。顾长卫希望进入剧组，当个摄影顾问之类的角色，蒋雯丽什么也没提。以后回到中国，这对夫妇才大红大紫起来。王姬也是如此，在没出演《北京人在纽约》之前，丈夫是导游，她是家居女主。这些人后来有了天翻地覆的变化，都因为是中国人，中国的演艺界才是展示才华的地方。美国有美国的文化，美国有美国众多的世界级的艺术人才，不少在国内有点儿名气的演员就想去美国闯世界，结果大多是摆地摊谋生，因为人家不需要你。

　　我在一条街上很偶然地遇到了原辽宁人民艺术剧院的

演员顾杉杉。我问她在美国怎么生活，她说没有工作，吃闲饭，显然成了一名家庭妇女。她领我去一户外租录像带的地方，店主是大名鼎鼎的张艺谋的导师、恩人，原西安电影制片厂著名导演吴天明的夫人，他们从国内弄来国语电视剧的录像带，租给来美的中国人看。为了生活，大导演也做小生意。

纪严冰来美国后，被男方秘密地安排在洛杉矶居住，我们看了在一群白色小楼中间属于她的一栋小楼。地点很幽雅，小楼也不错，但是人就被杀死在这座小楼里。福耶？祸耶？

我们还会见了住在美国的香港著名导演胡金铨，他是香港武侠电影的祖师爷，他的《龙门客栈》誉满天下。他说纪严冰可以拍，还给我们提供了一些可参考的电影片的名字。令人遗憾的是，这样一位大师级的导演，一直想拍一部华工在美国的血泪史，但是无人支持，如果他生活在中国大陆，这个愿望早就实现了。不久他抱憾离世。

我们来到美国最繁华的东部城市纽约。这里的华人街最热闹，走在街上全是华人店铺，忘记了自己是身在美国。然而这里街道上零乱的东西堆积着，绝对没有美国人居住的地带那般清洁、安静。

我在美国遇到的朋友，包括我在洛杉矶见面的外甥女，都说美国的法规和罚款是维系社会稳定的重要手段。凡是不在法律规范之内的，什么人性、兽性，你随便闹腾，一旦触犯法规，那就罚你没商量。这里不讲人情，不认关系，不走后门，违反了大大小小千余种法规中的某一种，就是罚款。所以美国人怕挨罚和索赔的意识非常强。在一般家庭的每月支出中，都要事先拿出一部分款项列入被罚支出中，因为他不知道哪一件事情已被列入罚款项目。比如，冬天自家房前的雪没扫，如果有人在此滑倒，房主人就要被罚。比如，我坐郝冰的车出游，如果车出事故，我受了伤，郝冰比我伤得还重，在中国我无论如何也不会让郝冰包赔什么的，但是美国的法律明确规定，开车人包赔乘车人的一切损失。

我在美国听到一个匪夷所思的案子：一个老太太在咖啡店喝咖啡，咖啡过热，溢出的咖啡烫伤了老太太的腿。因为这家咖啡店是一家大公司的连锁店，法庭判定以总店资产比例对老太太进行赔偿，罚款200万美元！这老太太发了大财。

为了法规切实得到实施，在美国各地处处都设有这种小型的罚款法庭。就是这种中国人很不习惯的法制，维系着美国这个无奇不有的庞然大物在一定的规矩内运转，是不许出轨的。

说到美国的进步，都说美国是一个移民国家，容得了外来的民族进入美国，有的移民者成为美国政治、经济、艺术界的名流。这是把极少数超越美国人智慧的稀有人才，揽来为美国所用，而大多数的移民是入不了美国主流的，中国新近移民，日子过得都不如在国内舒适、稳定。

而美国的教育，注重启发孩子们主观了解事物的能力，提倡和尊重个性发展。常规道理是太阳从东边出来，有孩子说太阳从西边出来，老师也不认为是胡说八道，他们表扬这种怀疑态度，崇尚创新精神。获得诺贝尔奖的大师们都是常理的怀疑者、创新者，到目前美国获此奖项的科学家在全世界也是最多的。

我们是为了拍电视剧来美国的，听听这些美国的新闻、奇闻，也是开阔了眼界，对丰富电视剧写作素材很有好处。而对于我以记者为职业的人来说，无疑是获取新闻信息的很大收获。所以我回国后，连写了 5 篇美国行记《美国告诉我》，连载在《辽宁日报》的《大周末》上，很受读者欢迎。

我们从西到东在美国工作了 20 天，26 日乘台北的飞机回国。没想到在飞过太平洋之后，飞机竟然降落在台北的松山机场。这对我绝对是意外收获。当时海峡两岸还没有通航，我可以说是极少数双脚踏上宝岛的幸运者。可惜的是飞机落地的时间是清晨，机场里还见不到人。大厅里空空荡荡，商店锁着门，机场外面停着两架很小的飞机。当时给我的感觉是台湾太小了，它哪儿也不能与大陆相比呀。而两年后我去台湾，可不是眼前这个样子了，飞机落地的机场是新的桃园机场，其建筑规模和豪华程度绝对是国际水平的。

我们在香港又停留 3 天。当时比较吸引内地人的是香港市场的繁荣。香港在国际上出名，主要因为它是开放型的世界金融中心，同时是我们大陆通向世界的一个通道。此外，没有什么特别让我们震惊的。

我接到时任公安部政治部主任的祝春林从北京打来的电话。他说，公安部部长陶驷驹希望公安部组织创作力量，拍一部反映公安部门内部反腐的电视剧，请我写电视剧本。这个剧可非同一般，题材尖锐，事关重大，又是部长工程。要说公安内部腐败，我有很多素材，以往在创作中是不许碰的。这回是真的要摸摸这个老虎屁股吗？

- -

探索成长之路，解读智慧人生，
本章内容，扫码收听。

第
十
五
章

两部剧两个结果

一波三折的修改风波

  我正在思考如何写作纪严冰案的电视剧，传来省广电厅的决定：在两个选题上，先拍以大连开发区为题材的《北方之珠》。

  大连开发区的题材也是我建议的，因为大连开发区建区 10 周年的时候，我带着辽宁日报社 10 名记者去开发区采访，《辽宁日报》隆重地推出纪念性的文章。大连开发区管委会主任高姿是我的老朋友，并且都是抚顺老乡，格外亲近。我在开发区采访时就同他商量好，要为开发区拍一部电视剧，他非常赞成。所以把纪严冰的题材换成开发区，我是同意的。因为我还要管《大周末》，绑身的事情多，我就找了位助手，《辽沈晚报》的副总编辑黄世明，他同意了。这样我们俩奔赴大连开发区，进行深一层的采访工作。经过两个月的努力，我们写作完成了 18 集电视剧《北方之珠》。剧本打印出来后，分头送给省广电厅和大连开发区审看。

大连开发区管委会邢副主任代表开发区先对剧本表态，认为写得很好，同意到大连开发区拍摄。省广电厅召开座谈会，与会人士都对剧本予以肯定，认为拍好了可以拿飞天奖。这样定于 9 月开机。先定辽宁电视台金守泰出任导演，接着就选演员，选的都是当时全国一线名演员。大家对这部剧充满了期待。

就在剧组要出发的时候，不知哪位"圣人"出了个主意，说这部剧是拍大连生活的，让大连市委宣传部介绍一位大连作者，在语言、生活方面加加工，让剧更有大连味儿。这个主意被采纳了，派专人前去大连跑了一趟。大连市委推荐了一位写过两部电视剧的作者，前来沈阳助阵。广电厅把此事通知我，我表示同意，为了把这部辽宁的电视剧拍得有影响，一切好主意我都接受。这样这位改剧者住在沈阳，工作了些日子，交稿后广电厅请我们一起吃饭。饭间改剧者向我敬酒，悄声说："我给你戏里加了点儿东西。"我说："好哇，这样会更丰富嘛。"大家在欢快的气氛中离席。

我回到家就看这位朋友改过的剧本，看第一页我就奇怪，剧中人物的名字也不是我剧本中的人哪！越看越不对劲儿，剧中的全部人名没有一个是我写的，其中四五集戏写的是大连造船厂的事。而且在第四、五集的前前后后又都加了些与我的剧本毫无关系的片段。我基本上还算得上有点儿修养的人，这回我可实在是忍耐不住了，我把剧本狠狠地摔在地上，气得呼吸已经不均匀了。我立即给导演和孟台长打电话，气愤地说："我写作这么多年，也给别人改过作品，从来没见过如此不讲职业道德的改手！"

对方一听我如此愤怒，估计事情要坏，厅里决定开个同我的见面会，怕在会上引起冲突，厅里把改剧者放回大连，以免同我会面。

这时黄世明也看完剧本，也气得难以忍受，他比我火性更大，估计见面将会是一场免不了的舌战。

本拟参加演出的大连女演员辛欣收到了剧本，她看过后惊讶地给我打来电话，说，"大连造船厂的戏，是作者自己在大连被废弃的剧本，怎么塞进你的剧本里了？是写开发区呀，还是写造船厂？驴唇不对马嘴。剧本中的人名都是他那个作废剧里的人名。这么不讲艺德，你得抗议！"

明白了，全明白了！这就叫鸠占鹊巢！

辽宁省电视艺术家协会的同志得知这个信息后，说："为名为利，真是胆大包天了！"

过了两天，在省广电厅会议室召开关于《北方之珠》的讨论会。参加会议的人员不多，有正副两位厅长、电视台台长和这部剧的责任编辑。厅长说了几句开场白之后，黄世明就开炮了，说改剧者胡改乱编并把原剧本的剧中人名全改掉，这是行业少有的侵权行为，是极不讲职业道德的恶行，省广电厅引进这种人改剧本，是对我们的不尊重，特别是对李宏林老师的不尊重，我们不能接受。

我问："改剧者是把他的一个垃圾剧本塞进去一半，你们知道不知道？"

大家真的不知道，被我这一问，问得都愣住了。

有一个人知道，他是责任编辑郭子实，说了实话："人家还要往里塞呢，我说再塞李宏林会不同意的。"

我说："明白了吧。一个是写开发区，一个是写造船厂，两套人马，两套故事，真的是驴唇不对马嘴，能形成一部顺畅而又完整的电视剧吗？作为一个作者，你把你废弃的垃圾作品，往人家完整的作品里塞，这是干什么？我改过别人的作品，别人也改过我的作品，我还从来没见过把原作者作品中的人名全改为他的废弃作品的人名，这是干什么？谁能给我解释一下？"

无人回答。

厅领导说："咱们要达成团结，两方面的剧本可不可以合一下？"

我说："不可以。为了团结，我们撤回剧本，不参与这次广电厅的拍摄计划，你们去拍改剧者的剧本。别无选择。"

这样，第一次会议不欢而散。

过了两天，两位厅长找我谈话，没有其他人参加。谈话的主要内容是以团结为重，大家别伤和气。改剧者改得好的地方咱们采纳，不好的地方咱们再进行修改。快过拍摄季节了，派几个人进入剧组，把好剧本关，尽力拍出精品。

两位厅长说服我，我得给领导面子。我同意你们开拍，但是我不再参与剧本工作，你们能拍成啥样算啥样，但同时我说一句："不把掺和进的垃圾除掉，休想拍出精品。"

就这样，剧组成立了，在大连开发区开机了，在那儿起指挥作用的还是那位改剧者。

拍摄中，辽宁电视台台长高广志和读过全剧本的主演王刚等著名演员都对剧本的不伦不类提出意见，但是撬动不了既成事实。在拍些与剧本整体内容不相干的戏份儿时，演员只是应付性地演一演，没当作命运起伏跌宕的典型人物去塑造，表演一般化。

第二年夏天，由厅长起名为《黄海渤海在这里相连》的16集电视剧完成了。请来中央电视台的审片专家来沈阳审片，没请我出席，可能怕我在专家面前搅局。如果北京的专家们予以肯定，我的什么意见都是废话。但是，他们小看这些专家了，我出任过飞天奖评委，也多次送片请专家审看。他们是为中央电视台把关的，花了钱，购进不受欢迎的片子，就别吃审片这碗饭了，所以这些专家都长着一双鹰眼，专门挑毛病。本想让人家称赞一声是精品，结果回应的是不成熟。省内有的专家也被请去看片了，有人给我打来电话，批评我说："宏林哪，老了吧，剧的结构都弄糊涂了！"

我怎么回答，只有苦笑！

我终于看到《黄海渤海在这里相连》的电视剧，垃圾

◎ 电视剧《黄海渤海在这里相连》剧照

全在，这种水平的剧，中央电视台不会播出。

　　6月1日，大连开发区举行电视剧首映式。因为高姿和邢副主任邀请我，我和黄世明才去大连参加活动。首映式请来很多记者，播放了6集剧。看完剧后，邢副主任问我："电视剧里怎么出现大连造船厂的事情，与我们有什么关系？"我如实告诉他，这是你们大连一位改剧者加进去的，还有几集大连造船厂的事没播放呢。邢副主任立即表示，我们不接受，必须改掉！

　　高姿得到信息，与我单独谈话。他说辽台高台长对现在这个剧有意见，让我谈谈内幕。我把实情告诉了高姿，他的回答很干脆："这种剧，我们不投资！"

◎ 大连开发区管委会主任高姿、副主任邢良忠

辽宁电视台的人知道了开发区的态度，副台长和金导演马上找我谈话。说邢副主任已经告诉他们，电视剧必须改。金导演已经答应砍掉4集。问我和高姿主任是什么态度。我说，不砍不出钱！我同时批评导演："你是有经验的导演，明知道在艺术上是不可行的事情，你怎么就干下去呢？"

金导演苦笑，说："领导坐阵，只有听话了！"

首映式开完了，开发区的领导不认可。中央电视台的专家审片后，也没给出佳评，这与省广电厅原来预想的效果相差甚远。这时候又想起我，副台长和金导演专程来我家，征求我对电视剧的修改意见。我说我的意见早就提出了，你们不听。要想救活这部电视剧，就把后加进去的大连造船厂的五集垃圾戏全部删掉，否则没有出路。还好，金导演总算回归到艺术创作的道路上来了，我看了修改后的电视剧，剧情连贯了，全剧充溢着开发区新鲜的气息，不失为有辽宁特色的一部较好的电视剧。

《相连》先参加东北三省电视剧评选，获一等奖，然后送中央电视台。由于已经先入为主，先来审片子的专家不会当作精品处理，所以没有安排在黄金时段播出，自然影响了收视率。后传来《相连》入围飞天奖剧目。凭我做飞天奖评委的经验，这只是一场安慰赛罢了。

从鸠占鹊巢这场闹剧中，我们是有教训可鉴的。厅里两位领导诚心诚意地要把辽宁电视剧的创作水平抓上去，他们亲自订计划，亲自一集一集地审看剧本，甚至亲自下手改剧本。这种领导的务实作风着实令人尊敬和赞赏。但是艺术有艺术的独特规律，识别优劣有它的标准。这其中专业性太强，不是一两年就能悟明白的。

再有，请人修改别人的原著，修改者只能是作为助手出现。我前边讲过，老表演艺术家陈颖，要改一句台词都写成文字和我商量，这叫艺德，这叫尊重。

修改别人的原著，重大的修改一定要同原作者商量，经过双方磋商、互补，达成共识，才可动笔修改。修改原作者的作品，本是两人增进友谊的契机，我修改过别人的作品，别人也修改过我的作品，我们都因为一次次愉快的合作而成为长久的好朋友。

　　往事虽已如烟，但是该记得的还要记得，以防后人再在此处翻车。

　　写到这里，令我不由得想到在此剧不久后诞生的一部电视剧。

我摸了"老虎屁股"

　　我接到在公安部任政治部主任的祝春林从北京打来的电话。他非常重视宣传工作,在他任职政治部主任的几年里,成立了金盾电视剧制作中心,拍出了好几部在国内有强大影响的电视剧,公安剧一时成为国内电视剧的名牌产品。他来电话是邀我写一部电视剧。

　　1997 年 7 月 1 日,我飞到北京。这时已经有辽宁省公安厅的两位同志和本溪市公安局宣传部门 3 位负责人先期到达。

　　第二天,祝春林召开座谈会,除了辽宁的 6 人,还有公安部宣传局局长和金盾影视中心主任参加。座谈的主要话题是随着市场经济的发展,官场上的一些腐败现象也在滋生,其中公安部门就在其中。公安部部长陶驷驹希望公安部组织创作力量,拍一部面对诱惑的公安部门内部反腐的电视剧,请我写电视剧本,由省公安厅和本溪市公安局

面对
诱惑

李宏林／著

● 第一部描写公安战线反腐败斗争的长篇小说
根据同名小说改编的电视连续剧令人耳目一新

◎ 长篇小说《面对诱惑》封面

配合，并希望我到本溪、福州、哈尔滨等几个公安内部反腐有作为的城市去采访，创作出既具有概括性又具有典型意义的剧本，本溪市公安局出人配合。

这个剧可非同一般，题材尖锐，事关重大，又是部长工程。要说公安内部腐败，我有很多素材，以往在创作中是不许碰的。这回是真的要摸摸这个"老虎屁股"吗？所以我问："公安内部反腐败，容许写到什么程度？欺男霸女、徇私枉法、贪污受贿等属于罪行的内容可不可以写？"

祝春林回答说："反映到什么程度不设限，你放开写，最后由公安部和部长把关。"这样，我接受了写作任务。

回到沈阳后，我就做写作新剧本的准备工作。本溪市公安局派出老公安王仁忠作为我的随身向导和联络员，我在本溪住了一些天，然后又飞到哈尔滨，本想去福州，因为我另有急事而未能成行。这样，我决定以北方为背景写这部公安大戏。

我写了近半年，第二年春天将初稿送给公安部，责任编辑是电视剧《历史转折中的邓小平》的编剧之一魏人。

1998 年 5 月 21 日，在公安部的一间会议室召开剧本研讨会，祝春林主持会议，参加会议的人都是国内写作或导演公安题材电视剧的大腕们——山东影视中心主任张宏森（现今的中国作家协会党组书记）、李功达（《北京人在纽约》和《九一八大案纪实》的编剧）、巴特尔（《西部警察》等剧的导演）、尹力（电影《张思德》的导演），还有公安部宣传局的领导。

祝春林先讲话，他不讲剧本，而讲全国公安队伍的形势。他说到一年内有多少位公安干警牺牲在岗位上时，眼里含着热泪；他谈到公安内部出现腐败时，神情严峻。最后他说，陶部长给了我们一项任务，就是拍一部反映公安内部反腐的电视剧。今天请各位来，就是看看宏林老师的这个初稿有没有拍摄基础，对艺术上的事请各位来把关。

他给了艺术家们充分表达意见的自由。

金盾两位主任施建中和魏人首先肯定了这个剧本，说它在内容上是大胆的创新，给公安题材写作开了新局面，在陶部长的提倡下，这个剧将有重大意义。

之后各位专家都作了发言，一致认为公安部勇于组织写作这样题材尖锐的剧本令人敬佩。如果允许拍摄，则是中国公安题材电视剧的分水岭，大家期待它能出现在荧屏上。另外剧本还有些不足之处，希望再做一次修改。

座谈会后，我到春林家里，作为老朋友谈些老朋友的话。我们为今天专家们对取名为《面对诱惑》剧本的评价感到高兴，但是我也忧心。我说公安部还有其他领导，很可能不同意这样表现公安队伍中的腐败。涉及这样的敏感题材，我是在摸老虎屁股。

春林也有所忧心，说，咱们是在做部长工程项目，每一步都要同他商量。并叮嘱我加强正面形象的塑造，增多戏份儿，做到以正压邪。

◎ 与时任公安部政治部主任祝春林

我回来后便按照春林的要求，重新调整剧本，增强正面力量。

这时魏人说，为了尽快开拍，影视中心想请一位枪手帮助改一下剧本。把意见提到祝春林那里，他不同意。他说宏林老师当了多年的政法部主任，哪个枪手也没有他熟悉公安战线，写作水平哪个枪手也超不过他，弄不好，反会添乱。定下导演后，导演若有想法，让导演和编剧商量怎样修改，其他人不必掺和。事情就这样定下来了。

我记述这段事是想说明，一部好的电视剧，怎样由领导出主意，然后同艺术创作人员按照艺术规律进行合作。由此我们就明白了，祝春林出任公安部政治部主任之后，为什么公安系统好剧连连问世，他领导艺术创作的方法很值得借鉴。

这部由孙铁导演的电视剧经过半年的拍摄，终于在1998年冬季完成全片。在北京试映时，中央电视台的负责人应邀审片，看完后激动不已，当场表态，公安部如最后通过，中央电视台将安排在黄金时段播放。

这时陶部长调走了，公安部内部对《面对诱惑》看法不一。新任公安部部长贾春旺专门调看这部剧，他尊重前任的安排，批准《面对诱惑》由中央电视台播出。得知中央电视台已安排好《面对诱惑》的播出时间，我十分高兴。

这样，中央电视台先后连播3次《面对诱惑》，受到广大电视观众和业内人士的称赞。这部剧获得当年的全国

"五个一工程奖"。本可获得飞天奖的，只因金盾中心忙于拍新片，忘记报名参评这件事，结果遗憾地与飞天奖擦肩而过。

抚顺有句流行语："上水库（大伙房水库），下大坑（露天煤矿），看监狱（战犯管理所），学雷锋（雷锋精神发源地）。"这是抚顺最具特点的四个地方，也是我晚年最想为家乡写的四个地方，是我的心结。早年我写出了《雷锋》话剧和电视剧，完成了其中的一项。还有大伙房水库、露天煤矿和抚顺战犯管理所没有涉及。所幸的是，家乡给了我一个《支点》，《非常城市》帮我圆了梦。

探索成长之路，解读智慧人生，
本章内容，扫码收听。

第十六章

家乡的召唤

《支点》帮我圆了一个梦

1998 年 11 月初，抚顺电视台副台长杜焕平给我来电话，说抚顺市委书记陈家洱邀请我来抚顺，为抚顺写一部电视剧。

这是来自家乡的召唤，其他邀请我可以拒绝，而抚顺让我干事情，正是回报早先家乡对我培养的机会，所以我立即就答应了。焕平来沈阳接我。小车临近抚顺市委大楼的时候，焕平说："市委宣传部部长在楼门口接你呢。"

我说："有你陪我进楼就可以了，还麻烦领导干什么。"

焕平用肯定的口气说："必须的。"

车到楼门前，我下车一看，哎哟，这不是当年同我住在一个机关宿舍里的独身小伙儿马克猛吗？成长了，出息了，20 年没见，现在已经是一个中型城市主管宣传工作的官员了。焕平说得对，他接我是必须的，因为我是叔叔辈。

前几任抚顺市委书记我都熟悉，对陈家洱同志只有耳闻，还没见过面。我俩一见面就感到十分亲切。家洱是广东人，在抚顺待久了，口音也由南转北了。他个儿不高，但两眼明亮，热情又饱含智慧，是位很好相处的人。落座后，他就说起请我来抚顺的原因：抚顺有个有名的老钢厂，由于体制陈旧，多年一直严重亏损。而近一二年，钢厂实行了重大改革，成立了民主议事厅，厂内一切重大举措都需要以工人为主的议事厅表决通过。工厂生产日日增长，市场天天扩大，已经扭亏为盈。这项工厂管理体制的创新，得到胡锦涛和尉健行等中央领导的肯定，并向全国企业推广。抚顺决定以新钢厂的巨变为原型，创作一部电视剧，

◎ 时任抚顺市委书记陈家洱谈《支点》

请我回家乡帮助完成这项任务。

晚上陈家洱把市委宣传部、市广电局、抚顺电视台的领导和相关朋友请来聚餐。家洱同志说，他们还有个想法，在电视台挂牌成立一个李宏林工作室，市里给一定拨款，一是保证我的创作，二是帮助抚顺提高电视剧创作水平。家洱同志对我的重视令我感动，我当即表示感谢。沈阳也有朋友在操作成立我的创作中心。实际上我对此不感兴趣。一是兴师动众，没必要；二是创作属于独立的个体劳动，成立什么中心，安排多少工作人员，都解决不了出一个好作品的问题。所以我谢绝领导和朋友的好意，我还是习惯于深入生活，独立思考，默默地写作。

第二天，马部长和杜焕平陪同我到抚顺钢厂，见了厂里领导。安排住下后，我就深入到工厂里去。一天里我召开了 3 个座谈会：各部门代表谈职工民主议事厅的座谈会；老工人座谈会；困难职工座谈会。最让我感动的是困难职工座谈会。一些女工仍然没有从穷困的生活环境里走出来，为了工厂有个好前景，韩守凤饿着肚子每天骑车 20 多里路上下班，一天没有迟到过。有的青年技术员，看老钢厂没活路，辞职去长春，当听说钢厂有救了，放弃了在长春优厚的待遇，又回到新钢厂同伙伴们一同闯天下。座谈会后，我把手头仅有的几百元钱分给韩守凤几个人。她们不收，我说不收不行，强把钱揣进她们衣兜里。

抚顺的朋友太多，住一段时间就被朋友们邀去市里吃饭。一次在饭桌上，我谈起几天来在抚钢采访的感受。抚钢巨变我了解了，并在写一篇通讯《抚钢三变》，安排在《辽宁日报》上发表，但怎样构成一部电视剧，尚在困惑中。

老朋友贾啸天提示说，民主议事厅是好事、是创新，但是它很难写成戏剧，这是给你出了个难题。你必须从这个围城里闯出去。

朋友们都是从事过戏剧创作的老手，这个提示打开了我的思路。我的突破口在哪里？去寻找矛盾。对，矛盾。曹禺大师总结他一生创作经验时有一句经典的话：剧中人物都带着矛盾上场。我要用这个尺子去生活中寻找矛盾、认识矛盾，在构思中组织事件的矛盾，写出人与人之间的矛盾。矛盾法打开了我进行艺术创作的大门。

《辽宁日报》发表了《抚钢三变》。哪"三变"？一变厂务历来封闭为职工民主议事，二变僵化的模式为激励机制，三变抱守残缺为主动出击。这"三变"是抚顺老钢变新钢的基本轮廓。我在这个框架里寻找矛盾点，收集冲突面。事物本来就是由各种矛盾和冲突构成的，所以我在"三变"过程中发现了思想上的对立、行为上的对抗，以及为销售利益出现营私舞弊等违法犯罪的事情。这些都是戏剧素材。为什么出现老抚钢的衰落？有领导不作为的原因和谋私的劣行，再组织一些与工厂的兴衰相关的感情、爱情方面的故事，一部电视剧框架就构成了。

◎ 《支点》剧照

历经 3 个月，在 1999 年的春天，我带着稿子去抚顺，交杜焕平初审。他一天就把 10 集电视剧本看完了，然后兴奋地告诉我，剧本非常好！马上就可以安排拍摄。

抚顺市广电局将剧本印出来，发送给相关人员，过几天召开剧本研讨会。陈家洱书记出席研讨会。他首先表态，对剧本非常满意，个别地方再加强一下，立即请导演、选演员进行拍摄。

和几个导演联系过，几经考虑，最终我建议请抚顺老乡、北京电影制片厂的李伟来导演。我希望同我合作过的老王刚、仇永力、辛欣等著名演员来参演这部剧。电视台同意我的举荐，不久导演、演员都来到抚顺。

剧组在抚钢扎寨，季节也好，一切顺利进行。起名为《支点》的电视剧在秋天制作完成，陈家洱等抚顺市的相关领导和文艺界的朋友共同来审看片子。大家极有兴趣地一口气把剧看完。陈家洱书记激动地说："很成功，这个剧能轰动！"

市委书记定调了，大家是一片赞扬声。

陈家洱书记最后让我说几句话。

我说："国有大中型企业改革，一直是我这几年关注的事情。前两年省委宣传部曾安排我编导一部有关大型企业改革的大型电视片，我到省内的一些企业采访，所见状况复杂，所闻说法不一，我心中很渺茫，一时看不到国有大中型企业有什么出路。陈家洱书记邀我为家乡写一部有关企业改革的电视剧，我难忘他向我讲述抚钢实行财务公开、民主议事时的那种兴奋情景。我也难忘他把抚钢剧变前后的一些关键人物介绍得那么生动而富有戏剧性。本来当今作家是不愿意接手工业题材的，我同样心有怵意。但是抚钢在改革中的创举，突破了我几年来心中的迷茫，我从中看到了中国大中型企业脱困的光明前景。家洱书记的表述，激起我的创作欲望，我接受了这项写作任务。我感谢家乡的领导和朋友们给我这样一次为家乡做事的机会，我已年逾花甲，但思乡心情更切，能用笔为家乡做点儿事，是我梦寐以求的事情。今日《支点》拍就，了却了我的心愿，实感宽慰。谢谢大力支持我的抚顺领导和朋友们，是你们用信任、心血和才智帮我圆了一个梦！"

抚顺市委把电视剧《支点》送给全国人大常委会副委员长、全国总工会原主席倪志福审看。他回信说："这些年反映企业改革的片子不多，反映依靠职工群众搞好企业的片子更少见，抚顺市的领导能把抚钢公司实行厂务公开、依靠群众扭亏为盈的真实事例组织编写成电视剧，以艺术的手法再现在观众面前，这是值得称赞的，整个片子拍得很好，很感人。我用一天时间把全剧都看完，片中比较真实地反映了当前国有企业面临的困难和问题，许多人物形象的刻画也很生动，再现了广大职工在改革中忍辱负重、无私奉献、不怕困难、勇于创新的精神风貌。特别是通过抚钢公司发动群众打翻身仗的生动事例，深刻揭示了只有全心全意依靠职工群众，才能办好社会主义企业这一个道理。中央正在下大力气搞好国有企业，刚刚结束的十五届四中全会，通过了关于国有企业改革和发展若干重大问题的决定，这部片子的拍摄赶上这样一个时候，对我们学习贯彻四中全会精神，有其现实的教育意义，值得一看……"

在省内召开《支点》座谈会时，省内电视界、文艺界许多领导和专家出席，大家一致认为《支点》是有辽宁特色电视剧的最新成果。

《支点》由中央电视台播出，在辽宁省优秀电视剧评选中荣获一等奖。

《非常城市》非常情

　　抚顺有句流行语："上水库（大伙房水库），下大坑（露天煤矿），看监狱（战犯管理所），学雷锋（雷锋精神发源地）。"这是抚顺最具特点的四个地方，也是我晚年最想为家乡写的四个地方，是我的心结。早年我写出了《雷锋》话剧和电视剧，完成了其中的一项。还有大伙房水库、露天煤矿和抚顺战犯管理所没有涉及。

　　2008年夏季，省委宣传部要抓电视剧创作，主管文艺工作的宣传部副部长召开座谈会，请作家们参与电视剧创作，由省委宣传部出资拍摄。这次会上，决定我去阜新，把阜新市因煤矿生产枯竭，转型进行新行业的典型事例写成一部电视剧，由一位文艺处长陪同我去阜新采访。采访完之后，春风文艺出版社邀我为这个题材写一部长篇小说。我在写作电视剧本的同时写小说。30多万字的小说《非常城市》脱稿，春风文艺出版社立即出版，在中国作家协会

◎ 电视连续剧《非常城市》宣传图片

和中国煤炭部联合举办的乌金奖文学作品评奖中，《非常城市》获长篇小说奖。这件事让我对未来的电视剧拍摄增加了很大信心。

剧本完成了，剧组也成立了，还是请李伟来导演。辽宁省内的著名表演艺术家，如辽宁人民艺术剧院院长宋国锋，金鸡奖获奖者吕晓禾、黄晓娟等人来演男女主角。可谓聚集辽宁演艺界精英的一次大演出。

可是绝没想到，当时出台一个政策：省委宣传部不参与电视剧制作。没有钱，筹拍中的《非常城市》需要自筹资金，自负盈亏。

万般无奈之下，那个受我帮助过的在大连搞企业的武金祥站出来了，扔下 30 万元钱作为启动资金。我说最少需要 600 万。他说你干吧，钱一点点到位。

这样我倒有了主动权，到什么地方去拍摄？我定在抚顺。我在抚顺见了时任市委书记的周忠轩，他支持我来抚顺拍剧，让矿务局给一定的资助。

"下大坑"，我要把抚顺雄伟的矿山景象拍个淋漓尽致。另外我专门加写了一场与大伙房水库有关的戏：游船在水面上荡漾，山清水秀，树丛间的大鸟不时地在鸣叫，在空中盘旋，有如进入仙境。把我家乡的美丽拍给世人去好好欣赏。

不幸的是，我的老伴儿小脑萎缩已经到了相当严重的地步。她跟我来到剧组，我照顾她。我俩来到我们当年在

◎ 《非常城市》剧照

◎ 《非常城市》剧照

抚顺两处住过的家，她都不认得了。有时问我："我们是在沈阳还是在抚顺？"我像面对一个小孩子一样向她解释，并故意装咳嗽，掩盖我的哽咽。

武老板的资金迟迟不到位，派人去要，只能拿出一点点。这时谁支持我？有点半糊涂的老伴儿挺身而出了，她告诉我她的存款在哪里，然后我回沈阳把一面袋子的人民币背回抚顺，用在拍电视剧上。

在抚顺市委和抚顺矿务局的多方面支持下，《非常城市》拍完了。在抚顺市举行了首映式，后由省内几家电视台播放。尽管我个人经受了经济上的重大损失，但是终于完成了我回报家乡恩情的心愿。我无悔无怨！

"老伴儿，我向你报告，我把《战犯》写完了，你可以放心了！"当然她只有呼吸，没有回应，我的泪水滴在她的脸颊上。

　　这篇改名为《人·鬼·人》的长篇小说由当时的白山出版社出版。2015年3月5日，在辽宁日报社召开《人·鬼·人》座谈会。此时我已年近80岁了，领受着诸位文坛朋友的支持和盛情，我知道这样的座谈会不会再在我身上复现。这可以说是对一个老人创作生涯的赞许，也是一种送别。此后我开始过我真正的老年人的生活了。

探索成长之路，解读智慧人生，
本章内容，扫码收听。

第十七章

我的老年生活

守望老伴儿

晚年最大的不幸发生在我的家里。那是 2009 年 2 月 5 日晚上，老伴儿去卫生间洗手，突然喊头痛。我进去搀扶她，放她躺在床上。她一夜没有动身。清晨我一摸床，尿水已浸湿了褥子，唤她，没有反应。我立即让儿子们过来，把老伴儿送到医院，诊断为脑溢血！从此老伴儿成了一个植物人。这对我是一个天大的打击。

我曾为老伴儿得病的事写了一篇短文，发表在《家庭》杂志上。辽宁日报社有的朋友读到了这篇小文，转载在辽宁日报社内部的报纸上，读了这篇文章的同志纷纷给我打电话，关心我，慰问我。在这部书稿即将结束的时候，我把这篇稿子抄录下来，供朋友们读一读，也算是表达我对共同生活了 60 多年的老伴儿的深深怀念之情。

两年前，老伴儿在夜里突发脑溢血，紧急送

◎ 老伴儿很爱美

　　到医院重症室抢救。我的3个儿子和他们的妻子、孩子全都聚到医院里来。医生已经发出病危通知书，此时想到我和老伴儿多年患难与共的生活，我难忍心中的悲痛，当着孩子们的面失声痛哭。

　　老伴儿是上海人，20世纪50年代大学毕业后支援东北建设，分配到辽宁省抚顺市工作。1956年，我从抚顺调到辽宁日报社当记者，第二年我们结婚，在结婚的第二个月，我就因为写一篇反映抚顺文艺界鸣放的消息，被打成右派分子。在抚顺工作的妻子被领导找去谈话，领导动员她同我离婚，妻子没接受，说她帮助我改造。

3年后，我摘掉了右派分子的帽子，以为我们一家人可以好好地过日子了，哪知以后阶级斗争年年讲、月月讲、天天讲，日子更为严峻。

"文化大革命"期间，我在抚顺一家工厂工作，革委会领导事先通知我，要对我实行无产阶级专政，让我做好准备。那天我上夜班，妻子帮我整理好行李，捆成一个方包，然后送我去公共汽车站。我俩一左一右各自拽着行李一端的绳子，悠悠荡荡地走。清冷的月光照下来，照在我们悲情的脸上。当我登上车的时候，妻子叮嘱我说："一定活着回来，还有孩子呢。"我回过头来，向她点点头，我发现她的眼里闪动着泪光。她一直目送我所乘的汽车走远，好久好久地站在车站的牌子下。在被专政期间，受尽人间屈辱，我想起"士可杀不可辱"这句话，曾下定决心，用死来对抗人类少有的对人权的践踏、对生命的摧残。然而每一次都是妻子那句"一定活着回来"的召唤在耳边回响，我才把那以死抗争野蛮的念头消解。进入"文化大革命"的整改阶段，辽宁干部们要走"五七道路"，到农村去插队落户。妻子是抚顺市政府干部，属于下乡对象，我在工厂可以留城工作，但是想到妻子为我受了这么多年的苦，我不能让她一个人去到那深山老林中独遭其难，我劝说80多岁的母亲和孩子们一齐同妻子下乡。这样一家人抛弃了城市生活，到乡下共渡难关。我们一家人相依为命地在泥房里度过4年，经历的风风雨雨不计其数。

苦难的日子走了20多年，终于走到头儿了，我的错划右派分子的问题得到平反，重新回到辽宁日报社工作，老伴儿随我也进了省城，安排到省政协任秘书处处长。每年一次的省政协大会她负责文字材料和会议筹备工作，她没有白天黑夜地投入到工作中，到了忘我的地步。退休以后，她的心也全在政协工作上，每当有老干部学习活动，她是从头一天黑夜忙到天亮，埋头看材料、写笔记、准备发言。学习回来我说："你准备了一夜，你的发言肯定受大家欢迎了。"她笑笑回答说："发言的人太多，没有轮上我。"我说："你死后一定要把一样东西带走。"她问带什么，我说："政协的徽章，哪有你这样好的政协干部，退休了还为政协玩命呢。"

戏言终成眼前事。在她病危期间，我把老伴儿的政协徽章找出来备好，准备给她戴上。

虽为不情愿办的事情，也必由我去办，就是

给老伴儿买寿衣。儿子们说医院门口就有几家寿衣店，随时可以去买。我说你们妈妈的寿衣不去寿衣店买，因为我了解你们妈妈，她是爱美的人，在病前几天还把各式各样的帽子对着镜子逐一地戴在头上，不时让我说哪一顶最好看，我说哪顶好，她就戴着它唱着歌，从这个屋走到那个屋，整天地戴在头上。她的衣裳大多是从上海寄来或她去上海时买的新式衣服，所以我不能让她穿着死板的寿衣到另一个世界去。我知道她喜欢时尚的着装，我到沈阳一家大商店去，我选了一条名牌运动裤，当我选女外衣时，女售货员问我给谁买，什么年纪的人穿。她一下子把我问住了，我思考了一会儿，这售货员看我的眼睛湿了，便关切地问："大爷，您买衣服还有什么说道吗？"我点点头，说："姑娘，我是给老伴儿买寿衣，她70多岁了，在病危中，你帮我选个好的。"说着我哽咽了。姑娘很懂事，马上劝慰我说："大爷别上火，我帮您选。"

售货员帮我选了一件雪白的外衣，我说："这个好，我老伴儿一生为人清白，'文化大革命'中造反派把她抓起来，让她交代市长的下落，市长是被她藏在上海家里的，她就是说不知道。"售货员称赞道："大娘是好人哪！"她把衣服包好，小心地交给我之后，又从柜台里出来，挽着我走了几步，说："大爷别上火，人老了免不了都有这一天，这是老天爷安排的。"我说："孩子，这是老天爷不公啊，你不知道这个安排，给我这个老人带来多么大的创伤。"

老伴儿病倒，3个儿子也非常悲痛。大儿子在抚顺，两个弟弟都在沈阳的机关工作，不能全天护理妈妈，大儿子便辞去工作，专程来沈阳照顾妈妈。他日夜不离医院，晚上睡在椅子上。老伴儿病情趋稳时，不幸的事情又发生，她第二次脑出血，呼吸困难，院方感到病人已经临近生命末期，问我是否需要给病人割喉管。医院护工劝我说，让你老伴儿完整地走吧，挨那一刀干什么？孩子们也都没有主意，让我定夺。我说："你们妈妈有一口气就要抢救。"一个孩子说："爸，那需要大量的自费药，有的药一针就要四五千块。"我说："你妈为咱们这个家奉献了一辈子，花多少钱都在所不惜，砸锅卖铁也要继续治疗。"3个孩子都知道妈妈一生为他们奉献了多少，由于3个儿子生长在"文化大革命"年代，没有一个上过大学，他们妈妈是大学毕业生，她向3个孩子保证："你们的孩子都要上大学，我和你爸爸供他们从小学到大学。"10多年过去了，大孙女儿已经大学毕业，在辽宁日报社当记者。大孙子已经上大学三年，

◎ 老伴儿在病中的全家照

◎ 与任辽宁日报记者的孙女出席抚顺战犯管理所
建所60周年纪念活动

也是奶奶供的。二孙子今年高中毕业。

　　3个儿子收入都不多，也是他们的妈妈作出决定，我们老两口资助孩子们住上新房。如今孩子们的住房，都比我们两口子住房宽敞舒适。孩子们知恩图报，有工作的也是千方百计抽空来看妈妈。一到双休日，两个弟弟就和大哥争抢着值夜班，有时候3个儿子聚在一起，同时守着病床上的妈妈。看到这些，我感到很欣慰，数十年的抚养和教育，我亲眼见到儿子们真诚地孝敬父母，我心足矣。

　　老伴儿生命力真强，死神没把她领走，她没有舍弃孩子们，一直留在孩子们身边。

　　在家里主要由大儿子照顾妈妈，他每天给妈妈数次翻身，数次鼻饲，数次换尿巾，还不时地给抠粪便，一天也睡不了几个小时的觉，多年如一日，备受邻里们的赞扬，他成为居民区里有名的大孝子。有人说久病床前无孝子，我说久病床前有孝子。我多半辈子写作，我的几个儿子，是我最好的阐释孝道的作品。

　　我是抚顺人，老伴儿在抚顺生活近30年，也算是抚顺人。举世闻名的抚顺战犯管理所是我和老伴儿都非常熟悉的地方。她知道我写作上有一个心愿，就是把抚顺战犯管理所改造日本战犯的事情写成一部文学作品。由于我们都已年过古稀，她真希望我尽早完成这项写作任务，也算给家乡一个交代。为了报答她多年来对我写作的支持，实现她对我写作上的期待，我在悲痛中打开电脑，用写作来排解我心头的巨大悲痛以及对她的感激和思念。我开始写作《战犯》，有时是流着泪把字敲在电脑上，有时疲劳想休息，想到老伴儿的期待，我就再坚持几个小时。经过多个时日，终于把长篇小说写完。当我脱稿那一刻，我走到老伴儿的床边，抚摸她的脸颊，向毫无意识的老伴儿报告："老伴儿，我向你报告，我把《战犯》写完了，你可以放心了！"当然她只有呼吸，没有回应，我的泪水滴在她的脸颊上。

改名为《人·鬼·人》的长篇小说由当时的白山出版社出版。28集电视剧《战犯》已由吉林省委宣传部、吉林省影视制作集团今年4月在抚顺战犯管理所开机拍摄。企盼老伴儿能活到《战犯》播放那一天。那时，我将把老伴儿从床上抱起来，同她一起面对电视机坐一会儿，看到映出"战犯"两个字和几个画面，也总算我们共享到创作成果带来的幸福。这样，她走得会舒心，我也会感到一丝宽慰！

上文是我写在13年前的一篇小文，今天重抄起来，仍然是泪水模糊了眼睛。

2017 年 5 月 6 日，已经躺在床上 8 年的植物人老伴儿，终于离开我们走了。虽已在意料之中，但当床上真的空荡荡的时候，我心头的苦痛，难以言说。

此后多年，出现在我梦中的人，主要就是老伴儿。但是每在梦中相见时，都是只见人而不能走近。每当我想走近时，她不是躲开了，就是忽地没有了影踪，总是相即又相离。每一次梦都是一份痛苦！为此我写了两首诗：

我的枝你的叶

我的枝搭着你的枝
我的叶贴着你的叶
风来了我们倾斜在一起
雨来了淋湿了我和你

春天我绿了你也绿了
冬天我们依偎着眠息
就这么冬去春来
不嫌不弃牵手不离

终有一天由绿变黄
老树渐渐失去生机

后来人将树根刨去
听见土下传出凄婉的抽泣

梦 中

我常在梦中见到你
却总是若即若离
你在岸上
我在河里
当登上河岸
你却隐身而去

我常在梦中见到你
多是狂风暴雨的时候
我看到你瑟瑟发抖的身躯
我要把伞给你
脚下是拔不动步的水和泥

与你永别整整三年
我到墓地去看你
看到的只是一块石碑
依然与你有着距离
总是这样

不能和你融合在一起。

　　我知道，在我有生余年，我会一直守望着老伴儿，守望我们共同的家。

放不下手中这支笔

　　《人·鬼·人》出版后，《沈阳日报》开始连载。因为它是反映抚顺战犯管理所在解放初期改造日本战犯的故事，既有辽宁地方特色，又有国际意义。所以这部作品很受读者关注。

　　2015年3月5日，在辽宁日报社会议室召开《人·鬼·人》座谈会。辽宁省作家协会历届党组书记和主席韶华、陈巨昌、朱庆昌、金河，副主席邵永胜、吴佳铭、周建新，还有辽宁大学原校长冯玉忠、著名理论家王向峰教授及白山出版社的3位同志等文化界人士出席座谈会。辽宁日报社社长丁宗皓致欢迎词。出席会议的朋友感慨地说："这种规格、这种高水平的座谈会，不可能再复制了！"

　　大家认为这部作品是辽宁题材文学创作的新收获，是李宏林创作的新探索。

　　江洋在一篇题为《一部阐扬人性的力作》中说：

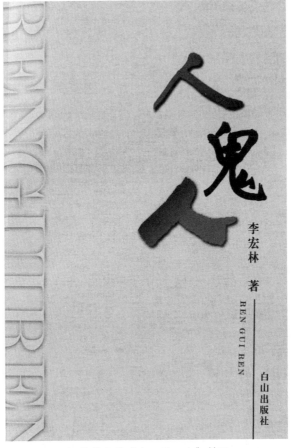

◎ 长篇小说《人·鬼·人》封面

"《人·鬼·人》用大量的人物例证，对人性进行多角度、多侧面的诠释和挖掘，这是近期长篇小说乃至文学创作上的一个新突破。"

胡世宗在一篇题为《中华民族博大胸怀的生动展示》的文中说："《人·鬼·人》力透纸背的一个'仁'字，这是有五千多年文明史的中国人信仰和遵循的，到了中国共产党领导的新中国这个新纪元，更加升华和发扬了。中华民族的博大胸襟，在这部小说中得到淋漓尽致的展示。"

王向峰教授当场吟诗一首赠送给我：

题宏林长篇新著《人·鬼·人》

挥笔成篇《人·鬼·人》，

回眸岁月动风云。

烽烟虽靖争犹在，

有备干戈待一伸。

韶华老已年过九旬，赠我一幅裱好的字《绘制时代新图谱》，令我非常感动。

座谈会后，王研在《辽宁日报》发表了座谈会纪要和她写的一篇长文，题目是《报人与文人精神交融　为时代创作优秀文艺作品》。

文中说："李宏林的长篇小说《人·鬼·人》出版了，他用一部具有强烈历史责任感、现实针对性及文学价值的

◎ 老作家韶华赠我墨宝

◎ 《人·鬼·人》签售活动现场

力作，再次证明，当报人精神与文人精神交融时，能为时代贡献出十分优秀的文艺作品。"

我当时已年近 80 岁了，这次座谈会，我领受着诸位文坛朋友的支持和盛情，我也知道这样的座谈会不会再在我身上复现。这可以说是对一个老人创作生涯的赞许，也是一种送别。真的，此后开始过我真正的老年人的生活了。

我最大的遗憾是老伴儿没能在生前看到电视剧《战犯》播放。这部剧的主演都是当今的一线著名演员，如王庆祥、巫刚、刘佳等人。中央电视台派出两位高级编审人员进剧组跟班监看拍摄，预定作为中央电视台黄金时段的剧目播出。拍成后在长春试播，我在沈阳，便与我相识的看过试播的中央台编审通话，他告诉我，看过剧，十分震撼！中央电视台选定了。得到这信息我十分高兴，等待看中央电视台一套播出。

我在创作上的命运总是一波三折：正在这个时候，中日两国因钓鱼岛问题，关系紧张起来，《战犯》当时不宜播放，一压就是 7 年。2018 年迎来中日两国缔结和平友好条约 40 周年，两国关系稍有缓和，才由吉林电视台以及腾讯、爱奇艺两大网站同时播出。时过境迁，不会有当时预期的那样引起强烈反响了。但《战犯》仍不失为一部题材独特、催人泪下的优秀电视剧。对我个人来说，它格外有一番意义。一是我为家乡抚顺最终完成了几个城市标志性地标的文艺创作，回报了家乡对我的培育之恩；二是完成了老伴

◎ 与《战犯》主演巫刚（右）合影

◎ 《战犯》剧照

◎ 接受记者采访

儿生前对我创作的期待，不留遗憾了。老伴儿可以安息了，我一颗老年的心也清静了。

真是岁月如梭，白马过隙，不知不觉中，《辽宁日报》创刊70年了。报社报庆筹备部门的同志邀我到报社，作为辽报老报人谈些办报时难忘的往事，说到激动时我止不住流下泪来，采访我的著名记者高爽也湿润了眼睛。我像对母亲一样难控对辽报的感情，录像的记者将这场景录入了镜头。金秋十月，在辽宁日报传媒集团大会议厅召开隆重的庆祝大会，省委书记写来贺信，省委宣传部部长和丁宗皓社长分别讲话，在讲话中列出辽报创刊70年来涌现出的新闻名家和文学大家的名字，分别是穆青、刘白羽、华君武、殷参、范敬宜、彭定安、赵阜、李宏林。我很荣幸在列。遗憾的是，这8位同志已有6位离世，尚在的只有彭老和我。我俩都已是残年老人了。真是数风流人物还看今朝。

老年人怎样生活？有一件事给我很大的提示。辽宁日报社有一位副总编辑，历来主管人事，不会写文章。他退休后，家里没有什么人，见人就说，这可怎么活呀！结果，人家说他是因忧郁而离开了这个世界。所以我一直想，老的时候一定要有点儿事做，一天光看墙壁，是看不出什么好光景的。幸好，我有个当了40年会长的辽宁省报告文学学会，省内一些报告文学作家总在一起搞活动。我还有一支不老的笔，还能继续写一些东西。

◎ 辽宁省原副省长陈素芝给我颁发辽宁优秀老人奖

　　2014 年，省水利厅邀请我们写一部报告文学，我带领 10 位作家从吉林省境内走到辽宁省最西端，行程千余里，看到多个水利涵洞工程，开了眼界，长了知识，写出 30 万字的作品。

　　我年纪大了，我出主意，管吃喝，由胡世宗出任干具体事情的执行会长。他办事认真，组织能力强，他经手安排报告文学作家写了《铁西神话》等两部反映沈阳市铁西区新面貌的作品。我跟大家每天过得很忙碌，也很愉快，还为社会作出贡献，对身心都有好处。

虽然老了，但是身体还可以，所以我经常参加社会活动。什么全省、全国模特大赛了，什么有关文学创作的讲座了，邀请我的，我都出席。同大家在一起说说笑笑，觉得年轻了不少。

家乡的朋友也关注我，我有新作品问世，他们就发消息。不时地在抚顺的报纸上发表写我近况的文章。《抚顺日报》记者刘恩明，用一整版的篇幅推出《责任的担当与乡情的召唤》，总结了我一生的创作经历和对家乡的怀念，读得我热泪盈眶。《抚顺日报》记者王丽敏，多次向家乡介绍我的生活状况和写作情景，她写的《椽笔写乡情》，"椽笔"不敢当，"乡情"是准确的，所以她的文章很让我感动。

新闻界没有忘记我。2014年11月，全国好新闻授奖大会在北京召开，同时向老新闻工作者颁发纪念奖章。东北三省派一名老新闻工作者作为代表出席会议并受奖。三省经协商，选我作为代表出席大会。会后，《中国新闻出版报》记者范燕莹采访了我，之后写成一篇《李宏林——有文学给养的终身记者》发表在报上。其中这样写道：

2002年，在李宏林新闻从业50周年时，他被辽宁日报社授予"终身记者"称号。谈及半个世纪的新闻生涯，李宏林说："中央一直提倡三贴近，实际记者的生涯就是围绕三贴近走过来的。

◎ 与曾外孙的天伦之乐

不贴近生活，不贴近实际，不贴近群众，记者就
写不出能在社会上引起关注甚至是轰动的作品。"
他告诫青年记者不要浮躁，具体来说就是有三种
类型的记者坚决不能当：不当糊涂记者，不当老
爷记者，不当没手艺的记者。他提倡文学元素要
进入新闻写作当中，这样写出的新闻作品才更具

有感染力。他说，我们拿什么来和读者沟通？一个是重大信息，另一个就是好的文笔、好的立意、好的叙述。早年文学素养的训练，让李宏林在年轻时就进入一种文学思维，因为受到文学滋养的影响，让他在新闻写作时有很浓郁的文学韵味。他说："记者生涯养育了我的作家身份，我的文学作品都是我采访的一种延伸。反过来作家的身份又养育了我的新闻岗位。"谈及两者的关系，李宏林这样说。在辽宁日报社李宏林是有名的"一遍成"，原因在于他在日常的采访写作中酝酿准备的时间长，但只要动笔就不打草稿，一气呵成，一遍成功。谈及这不打草稿的本事，李宏林说："我们以笔杆安身立命，这是我们的手艺，学一门手艺，如果有一级到八级的水平，那我们就必须是八级的水平。"李宏林虽然已年近八十高龄，但是他并没有与这个时代渐行渐远，而是一直观察着、思考着所处的这个时代。针对当下传统媒体和新型媒体融合的行业热点，李宏林的观念仍然是与时俱进的。他说，我们如果还是用报纸的面孔和心态来办新闻媒体，肯定是不行的。传统纸媒要有新的形态、新的语言、新的联络群众的渠道，我们要在学习网络方面有所收获。当被问到一个是作家、一个是记者，这两种身份，他更偏爱哪一种时，李宏林说："我热爱记者这个岗位，但不仅要当记者也要当作家。世界上许多著名记者都是大作家。我喜欢自己和作家结合，这样写出的作品目光敏锐，同时与社会现实的联系更紧密。"

退休多年来，我仍不时有新作品问世，原因就在于我放不下手中这支笔！而且这支笔还开发出新功能——学画画。

说来我学画画是个笑话。有一天，辽宁省著名女画家包锦华来看我。她见我拿着毛笔，愁眉苦脸地面对着桌上的一张纸不知干什么，就问我："怎么了？"

我说："省文联举办书画展览，让我写一幅字或作一张画，明天就到期了，我什么也弄不好哇！"

她说："你别急，我教你。"说着她从包里掏出一卷卫生纸，把纸搓成一个纸团，然后蘸上墨汁，只见她在纸上左搓右擦，竟然画出一幅很漂亮的墨荷。真是神了！她把纸团递给我，说："就这么大胆地画，明白没？"

说实话，我上学时有画画基础，经她这么一指点，我照猫画虎，果然也画出一张墨荷。锦华一愣，说："我不教你了，再教我没饭吃了。"

我让人把这幅墨荷送到省文联，书画展负责人给我打来电话，惊讶地问："宏林老师呀，你这么高的画画才艺，怎么从来不露呢？"

我哈哈大笑，说："你别笑话我就行啊。我不会画画。"

负责人说："宏林老师真谦虚。"然后告诉我开展日期，让我一定提前半个小时到会场。我以为是让我以嘉宾身份露面。

在辽宁展览馆开展那天，前去参观的人很多，我进入大厅，负责人一把把我拉住，然后领我来到画展区，我看

◎ 荷花图

◎ 白荷图

到辽宁电视台的记者把摄像机对准展出的画廊，我突然发现镜头对准的竟然是我的那幅墨荷！旁边的一幅画是大画家冯大中画的一幅老虎。哈哈，我和大师并驾齐驱了！

然后就是记者采访，回答记者问题，同时录像，晚上在新闻节目中播出。这下子可把我弄忐忑了，我悄声问年轻的女记者："姑娘，是真说假说？"女记者说："您随便说。"妈呀，又把球踢给我了。

我瞬间想了想，摄像机启动了，我一个劲儿地夸书画展搞得好，书画家参展多么踊跃。当说到我时，我说我从小爱画画，成年后结交许多画家朋友，看他们怎么画，我

中央文学研究所一、二期学员在北京聚
会。大会请摄影名师给每位与会者拍一张照
片留作纪念。每看到这张留影，就想起那些
温馨的日子。

◎ 温馨

就学着怎么画，刚刚起步，以后要多学多练多画。谢谢大家的关注。蒙混过关了。我看到很多人对着我这幅画一直在琢磨，包括省文联副主席、画家王冠，我听他们在议论，这是用什么笔画的呢？我没敢凑上前，赶忙溜走了。

　　这件事后，我一直在想，没看出我画画的破绽，是这些艺术家低能吗？绝不是。我想他们之所以看走眼，是因为他们一直关注国画在画法上的创新。由于我有一点儿画画的浅知识，又有一些画家朋友送给我的画，常琢磨，再加上文学上的一些修养，我略懂在画面上追求什么。画什么画不像时，我用纸团随意一抹，或轻或重，似形非形，倒有点儿类似文学创作里的朦胧派了。朋友们鼓励我的创新，正是由于他们的鼓励，推动我20多年里不停地学画画，去年已经出版了一本《宏林画册》，另一本《宏林漫画》正在编辑中。画画，给我的老年生活带来许多欢乐。现在我不仅会画，还会裱画、装框。我的居室就是一个小小的画作坊。

　　老年朋友们，学画画吧。站着画，练身板；拿笔画，练手腕；思考画，不痴呆；送朋友画，深情在。我用一首《学画自述》来结束这一小节。

青红不分近色盲，
出入门庭头碰墙，
丹青助你识红绿，

◎ 松山图

五彩缤纷光泽强。

人不服老人亦老，

贵在心中有骄阳，

笔下龙蛇随意舞，

九霄云外任吾翔。

文学即人学

　　我已经进入耄耋之年。从 17 岁学习文学写作，学了许多古今中外经典作家的经典著作。半个多世纪的学艺，最有感悟的是什么呢？我深切地感到：首先是学习。没有我在文学讲习所两年的深造，我不懂文学的真谛是什么；没有我多年来孜孜不倦地看书与思考，我摸不到时代的脉搏，跟不上文学的潮流。其次是社会实践。我这一生，也是经过风风雨雨的，所以我在中年写作时，对社会的思考深了，对形成社会现象的历史的和现实的原因探究得多了，作品的深刻性便增强了，也总想在作品中能给读者带来思想上的启迪。还有非常重要的一点，就是深刻认识到文学即人学，要把写好人物作为文学创作的重中之重。

　　1979 年，中国作家协会举办首届中短篇小说评奖，邓友梅的《我们的军长》获一等奖，在新侨饭店颁奖。恰好我也在饭店，他拉着我进了一家饭馆，用刚到手的奖金请我吃饭。饭间我问他："你沉默了20年，为什么一出手就写出闻名全国的作品？"他不假思索地说："第一条是文学讲习所给咱们打下了基础；第二条是经过社会的风雨洗礼，对社会有了更深刻的认识。"我称赞他把陈毅军长写活了，他说："咱们下这么多年功夫，不就是为了要写好人物嘛。"是的，邓友梅遵循这样一种深切的感悟写作，不断地推出产生重要影响的作品，如《画儿韩》《那五》《烟壶》等，都以写出鲜活的、有时代意义的人物而翘居文坛。

这说明，学习对一个作家是首要条件，第二条社会实践也是必须的。但是文学写作，写人物是重中之重。人物是一切社会关系的总合，人物是反映一个历史时期政治、思想、经济、文化、信仰等方面影响的活的载体，可以说每个人都是时代的影子。所以无论是新闻还是文学作品，优秀的作品首先是要把人物写好。我们评说一篇文学作品没写好，常说的一句话是"没写人物"。文学被称为人学，要想达到文学的上品必须写好人物。譬如当年新闻作品中的焦裕禄、雷锋、张志新等，这些人物长久地活在我们心中，也是新闻作品的典范。文学作品中的《红楼梦》《水浒传》《三国演义》在写人物上就不必说了，"五四"以来的中国文学，鲁迅在他的作品中塑造出多少鲜活的人物，都像照向中国人面貌的镜子一样存在。新中国成立以来，成功的作品中出现的江姐、朱老忠、杨子荣等等人物，也都成了各自作品的标志。

我在与青年文学工作者交流时也在强调这个文学的主要问题，在讲课时也专门讲过写人物时的一点儿体会，我更多的是从写人物特写和报告文学的角度去谈写人物，所谈大致如下：

一、写真实的人物

有人会问：写特写和报告文学都是写真人真事，怎么还需要强调写真实的人物呢？

需要的。写作实践告诉我们，有些作品把真实的人和事写假了的事情是常有的。

不论什么样的先进模范人物，都有一个从幼稚乃至犯错误再到成熟的成长过程。我们写人的最终目的，是通过生动典型的人物形象，看出社会对其性格形成的作用，从而反映社会、认知社会。我写过一个少年周云成舍命从奔驰的列车下救出两名儿童的事迹报告。后来拍成电视剧《时代之子》由中央电视台播出。在对周云成这个少年的刻画中，着重揭示他受到什么样的教育和社会影响，肯在花季之年舍身救别人。在周云成性格的形成中找出独特的、具体的内容，譬如对学校教育、家庭教育、社会影响等方面，都要认真调查，对事实作出判断和选择，并细致、生动地给予自然的可信的回答，否则这个人物就不真实。追求这种真实，不能满足于对某桩模范事迹的真实掌握，而是应当找出形成人物思想、性格、追求的成因，塑造出一个让人能够理解、可信的人物。我们不能做到这一点，往往与不理解写人物是写变化着的、发展着的、活的人物有关。这样写出的人物，不过是一幅招贴画，人们不会为之感动。这是一种没有丰满血肉、没有感情的假人或"超人"。

"超人"看来高大，但是有点儿不食人间烟火，有点儿不近人情，因而可敬而不可学。我们写人物，首先要让这个人物与平常人融为一体，他的休戚能与人们的悲喜相关，做到思想上认同、感情上相通。只有这样，我们刻画的人物才能通过感情的通道打动人心。如果我们写的人物

◎ 拍成电视剧的《时代之子》中的周云成

与凡人的感情世界格格不入，怎么能感染人、教育人呢？大家可能都看过苏联小说《这里的黎明静悄悄》，一群女兵在上前线前都有毛病，有的因为与长官有暧昧关系被下放到班队；有的爱虚荣，说话尖刻；有的懦弱、胆小，缺乏自信。就是这些极为普通的妇女，在与敌人面对面斗争时，为保卫祖国，表现出大无畏的爱国主义精神，最后都牺牲了。人们能理解和敬佩她们的英雄作为，因为她们与俄罗斯人当时的境遇、感情、信仰是相通的。她们普通而又伟大。所以这部不到10万字的中篇小说，成为流行世界的经典著作。这个写作事例可供我们很好地思索和学习。

二、在矛盾中写人物

在矛盾中写人物，一直被文学创作所重视。文学界把"无冲突论"视为文艺创作上的大敌。戏剧与影视剧艺术干脆亮出"矛盾艺术"的大旗。我们回顾一下，优秀的人物特写和报告文学，都是把人物置于尖锐的矛盾中来展现人物的精神风貌、塑造感人形象的。像《谁是最可爱的人》中志愿军与美帝侵略军残酷搏斗的情景；《哥德巴赫猜想》里陈景润苦登猜想之巅时所面临的重重困难；《党的好干部焦裕禄》中的焦裕禄，虽有盐碱地的困扰和疼痛难忍的肝病考验却屹立不倒……一个个英雄形象的大智大勇大爱，都是在冲突、斗争中表现出来的。有时我们写的作品不能说毫不涉及矛盾，有时也确实写到先进模范人物胜利地排除了什么困难而创造出业绩。但是往往我们着笔点只注意勾勒他们排除了什么困难、取得什么胜利成果，而未着重揭示他们面临各种矛盾时个人内心又有什么矛盾，以及怎样解决这种自身矛盾的。这种自我内心的波澜，才是人物思想性格的精髓，只有捕捉到这一点，才能表达出人物的真实的精神世界，塑造一个个鲜活的人物。

我写电视剧本《家风》，在写张莉和刘绍全婚前的恋爱阶段时，把张莉置于一连串的尖锐矛盾中：刘绍全无父无母，以30多元的工资养活奶奶和3个弟弟3个妹妹，许多亲属警告张莉不能往"火坑"里跳。张莉到刘绍全家里去串门，看到的是一片脏乱景象，是个典型的穷大家。这一系列外在矛盾必然引起张莉的内心矛盾。这时才是进一步刻画人物的好时机。这时必须真实地写出张莉的痛苦和退却，她不得不中断了和刘绍全的恋爱关系。这是真实的人物思想和情感。但她最终还是走进了刘家，自愿地担负起改变一个社会细胞的职责，充满信心地走进贫穷和困难之中。这时要求作者必须写出这种巨大变化的合理性、可信性。我必须下功夫去寻找引起这种变化的原因。我在采访中发现，作为工程师的张莉的父亲，是位有宽阔胸怀的长者，他以社会主义道德观和辩证的观点教育女儿，他认为只要刘绍全人好，有女儿去帮助，这个穷大家一定会改变。张莉的母亲是治家有方的过来人，她也支持女儿和刘绍全结合。再加上张莉发现刘绍全真诚地爱着自己，因为失去她，他竟然得了一场病。在这诸多因素的影响下，张莉经过激烈的内心斗争，最终决定与刘绍全结合。她走进破大家，经过几年努力，把这个家治理成了一个幸福和谐的大家庭。

戏剧大师曹禺先生用一句话概括他半个世纪写戏的经验，他说："我让我的剧中人物都带着矛盾上场。"这宝贵之谈，值得我们好好思考、认真学习。

三、写出人物的层次

虽然注意到在矛盾中写人物了，但也不一定就会把人物写好。我们看到过这种作品：人物所面临的矛盾不少，也触及人物的自身矛盾，但是每个矛盾缺少有机的联系，甚至前边的矛盾同后边的矛盾调换着写对人物塑造也无多大关系。这种结构实际上是矛盾的罗列，而我们追求的应该是人物在不同的矛盾中有不同的反应，由一个个不同思想内涵的矛盾，构成一条清晰的、有层次的人物思想情感发展变化的线。这样刻画出的人物是动态的人物、活着的人物。我想要做到这一点，首先作者要有识别、发现各种事物不同的思想内涵的能力。换句话说，就是作者要懂得被你掌握并要写进作品中的素材各自的层次。

有一次，我同一名青年记者去采访一个养鸡专业户。

这个专业户很有集体主义精神。因为他有文化，有一定的科学知识，他用科学方法养鸡。他不自私、不保守，义务为其他养鸡户传授科学的养鸡经验，还挨家挨户给鸡注射防疫针。这还不算，他还借钱给村民们买鸡，帮助贫困户脱贫。一次他手头儿没有钱，就去信用社贷款，自己付利息，把钱借给村民。他不管三伏酷暑还是寒冬腊月，经常拉着一辆车，进城去为村民买鸡种、卖鸡蛋、运肥料，为此冻伤过手脚、累病过。无疑，这是一个很好的人物特写素材，这个专业户哪件事都有社会主义精神的光彩，怎么写呢？如果被这些事例的光彩晃花了眼睛，认为怎么写都闪着光芒，那就错了。这时要注意写出人物的思想层次，要识别这些事例之间思想内涵的差异。青年记者写作，开篇不久就把专业户去信用社贷款的情景抛出来了，并一笔带过。这便是识别上的失误。我认为，用这些素材描写人物，应该分三个层次：第一，先介绍这个专业户在村中以科学养鸡法为群众服务的事迹。第二，表现这个专业户走出村外为群众付出心血和劳力的作为。这"第二"与"第一"比，服务领域更宽远，服务精神更可贵，"第二"是"第一"的发展。第三，写专业户借钱给村民。为什么把它放在最末呢？因为金钱是对一个人大公无私还是自私自利的更严峻的考验。一个农民在钱财上先忧人之忧，是很有光彩的思想境界。它在思想内涵上高于前两者，要把这第三件事作为作品的高潮来写。要热情地进行感情上的渲染，或是进行富有哲理色彩的议论，加强作品的感染力和说服力。写好人物，很重要的一点是把握住人物的思想核心，这个核心就是人物的本质，把握不住这个核心，难以展开层次。因为人物最本质的东西你不认识，怎么能写出人物一步步发展、演变的脉络呢？把握不住这种核心，还容易把人物写偏，使人物最有意义的光彩被遮掩。这种核心需要我们在生活中对人物去观察、去发现。

　　我写过一篇人物特写，叫《啊，男"妈妈"！》，一个男青年捡了一个女婴养起来。尽管是个篇幅不长的特写，事情也很简单，写作时也要寻找人物的思想核心。人们当时对这个青年的行为大多不理解，这青年人，怎么就含辛茹苦地去当个男"妈妈"呢？这也是我要寻求的答案。这个答案，我在男"妈妈"的一句话中找到了。当他要给婴儿起名字的时候，男"妈妈"的妈妈生气地说："你纯粹是穷嘚瑟！"男"妈妈"乐了，对着婴儿说："孩呀，咱们就叫这个名，不是穷富的穷，而是苍穹的穹，你叫窦穹，你爸是男的，一个人怕养不活你，得靠社会主义的苍天保佑你！"穹者，浩瀚之苍天也。从这里生动地说明，男"妈妈"收养婴儿，他的勇气、他的大义，来自他对社会主义制度的信赖，反映出社会主义精神的光彩，是有深刻的思想意义的。如要想写出有思想层次的人物，首先必须提高识别这种层次的能力。这种能力是仔细观察身边事物，在认识上的积累和提升，也是文学创作方面力求写出人物命运变化的追求。

四、写出有个性的人物

人物的思想核心把握住了，人物思想递进的层次也搞清楚了，并不等于可以写出生动、感人的人物形象。因为上述内容属于感性上升到理性的阶段，是对与人物有关的千差万别的现象进行思想上的认识。如果我们急于把它作为人物的本质告诉读者，那正如马克思批评拉萨尔的剧本所说："最大缺点是席勒式地把个人变成时代精神的单纯的传声筒。"他告诫说："我们不应该为了观念的东西而忘掉现实主义的东西，为了席勒忘掉莎士比亚。"

人各不同，各有其面。尽管我们都生活在社会主义制度下，但由于出身不同，所受的教育不同，生活环境不同，也各有不同的表现特点。华罗庚和陈景润都是被作家、记者写入报告文学的数学家，陈景润魔魔怔怔的性格特点，能加在大度、稳重的华罗庚身上吗？二人的个性天地之差，但是为社会主义祖国服务、为科学事业献身的精神是一致的。从这个例子中我们要记得，写人物只写出人物的共性是不行的，而要写出有个性的人物。假如一篇作品以四位工程师为主要人物，那就要写出四种完全不同性格的工程师来。

性格是什么？它是阶级、环境、教育、经历、地位等多方面因素在一个人身上作用的结果，由此而形成个人的独特的人生态度、政治信仰、处世哲学，以及性情、爱好、语言等方面的表现特点，一百个人一百个模样。这就是人的独特性格，也叫个性。

比如表现一个人生气，如果我们不对每一个人做细致的观察，很容易写成"怒气难忍""气得涨红了脸"等等。其实由于人们各自的经历不同、修养不同，生气时的表现也是千姿百态的，我就见过越生气则越含笑的人。

我时常有一种遗憾的心情。有的青年记者采访回来，述说采访所得，可以说出许多富有个性的情节、细节、语言，把人物说得活灵活现，我多么希望能看到他写出一篇有人物又生动的作品。但是当我读到交上来的作品后，富有人性色彩的东西全没有了，留下的只是表现人物思想共性的事件。打个比方：主人告诉我们去吃肘子，结果端上来的是骨头。

写出有个性的人物，注意捕捉和表现人物的细节是很重要的。有一次，一个青年记者写了一篇人物特写，写的是一位工程师如何为设计一个工程项目而日夜忘我劳作。当写工程师忘我精神时，用的是我们常见的"工作到深夜"之类的词语。这样写是看不出这位工程师的个性的。为了补充材料，我同青年记者再去采访工程师。工程师头发花白，面容消瘦，日夜工作还要伺候患病的妻子。我怀疑他的精力怎么能坚持工作到深夜。我提出这个问题，工程师作出令我震惊的回答。他说每当晚上安排病妻睡下后，他就吃一片妻子用的刺激精神兴奋的药，无症用药，他便格外兴奋，可以坚持夜里工作。这个细节把工程师的忘我精神表现得令人感动又十分独特。当然工程师的工作精神是可贵的，但是无症吃药我们并不提倡。从写作的角度来说，写有个性的人物，是要有这种独特的细节或情节作支撑的。

朋友说，你从事写作 70 多年，新闻、文学、影视剧全有涉猎，应当给青年朋友说说在这诸多方面写作的感受和经验。本想回避这方面的谈述，以免被说成老而不逊、好为人师。既然朋友希望我说说这方面的感悟，反正也快近入土之年了，不管别人说些啥，能对喜爱文学写作的青年朋友有些提示，就感到很欣慰了。所以也就顺笔写下这些文字，算是对朋友的叮嘱做个交代。

　　这部自传体的书稿完成了。起个什么书名好呢？拟订了好几个，都不理想。我突然想起，20世纪80年代四川省作家协会副主席、著名诗人孙静轩邀我参加在成都举办的一次全国著名作家聚会。与会期间，我与著名作家白桦相识，经历略同，心有灵犀，相谈亲切。在临别时，为表情谊，他赠我一幅墨宝留念，取杜甫诗句"文章千古事，得失寸心知"的上半句（原件存于辽宁省作家协会文物馆）。有了，就取白桦的提示，把"千古"改为"天下"，叫《文章天下事》，也算是了却我对已仙逝的白桦先生的怀念之情。

　　《文章天下事》记述了我一生的主要经历，我从一个幼稚的中学生，成为一名高级记者和作家，并获得许多国家级、省级荣誉称号和奖励。在我已迈入老年时，不时地想起给我大恩大爱的人和事。

　　首先我不忘父母养育我的大恩。父母都是不识字的农

◎ 与白桦夫妇在成都

村贫民，为了生存，他们闯进城市艰苦谋生。虽然家境贫穷，
但是他们为子女的成长却不惜付出一切。我大姐早逝，二姐、
三姐都念完了中学，二姐当了教师，三姐成为抚顺话剧团
的著名演员和导演。父母对我更是厚爱有加。我7岁上小学，
二老为了让我在众人面前显得体面些，给我买了一双小皮
鞋。学校在大冬天开学，学生们集中在操场上听日本校长
训话。爹妈没穿过皮鞋，以为那是保暖的，结果没到几分钟，

我的两脚就冻得像猫咬了似的，我当场就哭了。身边的老师怕被日本人发现，赶紧把我领出队伍躲了起来。长大工作后，我进入中国作家协会文学讲习所学习，这时已失去劳动能力的父母寄住在三姐家，一分存钱都没有。但为了让我安心学习，他们把姐姐给二老的零花钱寄给我使用。每想到这些，我总要流下眼泪。

我要感谢我的家乡抚顺。当时抚顺市委和文联的领导对我还很幼稚的文学创作给予大力支持，并修书荐我到中国作家协会文学讲习所学习深造。我在新闻和文学写作方面能做出一些成绩，主要是在文学讲习所两年学习中打下的坚实基础。尽管在 1957 年，抚顺市的个别领导错误地处理我的新闻报道，使我受难 20 多年，但是家乡对我的培养恩情我始终不忘。前些年，我常到抚顺参加一些文化活动。我每次到抚顺，1957 年任抚顺市委组织部部长的王振海都到宾馆看我，最后一次他是拄着手杖来看我的，在他的语言中总含有他当时阻挡不了对我错误定性而怀有的歉意。王老的作为令我十分感动。有什么委屈、怨情，都被王老的大义举动化解了。

最近抚顺市文联副主席赵晓红同我联系，说新任市委书记要与原抚顺籍在外的专家、名人建立联系。晓红告诉我，我是上报市委的文化名人。我告诉她，我不会忘记家乡对我成长的恩情，这些年我要写家乡的标志性的人和物，是我写作中的一项使命。我写出了抚顺的标志性人物雷锋的电视剧,在抚顺首播并由中央电视台播出。我写出《人·鬼·人》长篇小说和28集电视剧《战犯》,是记述抚顺战犯管理所震惊世界的业绩。还有原市委书记陈家洰主抓的《支点》,邀我写作电视剧本。拍出的电视剧获得辽宁省优秀电视剧评选一等奖。这些创作是我对家乡的回报。我向晓红说:"我是抚顺之子。"所以抚顺也是我的母亲。

我有一个自己的小家,我还有一个社会中的大家,这就是辽宁日报社。我不忘这个家在我40多岁后给予我的温暖和信任。我从一个一般干部回到报社,不到三年,报社就上报省委,提升我的职务。报的是副职,而省委批下的是正职,出任政法部主任,这个职务使我如虎添翼,使我走进社会各个重要部门,获得许多人们无法知情的秘密事件和重要信息,由此我能写出一些引起社会关注的报告文学。在采写过程中,赵阜总编辑是领导也是参谋,我的重要作品,都含有他的心血。还有武春河总编辑,他的胆识不是一般媒体领导所具备的,我写的《人鬼之战》等尖锐作品,都是他不惜拿出大量篇幅同意发表的。也不能忘记社长谢正谦对我的信任和支持,我已到退休年龄,他要求我继续工作下去,并上报我为终身记者。他把设立终身记者这一新闻界的首创之举,写出评论发表在《中国新闻出版报》的第一版上,引起新闻界的广泛关注。现任辽宁日报社社长丁宗皓,是我亲眼见证成长起来的出色的新闻界领导人才,他深厚的文学修养,助《辽宁日报》提高了文化品位。他不忘前辈人为《辽宁日报》在全国形成影响所作出的贡献。在庆祝《辽宁日报》创刊70周年大会上，省委宣传部部长和宗皓在大会的讲话中，把我列入辽宁日报社涌现出的几位新闻名家和文化大家的名单中，这对我的晚年无疑是一个巨大鼓励和安慰。还是有家好哇！

说到这本书的问世，我要十分感谢辽海出版社社长、总编辑柳青松对我的信任，是他拍板选定我作为自传体式"成长"丛书的传主，这对我的写作生涯是一种社会认定，令我十分欣喜。青松还亲自审读书稿，提出了许多修改意见，令我感动。他帮助我把晚年生活过得更完美。

说起这本书的特约编审，非常有意思。赵阳，原是《妇女》杂志社的编审，是原辽宁日报社总编辑赵皋的女儿。我在文章前边记述了我和赵皋同志的亲密关系，如今又与赵阳续上她父亲和我的前缘，这种合作当然是愉快的。赵阳为这部书的反复修改付出了许多辛苦。我俩通过微信联系不下30次，她给我补写了书的每章节的目录和简介，如今她比我还熟悉书稿中每个章节的内容。什么叫编审？我从赵阳的工作中领会了需要有的敬业精神和严谨的工作作风，这是我这个马虎大意的人需要好好学习的。

胡世宗同志是我的好友，我们多年共同主持辽宁省报告文学学会的工作。他在工作中非常认真，为辽宁报告文学的发展作出许多贡献。他写的诗和报告文学我大多读过，他是位有才华的部队作家。我更欣赏他的毅力，几十年如一日地写日记，记下的都是中国文化界的重要人物和事项，成为难得的有历史价值的文化资料。世宗也是八十有余的老人了，但是他的精力和毅力一样老而弥坚。我大他几岁，我要向老弟学习呢。作为"成长"丛书的主编，他先读了我的初稿，在他热情地给予初稿肯定的同时，提出一些供我修改的意见，我遵嘱操作，对提高这本书的质量大为有益。

作为这本书的另一位特约编审佟丽霞，有点儿意思。我们是新闻界同行，她为邀我写这部书提建议、敲边鼓、摇旗呐喊、站脚助威。她本来是《沈阳晚报》的总编辑，而醉心于文学写作，有官不当，搞起专职创作。别说，她出手就不凡，一本《绣春风》获辽宁文学奖。一本把中华美食与论语结合论述的《食光中的论语》问世，十分独特。我称她是"文学小精灵"。近来又读了她的长篇报告文学《春山可望》，写活了书里的一群人，影响甚广，我称这本书是她的代表作，可以称她为"文学小妖精"了！她大爆发之时在后头呢。

还有出版社的孟祥斌主任，因这本书我与他初次相见，他夸我文稿写得好，背后也一再说我和书稿的好话。人老了也是喜听夸奖的，我当然记住了他那高大的身躯与和蔼的面容。孟主任是把守这本书出版最后一关的责任人，夸奖归夸奖，他把关可不松劲儿，书在出版之前，对我有一些细密要求，我都一一照做。从前出过许多本书，一交稿，完事。这回可不同，光是照片就要求配上 100 张，让我按文稿需要之处将照片插进书中去。我哪会这般手艺，只得把儿子、孙子、孙女都叫来，大家聚到电脑前，帮助我完成孟主任交代给我的任务。这是我经历的一次新式的出书设计，图文并茂，以求读者赏心又悦目，我估计这书印出来不能孬。

特约编审柳海松，以及秦红玉主任，一字一句地反复读我的作品，并详细地提出修改意见，为推进这部书稿的问世，做了很多细致、烦琐的业务工作。还有为我的书做封面及内文设计的美编杜江，我向他们先道一声：辛苦，谢谢！

有读到《文章天下事》的读者，我当然谢谢你。拿出宝贵的时间读一个老朽的文字，别认真。喜欢看，不必出声赞扬，因为我的耳朵有点儿背，听不清楚。如果时间不多，我建议你读读我谈写作经验的一些段落，对喜欢写作的青年文学爱好者，能有帮助。如果看书看生气了，也别发怒，因为当你看到写这些文字的是个耄耋之年的瘦老头儿的时候，你啥气就都没有了！

哈哈，开个玩笑！

2024 年 11 月